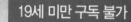

문희 장편 소설

순수한 타락

YEWONBOOKS ROMANCE STORY

원

Contents

Prologue

8월의 후덥지근한 월요일 늦은 저녁. 쿰쿰한 곰팡내가 가득한 오래된 쏘나타 안에선 에어컨이 미적지근한 바람을 뿜어냈다. 차라리 꺼 버리면 좋겠다는 생각이 들었지만, 시간이 갈수록 그것조차 신경 쓰이지 않았다. 김 기사의 음흉한 시선이 무서웠기 때문이었다.

중학교 3학년인 다은은 학원이 끝나고 운전기사의 개인 차를 타고 집에 간 적은 단 한 번도 없었다. 아빠의 차를 운전하면서도 가끔 언니와 그녀에게 묘한 눈빛을 주는 김 기사였다. 그런 그가 본인의 차에서 무슨 일을 저지를지 모른다는 불안감이 다은을 엄습했다.

혜화동에 있는 S대 의대 앞에서 언니를 기다리는 내내 다은은 핸드폰을 손에서 놓지 않았다. 혹시나 하는 생각 때문이었다.

"저기 네 언니 있다. 불러."

평소와는 다르게 김 기사는 마치 명령하듯 말했다. 하지만 다은은 혼자 있는 것보다는 언니와 함께 있는 게 나을 것 같아 차창을 열고 큰소리로 언니를 불렀다. 하얀 원피스를 입은 언니 다솜은 다은이 아는 사람 중에 가장 예쁘고 똑똑한 사람이었다.

언니는 비록 지금의 그녀는 따라갈 수는 없지만, 다은의 롤모델이었다.

"언니…… 지금 끝난 거야?"

언니가 차에 타자 향긋한 향이 풍겼다.

"응, 그런데 왜 다른 차야?"

"이거 김 기사님 개인 차래. 아빠 차가 정비소에 들어갔다고 하셔서……."

중학생인 다은이 학원을 마치면 항상 운전기사가 태우러 왔었다. 그건 의대생인 언니도 마찬가지였다. 아빠가 위험하다고 항상 사람을 보냈기 때문이었다.

"갑니다."

김 기사의 목소리가 밝았다. 지금 그럴 상황이 아닐 텐데 즐거운 기색마저 느껴졌다. 김 기사의 부인은 얼마 전에 암 선고를 받았다고 했다. 그래서 최근 김 기사는 말이 없었고 웃지도 않았다. 하지만 오늘은 달라도 너무 달랐다. 룸미러로 김 기사의 코와 말려 올라간 입술이 보였다.

치아까지 드러내며 웃을 기분인가? 라는 생각이 들던 그때였다. 갑자기 차가 한적한 곳에서 멈추더니 양쪽으로 남자 둘이 차에 올랐다. 다솜과 다은은 꼼짝없이 갇히고 말았다. 그사이 다은은 손에 쥐고 있던 핸드폰을 놓쳤고, 언니도 가방을 빼앗겼다.

"뭐, 뭐 하는 거예요?"

"시끄러워. 가만히 있으면 크게 다치지는 않을 거야."

어릴 때 유괴를 당한 경험이 있는 언니는 온몸이 얼어붙은 것 같았다. 이번에도 돈을 노린 납치란 생각이 들었다. 김 기사는 지금 돈이 절실하게 필요할 테니까.

"어디로 가는 건가요? 돈을 바란다면 아빠가……."

"아니, 돈하고는 상관없어."

김 기사가 이상한 소리를 했다. 납치인데 돈이 필요 없다면 도대체 왜 이러는 것일까?

"그럼, 도대체 왜 이러는 건데요?"

"돈이 너무 필요한데 네 아버진 날 벌레 취급하면서도 끝까지 돈은 빌려주지 않았어. 난 그 모든 걸 참으면 돈을 빌려줄 거라 생각하고 참고 또 참았지……. 하지만 이제 돈이 필요 없어졌어. 우

9

리 마누라, 일주일 전에 죽었거든."

"……."

아빠가 얼마나 잔인한 사람인지 알기 때문에 다솜도 다은도 입을 열 수가 없었다. 김 기사가 왜 이런 마음을 먹었는지. 그동안 아빠에게 당하고 집 앞에서 울부짖던 사람들이 얼마나 저주의 말을 퍼붓고 갔는지 알기 때문이었다. 오늘은 그 화살이 아빠가 아닌 그들 자매에게 향했다.

"아마 상상도 하지 못한 곳일 거야. 넌 다음 생애에서도 그런 곳엔 절대로 가 보지 못할, 아주 엄청난 곳이지. 고통스럽겠지만 말이야. 너희 아버지가 벌인 일을 딸들이 수습하는 거지."

뜻밖의 말에 다솜이 남자의 팔을 뿌리치며 다은을 꼭 끌어안았다. 김 기사의 말에 자매는 덜덜 떨었다.

"아저씨!"

"내가 안 좋은 곳에 데리고 갈까 봐? 그래 맞아……."

"……."

"소중한 사람을 잃고 가슴이 찢어진다는 게 뭔지 내가 몸소 보여 주지."

다은은 김 기사가 눈을 반짝이며 이야기할 때마다 뭔가 심각하게 안 좋은 일이 생기고 있다는 걸 느꼈다. 도망가지 않으면 죽을지도 모른다는 생각이 들었다. 하지만 양쪽의 남자들이 자매를 거의 무릎에 앉히다시피 하고 양팔을 잡고 있었기 때문에 꼼짝도 할 수 없었다.

"다 왔어, 정말 근사하지?"

"……"

그들이 도착한 곳은 근처에 집 한 채도 없는 산속이었다. 그리고 집 앞이라고 하기에도 담장이 너무나 높았다. 붉은색 벽돌을 하나하나 겹쳐서 올린 담은 그냥 담벼락이 아닌 정체를 숨기기 위해 지어진 은밀한 고성 같았다.

남자들이 다솜과 다은의 입을 가린 채 차에서 끌어 내렸다. 다은은 저도 모르게 눈을 들어 담장의 끝을 올려다보았다. 높은 담장 위로 소나무 가지 끝이 흔들리는 게 보였다.

김 기사는 주위를 살피더니 쪽문으로 나온 남자와 무슨 이야기를 나누었다. 그리고 그들에게 오라고 손짓을 했다.

"빨리 오지 않고 뭐 해?"

"네, 갑니다."

언니를 붙들고 있던 남자가 답했다.

"저기 사람이 기다리잖아. 들어가."

"으으읍!"

발버둥을 쳐 보았지만, 남자들의 힘을 당할 수는 없었다. 문 앞에는 검은 정장을 입은 흰머리의 남자와 덩치가 커다란 남자 둘이

서 있었다.

"어서 보내!"

다솜과 다은은 문 앞에서 그녀들을 기다리고 있는 남자들에게 인수인계되었다.

"으으읍!"

문 앞의 남자는 무례한 시선으로 자매를 위에서부터 아래로 훑어보더니 문을 열었다. 대문 안으로 들어가자 다은의 눈엔 커다란 건물이 보였다. 밝은 불빛이 가득한 건물은 마치 다른 세상 같았다. 건물은 담장과 같은 붉은색 벽돌로 된 집이었다.

"이쪽으로……."

다은의 시선이 화려한 건물로 향하자 흰머리의 남자가 얼른 몸으로 그녀의 시야를 가렸다. 마치 보지 말라는 의미 같았다. 왜? 라는 의문이 들었지만 다은은 남자에게 꼼짝없이 잡혀 있어서 끌려갈 수밖에 없었다.

"누굴 먼저 넣을까요?"

"둘 다 넣어."

흰머리의 남자가 단호하게 말했다.

"으으읍!"

다솜과 다은은 벽돌집으로 들어가지 않기 위해 몸부림을 쳤다. 하지만 그들은 힘이 없었다.

왠지 음침한 기분이 드는 건물은 온통 붉은 벽돌로 이루어져 있었다. 건물은 정육면체의 단층 건물이었다. 들어오면서 봤던 커다란 건물과는 대조를 이루는 곳이었다.

끼이익!

무거운 철문이 열리자 그 안에서는 매캐한 냄새와 여름인데도 불구하고 차가운 냉기가 흘렀다. 마치 지하창고 같은 느낌이었다.

습하고 눅눅한, 마치 감옥 같은 곳이었다.

"여긴……."

쾅!

재빠르게 문을 닫아 버린 남자 때문에 다솜과 다은은 더는 물어볼 수도, 이곳에서 나갈 수도 없었다. 마치 구렁텅이로 내던져진 느낌이었다. 온몸이 사시나무 떨리듯이 떨렸다. 그건 두려움 때문이었다. 어두운 조명 때문에 마치 달빛만이 은은하게 방 안을 비추는 것 같다는 착각이 들었지만, 이곳엔 창문이 없었다.

"……."

심장이 오그라든다는 게 이런 것일까? 뭐라도 튀어나올 것만 같아서 다솜과 다은은 본능적으로 벽 쪽으로 조심스럽게 뒷걸음질 쳤다. 숨조차 함부로 쉴 수가 없었다. 뭔가에 쫓기는 기분이었다. 불이 켜지고 누군가 들어온다면 다행이겠지만, 불빛조차 흐릿한 이 상태로 누군가 나타난다면 그 자리에서 기절할 것만 같았다.

소심하다는 소리를 귀에 딱지가 앉도록 들은 다은은 언니의 옆에 딱 붙어 있었다. 다솜도 동생의 팔을 잡으며 서로를 의지했다.

"언니, 무서워……."

"괜찮을 거야."

사각!

갑작스러운 소리에 소스라치게 놀라 다솜과 다은은 저도 모르게 그 자리에서 펄쩍 뛰었다. 하지만 곧 그게 비닐이란 걸 확인하고는 그 자리에서 멈춰 섰다.

툭!

드디어 등에 벽이 닿았다. 이제 앞만 응시하면 될 것 같았다.

"후……."

절로 안도의 한숨이 나왔다. 하지만 그녀들의 몸은 순식간에 경직되어 버렸다. 다솜은 편하게 숨을 뱉어내지도 못했다. 방금 전 한숨 소리의 주인은 그녀들이 아니었다. 온몸에 소름이 돋았다. 평소 공포 영화는 쳐다보지도 않았는데, 지금 이 순간이 죽기 직전의 주인공 같다는 생각이 들었다.

갑자기 그녀들 앞에 있는 1인용 소파에서 검은 그림자가 일어섰다. 긴 머리카락은 언제 잘랐는지도 모를 정도로 길었고 옷은 입지 않은 상황이었다. 뭔가 손에 들려 있기는 한데 잘 보이지 않았다. 그걸 입으로 가져가는 걸 보니 술병이었다.

그것이 그녀에게 다가왔다. 짙은 알코올 향과 썩은 냄새가 교묘하게 섞여 있었다. 사람이 아니었다. 짐승인가? 그것의 눈이 반짝였다. 그것이 가까이 오자 희미한 불빛에 놈의 몸이 보이기 시작했다. 유난히 하얀 몸이었다. 마치 백색증 환자 같았지만, 머리카락은 검은색이었다.

"캬아악!"

"꺄악!!"

그것이 빠르게 달려와 다솜을 덮쳤다. 다은은 놀라서 옆으로 기어서 도망쳤다. 놈이 언니의 어깨를 물었다.

"다은아, 어서 도망……. 아악!"

문 쪽으로 달려가서 문을 열어보려 했지만, 문은 굳게 닫혀 있었다. 분명 사람이라기보다는 짐승에 가까운 이빨이었다. 이렇게 송곳니가 뾰족할 수는 없었다.

손톱이 어찌나 긴지 다솜의 가녀린 팔에 박혀 언니를 꼼짝하지 못하게 붙들었다.

"아악!"

"가만히 있어!"

"……."

유리를 목에 부어 넣은 것 같은 거친 목소리가 공간을 울렸다.

사람?

쾅쾅쾅!

다은은 필사적으로 문을 열기 위해 온 힘을 다했다. 놈은 아직
언니를 잡고 있어서 그녀를 신경 쓰지 않았다.

답답할 땐 정원을 거니는 게 최고의 선택이자 유일한 선택지였
다. 다섯 살의 어린 나이에 어머니의 재혼으로 이 집에 들어온 이
후, 그는 단 한 번도 편하게 숨 한 번 쉬어 본 적이 없었다. 이제
군대도 제대했으니 이 집에서 나갈 생각이었다.

현성그룹의 본가는 사람의 피를 말리는 곳이었다. 가족이라기
보다는 서로가 경쟁 상대였다. 그 중심엔 현성그룹 회장인 차민철
회장이 있었다. 그를 그림자 취급하는 이곳에서 더는 있을 이유가
없었다.

담배 한 대가 절실하게 필요했다.

딸깍!

담배를 입에 물고 불을 붙이려는데 이상한 소리가 들렸다.

다다닥.

"으으읍!"

다급한 발소리와 웅얼거리는 사람의 목소리였다. 궁금증이 일

어 고개를 돌리자 이 집의 출입 금지 장소로 사람들이 이동하는 게 보였다. 그들은 그를 보지 못한 것 같았다. 김 집사의 모습도 보였다. 석현은 저도 모르게 몸을 낮추고는 그들의 뒤를 밟았다.

호기심 때문에 판도라의 상자가 열린 것이었다. 그들이 도착한 곳은 이 집에서 유일하게 출입이 통제되는 작은 벽돌집이었다. 어릴 때부터 어른들이 절대로 가지 말라고 했던 곳이었다. 집 안에 일하는 사람들은 그곳에 괴물이 산다고 말했지만, 김 집사의 말로는 귀한 약재를 보관하는 곳이라고 했다.

집 안에서 유일하게 김 집사만이 출입할 수 있는 곳이 바로 그 벽돌집이었다.

철컹!

요란한 소리가 들리긴 했지만, 그가 서 있는 위치에선 나무에 가려 확인하기 어려웠다.

"으으읍!"

여전히 사람의 웅얼거림이 들려왔다. 그는 잠시 그 자리에 몸을 숨기고 그들이 사라지기를 기다렸다. 그렇게 한참 동안 있으니 주위가 조용해졌다. 석현은 조심스럽게 붉은 벽돌집으로 향했다.

문에 귀를 대 보니 안은 조용했다.

"아악!"

그때 비명 같은 것이 희미하게 들렸다. 잘못 들은 것일까?

차민철 회장이나 어머니와 결혼한 차정민 부회장은 피부가 너무나 약해서 약재를 이용한 목욕을 거의 매일 했다. 그 양도 어마어마하니 약재 창고가 있을 만도 했다. 하지만 정말 이곳이 약재를 보관하는 곳이 맞는 걸까?

문은 커다란 자물쇠로 잠겨 있었다. 잘하면 열 수도 있을 것만 같았다. 그냥 돌아갈까? 지금까지는 그렇게 생각했지만 조금 전의 상황으로 봐선 그냥 돌아갈 수 없었다. 석현은 조심스럽게 주위를 살피며 벽돌로 된 건물 옆에 있는 소각장 쪽으로 향했다.

석현은 바닥에 떨어져 있던 철사를 이용해서 자물쇠의 구멍을 쑤시기 시작했다. 친구들과 장난으로 몇 번 자물쇠를 연 적은 있지만 이렇게 커다란 자물쇠를 연 적은 한 번도 없었다.

달그락!

주변을 살피며 그는 열심히 자물쇠를 열었다.

쾅쾅쾅!

갑자기 안에서 문을 두드리는 소리가 들렸다. 사람이 있는 게 분명했다. 그는 더 다급한 손길로 자물쇠를 쑤셨다.

"제발……."

안에선 계속해서 문을 두드리는 소리가 들렸고 가끔 비명도 들렸다.

철컥!

자물쇠가 기적처럼 열리는 순간이었다. 석현이 문을 열자마자 한 소녀가 문 앞에서 튀어 나왔다. 그리고 그 안에서 그는 검은색의 커다란 그림자를 보았다.

"살려 주세요."

바닥에 쓰러진 여자아이가 그를 보며 말했다. 방 안에 있던 검은 물체가 몸을 일으키는 게 느껴지자 그는 여자아이를 빠르게 안아 올리고는 문을 닫았다. 그리고 자물쇠로 문을 잠그자마자 검은 물체가 문으로 새게 돌진했는지 큰 충격이 느껴졌다.

쾅!

이렇게 놀란 적은 태어나서 처음이었다.

"언니가……."

"언니?"

"언니가 안에……."

여학생은 그렇게 말하더니 그대로 기절해 버렸다. 또 다른 사람이 있는 모양이었지만 지금은 이 학생을 빠르게 내보내는 게 급선무였다. 그는 여학생을 업었다.

쾅!

문이 부서질 것처럼 흔들렸다. 마치 안에 있던 괴물이 밖으로 나올 것만 같았다.

다행인지는 몰라도 이 집은 비밀 통로가 있었다. 그는 비밀 통로로 여학생을 업고는 작은 쪽문을 통해 나와서 집 뒤에 병풍처럼 돌려진 북한산으로 들어갔다.

"헉헉, 조금만 참아."

"……."

그리고 산을 넘어 파출소에 여학생을 데려다 놓고는 그는 다시 집으로 향했다. 벽돌집 안에 있을 또 다른 여학생을 구출하기 위함이었다. 하지만 석현이 집에 도착했을 때는 그의 짐들이 대문 앞에 놓여 있었고 김 집사가 그 앞에 서 있었다.

"김 집사님, 도대체 뭘 꾸미시는 겁니까?"

"도련님께선 이제 더 이상 현성그룹의 식구가 아닙니다."

"언제는 식구였나요? 벽돌집에 있는 다른 여학생은 풀어 주시죠."

"집 안에는 어머님이 계십니다. 그렇게 책임지지도 못할 말을 하시면 도련님 어머님께 좋지 않습니다."

김 집사가 자신의 안경을 손가락으로 밀어 올리며 말했다.

"……협박하시는 겁니까?"

"경고하는 겁니다."

"경찰에 신고할 겁니다."

"알아서 하세요. 대한민국 경찰은 우리 편이니까."

툭!

석현의 자동차 키를 바닥에 던진 김 집사는 집 안으로 들어가 버렸다. 그는 현성그룹 정문을 향해 고개를 숙였다. 어머니께 드리는 마지막 인사였다. 차를 타고 나와서 여중생을 데려다 놓은 파출소에 도착하니 그녀는 이미 부모님이 데려간 상황이었다.

석현은 찜찜했지만 더는 사건에 깊게 관여할 수가 없었다. 어머니가 걱정되었기 때문이었다. 그는 그렇게 당분간 신세를 질 친구 집으로 향했다.

눈을 떠 보니 집이었다. 꿈이었나? 다은은 지금 그녀의 방 침대에 누워 있었다. 몸을 일으키려고 했지만 어지러워서 그녀는 다시 침대 위에 누웠다. 핸드폰을 더듬거리며 찾은 그녀는 팔을 들다가 옷에 튄 피를 보고는 그게 꿈이 아니란 걸 깨달았다.

다은은 억지로 몸을 일으켜 욕실로 향했다. 밖에서는 아버지의 고함이 들렸다. 언니의 행방에 대해 말하는 것 같았다.

"언니……."

옷을 벗고 싶었다. 이렇게 언니의 피를 묻힌 채 있고 싶지 않았다. 그녀는 욕실로 향하며 옷을 하나씩 벗고는 욕실 세면대의 거울 앞에 섰다. 거울 안의 다은은 평소와는 달리 날카로운 눈빛을 하고 있었다.

「멍청하긴…….」

거울 안의 그녀가 다은을 보며 말했다.

「언니는 괴물에게 죽었어.」

"아니야……. 그렇지 않아."

「나가서 물어봐. 아니, 넌 물어볼 용기도 없지?」

"……."

「이제부터 내가 널 대신할 거야. 내 이름은 이태린이야.」

그녀의 안에서 태린이 튀어 나왔다. 왜 이렇게 됐는지 모르지만 태린은 언제나 혼자였던 그녀를 위해 자신이 뭐든지 대신할 거라고 했다.

「넌 그냥 잠시 모른 척하면 되는 거야.」

태린의 말에 다은은 고개를 끄덕였다.

Chapter 1

10년 후.

야릇한 불빛 가운데 나른한 재즈 음악이 울려 퍼졌다. 흑인 재즈 보컬의 풍성한 성량이 실내를 감쌌다. 강남의 바는 마치 뉴욕의 어느 바 같은 느낌이었다. 석현은 바에 앉아 바텐더의 손놀림을 바라보았다.

"바탕가 한 잔……."

바텐더의 손놀림은 빨랐다. 하이블 잔의 가장자리에 라임즙을 묻힌 다음 소금을 찍어 바른 후 얼음을 채웠다. 그리고 데킬라, 라임 주스, 콜라를 넣고 나이프로 잘 저은 다음 라임 슬라이스를 가니시로 올린 후에 테이블에 올려놓기까지. 거의 손이 보이지 않을 속도였다.

"주문하신 바탕가 나왔습니다."

석현은 잔을 집은 후에 한 모금을 마셨다. 소금과 라임, 그리고 데킬라의 오묘한 조화가 그의 입술을 즐겁게 했다. 하지만 지금 석현의 눈길은 재즈 가수도, 바탕가도, 요란한 손놀림의 바텐더도 아닌 그의 옆에 앉은 여자에게로 향해 있었다.

마치 슬립을 연상시키는 검은 원피스는 과감했지만 묘하게 여자와 잘 어울렸다. 검은색 원피스 때문일까? 그녀의 하얀 피부는 더욱더 빛나 보였다. 윤기 나는 검은 머리는 한쪽 어깨에 드리워져 있었고 다른 쪽 어깨엔 호랑이가 이빨을 드러내고 포효하는 모습의 타투가 새겨져 있었다.

"섹시하지?"

"어?"

이곳의 사장이자 친구인 주하가 어느새 그의 옆에 와 앉으며 말했다.

"여기 가끔 오는 손님인데 여기 온 남자들이 한 번씩 말을 걸어도 대꾸도 안 하는 아주 도도한 여자야. 항상 혼자 와서 아이리시 위스키 샤워를 한잔하고 가."

뭔가 묘한 분위기의 여자였다.

"회장님께서 석현이 너 집에 안 들어온다고 여기로 사람 보내

셨어."

"그분과는 모르는 사이야."

10년 전, 집을 나온 이후 그는 현성그룹이라면 치를 떨었다.

"SH코스메틱이 현성그룹의 자회사란 소문이……."

"이곳은 내가 기획하고 만든 회사야. 그분과는 상관없어."

"까칠하긴. 다른 사람들은 집안의 도움을 받으려고 안달인
데……."

그때였다. 갑자기 주하가 하던 말을 멈추고 멍하게 그의 뒤를
바라보았다.

"왜?"

의아함에 뒤를 돌아보는 순간 그는 숨이 턱 하고 막혔다.

"같이 한잔해도 될까요?"

"……."

좀 전에 그의 시선을 사로잡았던 여자였다. 정면으로 보니 숨이
멎을 만큼 섹시한 얼굴이었다. 예쁜 여자들은 많이 봤지만 이렇게
공기마저 섹시하게 만드는 여자는 처음이었다. 왜 위험을 알리는
등이 머릿속에서 깜빡이는 것일까?

"안 될까요?"

그의 바로 옆자리에 이미 앉은 여자가 그를 나른하게 바라보며
물었다.

"아뇨."

코스메틱 회사를 하다 보니 자연 미인이든 인공 미인이든 수많은 미인을 보았지만 이런 여자는 처음이었다. 영혼까지 섹시할 것 같은 여자였다. 왜 이렇게 처음부터 강하게 끌리는 것일까?

"한 잔 더."

바텐더는 넋이 나간 얼굴로 그녀가 자주 마신다는 아이리시 위스키 샤워를 만들기 시작했다. 그녀의 시선이 그에게로 향했다. 노골적인 여자의 시선에 불편함을 느낀 석현은 바텐더에게로 시선을 옮겼다.

여자에게 넋이 나가긴 했어도 바텐더의 솜씨는 좋았다. 위스키에 레몬주스, 그리고 달걀흰자를 세이커에 넣고 흔드는 바텐더의 손길이 어느 때보다도 신나 보였다.

달그락.

세이커에 얼음을 추가해서 흔드는 소리가 경쾌했다. 내용물을 잔에 붓고 그 위에 설탕을 뿌린 후 토치로 살짝 그을렸다. 완성된 잔을 여자에게 내미는 동안 그의 시선은 바텐더를 향해 있었다.

"부끄러움이 많으시나 봐요? 아님, 적극적인 여자가 싫다든 가……."

"아뇨, 부끄러움도 적극적인 여자도 싫은 건 아니지만……. 너무 뜨겁게 바라보는 시선은 부담스러워서요."

"오⋯⋯."

옆에 있던 친구가 추임새를 넣었다. 이럴 땐 빠져 주는 게 맞는
건데 오늘따라 주하는 눈치가 너무나 없었다.

"부담스럽게 건배나 한번 할까요?"

"⋯⋯."

그는 말없이 잔을 들었다. 이렇게 시작된 술자리는 생각보다 길
게 이어졌다.

"이름이⋯⋯."

"⋯⋯."

여자는 그를 보고는 야릇하게 웃기만 했다. 이야기는 끝이 날
줄 모르고 이어졌고 석현은 여자와 헤어지기 싫다는 생각까지 들
었다. 처음 있는 일이었다.

석현은 화려한 스타일보다는 차분하지만 반전이 있는 스타일의
여성이 이상형이었다. 그런데 오늘은 왠지 모르게 이 여자에게 휘
말리는 느낌이었다. 마치 그녀가 작정하고 석현을 유혹하려 드는
느낌이었다.

"이상하게 들릴지 모르지만⋯⋯. 헤어지기 싫군요."

"저도 그래요. 우리, 자리를 옮길까요?"

그렇게 친구의 부러움 섞인 시선을 한 몸에 받으며 밖으로 나온
그들은 그의 아파트로 향했다. 여자를 그의 집으로 불러들인 건

처음 있는 일이었다.

불 꺼진 집 안에 들어서자마자 여자가 갑자기 그의 품에 돌진했다. 그 후로는 그도 거의 이성을 잃은 상황이었다. 서로의 입술이 뜨겁게 하나가 되었다. 부드러운 입술을 빨고 그녀의 허리를 손으로 꼭 잡고 있었지만 솔직하게 석현은 이 상황이 살짝 당황스러웠다.

이래도 되는 걸까? 지금껏 여자가 없진 않았지만 원나잇은 처음이었다.

"으음, 생각이 많네요……."

석현은 정곡을 찔렸다.

"난 성병 같은 거 없어요. 그리고 원나잇도 처음이고."

그녀는 당당하게 말했다. 그는 그녀를 믿고 싶었다.

"내가 아직도 부담스러운가요?"

지금껏 이렇게 그를 노골적으로 유혹한 여자는 없었다.

"아니."

석현은 여자와의 만남이 결코 우연이 아니란 확신이 들었다.

"태린이에요."

"태린……."

여자는 자신의 이름을 흘리듯이 말했다. 기억하길 바라는 걸까?

"우홋!"

웃는 태린의 턱을 한손으로 잡은 석현은 자신의 몸이 불길에 휘감긴 것처럼 뜨겁다고 느꼈다. 그리고는 태린의 웃음을 거칠게 삼켜 버렸다. 태린의 입술 사이로 뜨거운 혀를 밀어 넣으며 그녀의 혀를 강하게 빨아들였다.

츄읍 츄읍─

서로의 혀가 얽혀 드는 소리가 현관을 요란하게 울렸다. 태린은 양팔을 그의 목에 감고는 날씬한 몸을 그에게 기댔다. 그의 손은 태린의 둥근 엉덩이를 감쌌다. 부드러운 실크 드레스가 그의 손바닥을 부드럽게 자극했다.

그의 페니스는 터질 듯이 부풀어 태린의 배를 찔렀다. 이렇게 터질 듯한 욕망에 휩쓸려 본 건 처음이라 그도 당황스러웠다. 오늘 밤은 처음으로 여자와 섹스를 하던 날 같았다. 모든 게 새롭고 뜨겁고 흥분되었다.

특히 그를 놀라게 한 건 자신의 페니스가 보이는 반응 때문이었다. 그 어떤 여자도 그를 이렇게까지 몰아붙인 적이 없었다.

탁!

태린의 등이 신발장에 부딪히는 소리가 들렸지만 둘 다 개의치 않았다. 오히려 그는 태린을 신발장과 그 사이에 꼼짝 못 하게 가두었다. 그가 태린의 양손을 머리 위로 올리고 한 손으로 고정했다. 그리고 그의 가슴으로 태린의 풍만한 가슴을 눌렀다.

"헉헉……."

그들은 잡아먹을 듯이 서로를 쳐다보며 거친 숨을 내쉬었다.

"읍!"

그가 다시 태린의 입술을 삼켰다. 태린도 그의 기세에 눌리지 않으려고 그의 혀를 뽑아낼 듯이 빨아 댔다. 한 치의 물러섬도 없는 거친 키스가 오갔다. 두 마리의 야생 동물이 영역 싸움을 하는 것 같았다.

"하아……."

그가 입술을 떼고는 그녀의 목덜미를 물었다. 입을 맞춘다기보다는 잘근잘근 씹어 내리며 그녀의 어깨의 타투가 새겨진 곳까지 내려왔다. 치아를 드러낸 그와 비슷하게 생긴 호랑이가 그를 기다리고 있었다.

그가 입술을 떼고는 자유로운 한 손으로 그녀의 드레스 위로 가슴을 움켜잡았다. 태린이 몸을 부르르 떨었다. 한 손에 담기 벅찬 가슴과 손바닥을 찌르는 유두는 존재만으로도 흥분되었다.

"아흐……."

태린은 신음을 내뱉으며 그를 야릇한 시선으로 보았다. 짙은 스모키 화장을 한 눈은 길들지 않은 삶 같았다. 그가 손에 힘을 가하자 태린이 아랫입술을 깨물며 몸을 움직였다. 마치 춤을 추듯이 느리게 움직이는 태린을 보며 그는 뜨거운 호흡을 삼켰다.

쫘악!

저도 모르게 흥분한 그는 태린의 드레스를 찢어 버렸다. 힘없이 찢어진 드레스 안에는 아무것도 없었다. 태린은 팬티마저 입고 있지 않았다.

"흡!"

그는 저도 모르게 호흡을 삼켰다. 처음 만난 여자 때문에 심장 마비로 죽을 것만 같았다.

"이런 게 숨겨져 있었군."

"마음에 드나요?"

"당신은 마녀야……."

드레스가 바닥으로 떨어지며 그녀의 투명한 피부가 드러났다. 그리고 풍만한 가슴과 연한 분홍색의 유두는 그의 머리털을 곤두서게 했다. 이렇게 아름다운 색깔의 유두는 처음이었다. 거기에 납작한 배 아래로 드러난 그녀의 검은 숲은 너무나 무성해서 헤쳐 보고 싶은 마음이 들었다.

그는 뾰족하게 솟은 유두를 단번에 입술로 물었다. 그는 유두를 빨기도 하고 혀로 핥기도 하면서 미친 듯이 그녀의 몸을 어루만졌다. 부드럽지 않은 곳이 없었다. 태린이 자신의 가슴에 얼굴을 묻은 그의 머리카락 속으로 손가락을 넣어 강하게 가슴 쪽으로 눌렀다.

더 빨아 달라는 의미인 것 같았다. 그의 입술이 점점 아래로 내려와 배꼽 주위를 서성이자 간지러웠는지 태린이 몸을 돌렸다. 그리고 그는 어깨에 있는 호랑이와 연결된 용을 보았다. 그녀의 등을 타고 용 한 마리가 허리까지 그 위용을 자랑하고 있었다.

"멋진 그림이군."

"난 강한 게 좋아요. 약하면 당하니까. 하아……."

석현은 마치 달콤한 사과를 베어 물 듯이 태린의 둥근 엉덩이를 깨물었다. 애무하면서 자극을 받았던 적은 한 번도 없었는데 오늘은 이상했다. 태린을 만지거나 빨아들일 때마다 그의 페니스는 힘겨울 정도로 반응했다.

그는 태린을 다시 돌려세운 후에 다리 한쪽을 들어 그의 어깨 위에 놓고는 적나라하게 드러난 그녀의 여성을 바라보았다.

"예쁘지 않은 곳이 없군."

"하아……."

그의 숨결이 그녀의 숲을 살짝 흔들자 태린이 신음했다. 그는 저도 모르게 태린의 검은 숲에 입술을 가져다 댔다. 그리고는 혀 끝으로 검은 숲을 가르고 들어가 그녀의 클리토리스를 혀로 건드렸다.

"아흑, 미치겠어……."

그녀가 몸서리를 치며 말했다. 그녀의 손이 석현의 머리카락을 움켜쥐었다. 이번엔 더 깊숙하게 혀를 집어넣었다. 젖은 그녀의 여성이 그를 반겼다. 석현은 몸을 일으켜 태린을 안아 들었다.

"우리 아직 현관인 거 알아?"

"이제 집 안 구경을 할 차롄가요?"

그녀가 그의 목에 뜨거운 숨을 토하며 말했다.

"구경 전에 할 일이 많을 것 같군."

"그럼 빨리 해요."

태린이 겁도 없이 그를 자극했다. 그는 태린을 안아 들고는 현관보다는 조금 나은 소파로 향했다. 석현은 그녀를 소파에 던지듯이 눕히고는 빠르게 자신의 옷을 벗었다.

스윽 스윽!

오늘따라 넥타이가 잘 풀리지 않자 신경질적으로 몇 번 옆으로 잡아 뺐다. 그 모습을 마치 늦은 오후 마루에 앉아 햇볕을 쬐고 있는 고양이처럼 나른하게 바라보고 있는 태린이었다. 그는 빠르게 바지까지 벗어 던지고 태린의 앞에 당당하게 섰다.

"마음에 드나?"

"아주 만족해요."

태린이 자연스럽게 팔을 뻗었다. 마치 매번 그와 섹스를 나눈 여자처럼 자연스러웠다. 석현은 거의 돌진하듯이 태린에게 달려들었다. 그리고 그녀의 입술을 거칠게 삼켰다. 서로의 맨살이 닿는 기분이 너무나 좋았다.

섹스를 하면서 이런 디테일한 느낌을 가져 본 적은 없었다. 그는 그동안 자신의 만족만을 채우는 그런 섹스만을 해 왔다. 당연히 오랜 관계는 없었다. 그의 바쁜 일상에 여자가 들어올 틈이 없었기 때문이다. 그런데 오늘 그는 오래도록 만나고 싶은 여자를 만난 것 같았다.

다음에도 이렇게 뜨거울지 궁금했다.

"윽!"

여자의 손이 그의 터질 듯한 페니스를 잡자 석현은 더 이상 아무런 생각도 할 수 없었다.

"입으로 할까요? 아니면…… 다른 곳에?"

"……"

이제껏 그가 만난 여자 중에 가장 과감한 여자였다. 그리고 그것이 무척이나 어울리는 아주 묘한 여자였다. 그녀가 위치를 바꿔 그의 위에 앉았다. 그러자 달빛에 태린의 흰 피부가 더 하얗게 보였다. 그러고 보니 그는 불도 켜지 않고 있었다.

태린의 어깨 위에 있는 호랑이가 그에게 으르렁거리는 듯했다. 태린은 마치 호랑이처럼 자세를 낮췄다. 위험한 눈빛을 보이며 점점 아래로 몸을 움직였다. 그리고 그가 미처 그녀를 붙잡기도 전에 그의 페니스를 입안에 넣었다.

"으윽!"

강하게 페니스를 빨아들이는 그녀 때문에 미칠 것 같았다. 거기에 그의 페니스에 닿는 그녀의 입안 느낌도 너무 좋았다. 조금만 더 하면 실수를 할 것만 같았다. 그는 얼른 그녀의 입에서 자신의 페니스를 뺀 후에 자세를 바꾸었다.

"실수할 뻔했어."

그는 이렇게 말을 하고는 그녀의 다리를 넓게 벌렸다. 그리고 그 가운데 중심을 잡고는 페니스를 그녀의 젖은 질 안으로 밀어 넣었다.

"으으윽!"

"아악!"

그의 커다란 페니스는 단번에 그녀의 안으로 빨려들어 가듯 들어갔다. 둘은 같이 리듬을 탔다. 이렇게 거칠게 허리를 움직여 본 건 처음이었다. 태린도 밑에서 그와 같이 빠르게 움직였다. 오랫동안 하고 싶었지만 너무나 자극적인 그녀 때문에 석현은 처음으로 빠르게 그녀의 배 위에 사정하고 말았다.

그는 소파에서 일어나 젖은 수건으로 그녀의 몸을 닦아 주었다.

"만족해요?"

"……."

그가 뭐라고 답할 사이도 없이 태린이 그의 무릎 위에 올라와 앉았다. 그리고는 뜨겁게 입을 맞추었다. 쉴 새도 없이 공격해 오는 태린 때문에 그의 페니스가 다시 반응하기 시작했다. 이렇게 빠르게 반응하는 건 처음이었다.

두 번째의 섹스는 태린이 리드했다. 그의 무릎 위에서 미친 듯이 허리를 움직이는 태린 때문에 석현은 거의 녹초가 되어 버렸다. 녹초가 된 몸으로 그들은 욕실에서 세 번째 섹스를 했다. 샤워를 마친 후부터는 아무런 기억이 없다. 석현은 아침에 알람이 울릴 때까지 그대로 깊은 잠에 빠져들고 말았다.

Rrrrrrr—

핸드폰의 알람이 미친 듯이 울리고 있었다. 몸이 천근만근인 것 같았다. 그는 침대를 더듬으며 핸드폰을 찾았지만, 침대 위에는 아무것도 없었다. 핸드폰만 없는 게 아니었다. 석현은 핸드폰이 없는 것보다 태린이 없다는 게 더 서운했다.

Rrrrrrr—

"알았다……."

그는 억지로 몸을 일으켰다. 그리고 바닥에 떨어진 재킷을 주워 안주머니에서 핸드폰을 꺼내 알람을 해제했다.

"꿈은, 아니군."

그녀의 찢어진 드레스가 현관 바닥에 뒹굴고 있었다. 그녀는 어디로 사라진 걸까? 태린은 그의 드레스 룸을 난장판으로 만들어 놓은 채 신기루처럼 사라졌다.

고른 숨소리에 태린은 몸을 일으켜 조심스럽게 남자의 드레스 룸으로 향했다. 그리고 자신의 몸에 맞는 남자의 옷을 골라 입었다. 찢어진 옷들은 그대로 두고 자신의 가방을 챙긴 후 남자의 얼굴을 보았다.

오랜 세월 그녀는 남자를 찾았다. 자신을 구해 준 사람을 말이다. 그는 그날의 일을 아는 유일한 사람이었다. 그날의 일을 파헤치기 위해 태린은 오랫동안 노력했다. 그 결과가 지금 그녀의 눈앞에 있었다.

솔직하게 그와 섹스를 할 생각은 없었는데, 일이 이렇게 돼 버렸다.

"차석현……."

그녀는 잠든 석현의 얼굴을 내려다보고는 집을 나섰다.

핸드폰으로 시간을 보니 새벽 3시였다. 그녀는 어디론가 전화를 걸었다.

"가게 문 닫았어?"

[아니, 지금 닫으려고.]

"그 앞으로 갈게."

[알았어.]

태린은 택시를 잡아타고 이태원으로 향했다. 그녀는 이태원 골목길에 들어섰다. 그리고 아직 3층 불이 꺼지지 않은 건물로 들어갔다. 1층은 술집이었지만 지금은 영업이 끝난 상황이라 3층까지 올라가는 동안 사방이 컴컴했다.

타투 가게라서 그런지 계단을 오르는 벽에는 이상한 그림들이 잔뜩 붙어 있었다. 그녀가 가게 안으로 들어가자 한 남자가 그녀를 보며 웃었다. 삭발을 한 머리까지 타투가 그려진 남자는 얼굴 빼고는 온몸이 타투였다.

"옷이 그게 뭐야?"

"같이 잔 남자 옷."

"그런 것 같네. 웬일이야, 옷이 다 찢어질 정도로 한 거야?"

"……."

"그런가 보네."

태린은 가게에 작은 냉장고 문을 열고는 생수를 꺼내 마셨다.

"차석현이랑 잤어."

"뭐?"

"오늘 차석현 만났는데 그날 일도 물어보지 못하고, 그냥 그랬어."

"첫눈에 갈 만큼 생기긴 했더라."

차석현에 관한 일들은 종식을 통해서 듣기 때문에 어쩌면 종식이 그녀보다 그에 관해 더 많이 알 수도 있었다.

"계속 보기만 하더니. 오늘은 왜 만났어?"

"이제 슬슬 끝을 낼 때가 된 것 같아서."

"누구랑?"

"그날의 일도 그렇고……."

"그래, 더러운 기억은 빠르게 지우는 게 나아. 10년을 거지 같은 기억 속에서 살았으면 됐지."

종식은 그녀를 친여동생처럼 생각했다. 사고 후 태린이 방황하던 그때, 그녀는 종식을 만났고 10년 동안 종식과 인연을 이어왔다.

"나 피곤해. 오빠 얼굴 보려고 왔어."

"데려다줄까?"

"아니, 택시 타고 갈게."

"알았다."

태린은 지금 돌아가야 한다는 걸 알았다. 택시를 타고 집으로 향한 태린은 전화를 걸었다.

"집사님."

[기다리세요.]

한 집사가 나오는 동안 태린은 주차장 입구에 서 있었다. 그리고 한 집사가 나오자 그의 뒤를 따라 아무도 모르게 집 안으로 숨어 들어갔다. 이 길은 한 집사와 그녀만 아는 비밀 통로였다.

"……괜찮으세요?"

떡이 진 화장과 남자 옷을 입고 있는 태린의 모습에 한 집사는 놀란 모양이었다. 이제껏 집에 돌아왔을 때 옷차림은 그렇다 치고 화장이 엉망이 되어 돌아온 적은 없었기 때문이었다. 무엇을 했는지 완벽하게 알 수 있는 모습이었다.

"……."

태린은 한 집사에게 고개만 끄덕였다. 그리고 자신의 방. 아니, 다은의 방으로 조용히 들어갔다. 그녀는 빠르게 옷을 벗고는 욕실 거울 앞에 섰다.

"태린아……."

거울 속의 다은이 그녀를 불안한 눈길로 바라보았다. 태린은 다은을 보며 짜증이 밀려왔다. 자신이 그녀의 몸을 온전히 차지할 날이 얼마 남지 않았다고 생각했다. 태린이 생각하기에 다은은 너무나 나약했기 때문이다.

하지만 그때까지 태린은 조금 더 참기로 했다. 완벽하게 다은의 몸을 가질 때까지 그녀는 다은의 또 다른 자아일 수밖에 없었다.

5개월 후.

오랜만의 마케팅부 회식이었다. 하지만 자꾸 시계만 보게 되는 다은은 마음이 급했다. 분침이 옆으로 이동할 때마다 심장이 쪼그라들었다. 노래방에서 미친 듯이 탬버린을 흔들어 대는 동료들은 연신 자리만 지키는 다은을 눈치 없이 손짓하며 불렀다.

그도 그럴 것이 최 부장은 여직원들이 자신의 옆에서 보조를 맞추기를 바라기 때문이었다. 모두 좋아서 열정적으로 탬버린을 치고 박수를 보내는 건 아니었다. 그녀도 어쩔 수 없이 회식 때마다 열과 성의를 다해 놀았지만, 오늘은 아니었다.

노래방에서 몰래 빠져나가려는 그녀를 최 부장이 잡았기 때문이었다. 그리고 자신의 옆에 앉히고는 계속해서 술을 따르게 했다. 하지만 지금은 그것도 문제가 되지 않는 더 중요한 일이 있었다.

그래서 다은은 안절부절못하며 자리를 지켰다.

"무슨 일 있어?"

급기야 친한 동료인 지혜가 그녀에게 다가와 물었다.

"아니……."

"그럼 나와. 부장이 째려본다."

고개를 돌려 보니 마이크를 쥐고 돼지 멱따는 소리를 내며 노래하는 부장의 눈길이 가만히 자리에 앉아 있는 다은에게 향했다. 산 채로 잡아먹을 눈빛이었다.

"응."

현실을 자각하고 벌떡 자리에서 일어난 다은은 억지 미소를 지
으면 부장에게 다가갔다. 짜증은 나지만 이래야 일하기가 편했다.

"부장님, 너무 멋지시다."

콧소리를 내며 부장에게 눈웃음을 친 다은은 마이크를 받아 트
로트 한 곡을 불렀다. 하지만 다은의 눈길은 손목시계로 향했다.
5분이 흘렀다. 무조건 노래방에서 30분 전에는 나가야 10시까지
집에 도착할 수 있었다.

"휘이―!"

여기저기서 휘파람을 불고 난리였고 최 부장은 그녀의 허리에
손을 두르고 있었다. 그대로 손목을 부러트리고 싶었지만 다은은
그런 용기는 없었다. 세상은 그저 조용히 묻어가는 게 가장 편했
다.

"이렇게 잘 부르면서 내숭은……."

최 부장이 그녀의 엉덩이를 토닥였다. 옆에서 보던 지혜의 얼굴
도 그녀처럼 굳었다. 다행히 누군가 다음 곡을 부르기 시작하자
최 부장이 박수를 치느라 그녀의 몸에서 손을 떼었다. 빠르게 옆
으로 빠져나온 그녀는 화장실에 가는 척하면서 지혜를 슬쩍 끌고
나왔다.

"나 가야 해."

"지금? 왜?"

"통금 때문에."

복도를 지나는 사람들을 피해 다은이 지혜에게 말했다.

"뭐? 요즘 같은 시대에 통금이 말이 돼?"

"응, 말이 돼."

지혜는 그녀의 집 사정을 잘 모르고 하는 말이었다.

"일단 갈 테니까. 잘 말해 줘."

"알았다. 하지만 부장님은 나도 자신 없어."

"부탁할게."

지혜와 다시 안으로 들어간 그녀는 모두 정신없이 노는 틈을 타서 조용히 방을 나섰다. 사람들은 그녀가 중간에 빠져나간 것도 모를 것이다. 가방을 들고 미로 같은 노래방을 빠져나오다가 누군가 뒤에서 팔을 잡는 바람에 다은은 깜짝 놀라 소리를 질렀다.

"악!"

"……."

덩치가 커다란 남자가 좁은 복도를 가로막고 떡하니 버티고 서 있었다. 검은 양복에 와이셔츠는 허리에서 반쯤 빠져나왔고 술에 많이 취한 듯 눈동자가 반은 풀려 있는 그 사람은 바로 최 부장이었다.

"부장님."

"가려고?"

최 부장의 얼굴이 기분 나쁘다는 듯 굳어 있었다. 얼마나 잘 먹고 살았는지 피부에 개기름이 잔뜩 낀 최 부장이 그녀를 음흉한 시선으로 훑어보았다. 일부러 최 부장의 시선을 피한 그녀는 일단 고개를 숙였다.

"죄송합니다."

무조건 사과를 하고 빠져나오려는데 최 부장이 그녀의 어깨를 잡았다.

"죄송? 죄송하면 다야? 팀원이면 끝까지 함께해야지."

"제가 급한 일이 있어서요."

"나도 급한 일이 있어."

갑자기 최 부장이 그녀를 품에 안았다.

"그만하시죠. 자꾸 이러시면 가만히 있지 않겠습니다."

순간 욱해서 한마디를 내뱉긴 했지만, 다은은 괜한 짓을 했다는 생각이 들었다. 하지만 후회하기엔 늦은 것 같았다.

"어쩔 건데?"

술 냄새가 진동했다. 뒤를 봐 주는 사람이 워낙 대단해서 사장도 어쩌지 못하는 사람이라고 들었다. 그래도 이건 해도 해도 너무했다. 이런 걸 참고 다녀야 한다는 게 솔직히 싫었다. 아버지에게 말 한마디만 한다면 최 부장 같은 인간은 쥐도 새도 모르게 사라지겠지만, 그전에 그녀가 회사를 그만두어야 한다는 전제가 붙을 게 뻔했다.

다은은 회사를 그만두고 싶지 않았다. 그녀가 숨을 쉴 수 있는 유일한 출구를 막고 싶지는 않았다. 다은은 이를 악물었다.

"죄송합니다. 그만 비켜 주시죠."

그녀가 힘껏 최 부장을 밀어냈다.

"이게 어디서……."

최 부장이 그녀를 향해 내려칠 듯 한 손을 들어올렸다. 저 손에 맞는다면 최소 사망이었다. 눈을 질끈 감고 곧 있을 고통을 기다리는데 이상하게 최 부장의 손은 그녀를 향하지 않았다.

"넌 또 뭐야!"

슬그머니 눈을 뜨니 최 부장의 손을 다른 남자가 잡고 있는 게 보였다. 덩치가 큰 편인 최 부장이 남자보다 작게 느껴졌다. 남자는 운동을 했는지 다부진 몸에 농구선수처럼 커다란 키를 가지고 있었다. 뒷모습으로도 남자의 카리스마가 그대로 느껴졌다. 마치 전사 같다는 생각이 들었다.

"술 취했으면 곱게 들어가."

낮은 저음이 노래방의 소음을 뚫고 그녀의 귀를 자극했다.

"이런 미친 새끼가!"

그 둘은 좁은 복도에서 싸울 기세였다. 하지만 그냥 보기에도 최 부장은 남자의 상대가 아니었다.

다은은 지금 이 둘이 싸우는 것보다 집에 가는 게 먼저였다. 하지만 그들은 다은의 생각을 아는지 모르는지 그녀의 앞을 가로막고 서 있었다.

퍽!

일이 터지고 말았다. 앞으로 나갈 수 있는 상황이 아니라 다은은 한걸음 뒤로 물러났다. 싸움은 상당히 싱겁게 끝이 났다. 그녀를 도와준 남자의 일방적인 승리였다. 다은은 싸움을 잘하진 못했지만 지금 그녀의 눈앞에 벌어진 상황은 너무나 익숙해서 놀라지는 않았다.

"괜찮습니까?"

"네, 감사합니다."

조금 전엔 복도가 어둡고 남자가 그녀를 등지고 있어서 그의 얼굴을 보지 못했지만 가까이서 보니 남자는 보통 미남이 아니었다. 거기에 완벽한 바디라인까지 아주 멋진 남자였다. 하지만 지금은 그런 걸 신경 쓸 겨를이 없었다.

"놀라지 않는군."

남자가 그녀의 반응이 의외라는 듯이 물었다. 낮은 저음이 듣기 좋게 울렸다.

"네?"

"보통 여자들이면 이런 상황에서……."

"놀랐어요. 너무 놀라서 말문이 막혔을 뿐이에요."

다은은 얼른 둘러댔다. 그리고는 가방에서 자신의 명함 한 장을 꺼내 그에게 내밀었다.

"이건 제 명함이에요. 전화 주시면 나중에 저녁 살게요. 오늘 일은 정말 감사합니다."

더는 지체할 시간이 없었다.

"지금……."

"죄송하지만 지금은 너무 급한 일이 있어서요. 아, 그리고 저 남자 일어나려고 하네요."

남자가 고개를 돌린 사이 다은은 그들을 뒤로 한 채 서둘러 노래방을 빠져나왔다. 그녀가 나오기까지 추근대던 최 부장은 바닥에 그대로 엎어져 있는 상황이었다. 속인 건 미안했지만 그래도 지금은 지체할 시간이 없었다.

10시 10분.

택시기사에게 두 배의 요금을 주고 왔지만 결국 10분 늦고 말았다. 저택의 불은 앞으로 벌어질 상황을 아는지 모르는지 평소보다 더 환하게 그녀의 앞을 비췄다. 한남동에서 가장 커다란 집이 그녀의 집이었다.

정문에서 정원을 지나 본채의 현관까지 가는 데도 시간이 꽤 걸렸다. 문을 열고 들어서자 검은 양복을 입은 조직원들이 그녀를 보며 구십 도로 고개를 숙였다. 집 안엔 언제나 양복을 입은 조직원들로 가득했다.

그게 몸서리쳐질 정도로 싫어 다은은 그들과 눈도 마주치지 않았다. 원치 않았지만, 그녀는 보스를 아버지로 두었다. 아니, 돈으로 건달들을 거느리고 있는 태강산업 사장을 아버지로 두었다. 피도 눈물도 없는, 잔인하고 기회주의자에 비열하기까지 한 자신의 아버지를 사람들은 악마의 화신이라고 했다.

"아가씨!"

한 집사가 사색이 된 얼굴로 그녀를 불렀다. 어릴 때부터 삼촌처럼 그녀를 아끼는 한 집사는 그녀가 혼이 날까 봐 걱정이 이만저만이 아니었다.

"어쩌다가 이렇게 늦으셨어요. 그러기에 제가 9시에 차 보내 드린다고 말씀드렸잖아요."

회식한다는 소리에 한 집사는 며칠 전부터 전전긍긍이었었다. 오늘은 차를 보내 주겠다고 전화까지 했었다.

"죄송해요."

"안에서 기다리고 계세요. 무조건 잘못했다고 하세요."

"네."

다은이 10시를 넘긴 적은 언니가 죽은 이후 처음이었다. 그전에도 통금은 10시였지만 약간 늦는다고 해서 아버지의 불호령이 떨어지진 않았다. 하지만 언니의 죽음은 집 안의 모든 것을 바꾸었다. 가뜩이나 무서운 아버지는 예전보다 더욱 폭력적인 성격으로 변했다. 집안사람들은 거의 숨도 쉬지 못할 정도로 조용히 살아야 했다.

　"이다은!"

　"……."

　"지금이 몇 신 줄 알아?"

　아버지에게 불벼락이 떨어질까 봐 엄마가 먼저 선수를 쳤다. 엄마도 아버지가 무섭긴 매한가지였다. 그녀의 집안에서, 아니 이 세상에서 아버지를 두려워하지 않는 사람은 없을 것이다. 아버지는 서울에서 가장 잔인한 건달들을 수하로 두고 있었고 우리나라에선 제법 규모가 큰 태강산업을 가진 사장이었다.

　때로는 집 안에서 처음 보는 사람들을 때리는 모습도 자주 보았다. 돈과 연관된 사람들인 것 같았지만 자세한 내용은 다은도 알지 못했다. 다만 아버지가 잔인하다는 것만은 알았다.

　"죄송합니다."

　일단 고개를 숙인 다은은 아버지를 똑바로 바라보지도 못하고 땅만 내려다봤다. 이상하게 아버지가 강하게 나오면 그녀는 기가 죽었다. 큰소리가 날 때마다 몸이 위축되었다.

"회사 때려치우고 시집이나 가."

아버지는 무슨 생각을 하는지 알 수 없는 표정으로 그녀를 바라보며 차가운 음성으로 말했다.

"아버지……."

숨 막히는 이곳의 생활에서 유일하게 숨을 쉴 수 있는 곳이 회사인데, 이건 아니었다.

"처음이잖아요. 한 번의 기회는 더 주셔야 하는 거 아니에요?"

"다은아!"

놀란 엄마와 오빠가 동시에 그녀의 이름을 불렀다. 그녀가 아버지에게 말대꾸를 한 건 처음이었다.

휙!

"악!"

순간적으로 날아든 컵에 이마를 맞은 다은은 저도 모르게 자리에 주저앉았다.

"어디서 말대꾸야! 하라는 대로 해!"

"아버지 한 번만 기회를 주세요."

다은은 처음으로 애원이란 걸 해 보았다.

"안 돼, 네 언니가 어떻게 죽었는지 몰라서 그래? 네 언니처럼 똑똑한 아이도 당하는 세상이야. 너 하나 죽는 건 상관없지만 네 언니가 못다 한 걸 네가 해야 해서 어쩔 수 없다.”

"아버지, 전 언니의 대용품이 아니에요.”

컵에 맞아 이마 위로 뜨거운 피가 흘러내렸지만 참을 만했다. 하지만 언니가 못다 한 걸 해야 한다는 아버지의 말에 참았던 설움이 폭발했다.

"언니 대신에 시집을 가야 한다면 갈게요. 하지만 지금은 회사에 다니면서 평범한 생활을 하고 싶어요. 시간을 조금만 주세요.”

"다은아, 얘가 오늘따라 왜 이래?”

엄마가 사색이 돼서 그녀를 말렸다. 다은은 처음으로 아버지 앞에서 눈물을 보였다. 아버진 여자의 눈물을 특히 싫어했다. 그래서 엄마도 언니도 아버지 앞에선 절대로 눈물을 보이지 않았다.

"안 돼!”

아버지는 단호했고 다은은 물러날 수가 없었다. 이렇게 그녀의 마지막 자유를 잃고 싶진 않았다. 다은은 계속해서 아버지를 설득했고, 아버지는 무슨 생각이신지 마지막이라는 말과 함께 다시 회사에 다닐 기회를 얻게 되었다. 정말 기적 같은 일이었다.

자신의 방으로 올라온 다은은 침대에 누워 펑펑 울었다. 10분 늦었다고 이렇게 딸에게 컵까지 던지는 아버지와 한집에 산다는 게 고통스러웠다. 물론 아버지의 폭력은 어릴 때부터 이어졌고 언니의 죽음 이후에는 더 심해져서 이제는 이골이 날 법도 했다. 하지만 매번 이렇게 맞을 때마다 서러운 건 어쩔 수 없었다.

똑똑.

엄마가 구급상자를 가지고 들어왔다.

"그러게 왜 늦었어……."

엄마는 이렇게 말을 하며 그녀의 이마를 소독약으로 닦아 주었다. 상처 부위가 쓰라려 입술을 꽉 깨물었지만 신음 하나 흘리지 않았다.

"아버지한테는 언니뿐이잖아. 그러면 나 같은 건 신경 안 써야 하는데 왜 그렇게 통금에 연연하는지 모르겠어."

"그야, 널 걱정하는 마음에서……."

"엄마, 아니란 거 알잖아."

"……."

"아버지는 의대생이던 언니를 자랑스러워했어. 아버지는 그때 언니가 죽은 것보다 차라리 내가 죽었으면 하는 거야."

"다은아."

"아니라고는 하지 마. 그리고 언니의 죽음은 아버지 탓이지 내 탓이 아니야."

언니와 함께 납치를 당한 후 그녀는 누군가에 의해 구출되었지만, 그녀의 언니는 실종 처리 되었다. 그로부터 10년이 지난 지금까지 언니의 시체조차 찾지를 못했다. 그리고 다은은 그날의 일을 하나도 기억하지 못했다.

한 가지 기억하는 건, 그들을 납치한 사람이 김 기사라는 것이었다. 아버지에게 앙심을 품은 김 기사의 소행이라는 것만 기억했다. 하지만 그는 이미 중국으로 도망친 상황이었다.

아버지는 특유의 잔인한 성격 때문에 주변에 적들이 많았다. 여러 경쟁 상대들과 이권 다툼도 항상 있었다. 그리고 그들은 언제나 아버지의 약점으로 가족을 걸고넘어졌다. 오빠도 납치를 당한 경험이 있었고 그녀도 납치를 당할 뻔한 경험이 있었다.

10년 전의 경우는 아버지가 먼저 김 기사를 압박해서 언니를 죽음으로 몰고 간 것이었다. 아버진 인정하고 있지 않지만 말이다.

"엄마, 나 피곤해."

"그래도 다은아, 아버지에게 대들지 마. 그리고 송 원장님하고 약속 잡아 놨으니까 시간 좀 내."

"……알았어."

엄마는 그녀가 아버지와 사이가 나빠질까 봐 노심초사였다. 아버진 가족이라고 해서 봐주는 법이 없는 사람이었기 때문이다. 엄마가 나가고 핸드폰을 보니 그녀를 구해 준 남자에게 문자가 와 있었다.

내일 저녁에 볼 수 있냐고 말이다.

"여기도 성질 급한 사람이 또 있네."

그녀는 알겠다고 문자를 보낸 후 잠이 들었다. 오늘은 너무나 고단한 하루였다.

여자에게 문자를 보낸 건 참 오랜만의 일이었다. 왠지 궁금증을 유발하게 만드는 여자였다. 주먹이 오가는 상황에서도 여자는 눈 하나 깜짝하지 않았다. 보통 그 상황이라면 비명을 지르고 난리였을 텐데 반응이 신선한 여자였다. 거기다가 그의 이상형과 완벽하게 떨어지는 외모까지 갖추고 있었다.

청순한 모습에 반전이 있는 여자가 이상형인 석현에게 그녀는 꿈에 그리던 여자였다. 그리고 또 한 가지 묘한 건 다은에게서 태린의 모습이 겹친다는 것이었다. 태린의 화려함과는 전혀 다른 모습인데 왜 그런 느낌이 드는지 알 수 없었다.

하지만 확실한 건 석현은 다은에게 더 마음이 간다는 것이다.

"답장이 왔군."

그는 정신없이 놀고 있는 사원들 사이에서 문자를 보았다. 내일 만나자는 문자라서 그의 얼굴에 미소가 피어올랐다. 오랜만에 SH 코스메틱 사장실의 회식 자리였다. 원래 노래방 같은 곳은 잘 오지 않는데, 오늘은 그의 비서인 오 실장이 1차에서 인사불성이 되는 바람에 그가 직원들과 함께 2차까지 온 것이었다.

좀 전까진 오 실장을 혼낼 생각이었는데 지금은 고맙게 느끼고 있었다. 오 실장이 아는지 모르는지 그의 옆에 엎어져 잠들어 있었다. 친구이자 비서인 수빈은 일할 때는 완벽한데 일상생활에선 제대로 하는 게 없었다. 술까지 못하니 참 한심해 보였다.

"이다은……."

그녀의 명함을 한참 동안 바라보던 그였다.

진료실이라고는 생각되지 않는 아늑한 방이었다. 사방이 책으로 둘러싸여 있긴 했지만 식물들도 많이 있었고 그림들도 예쁘게 배치되어 있었다. 특히 인상적인 건 푸근한 인상의 송 원장이었다.

"오랜만입니다."

"네, 선생님."

"오늘은 왜 다은 씨는 안 온 건가요?"

"오자고 그렇게 말했는데 바쁘다고 해서 약만 타러 왔습니다."

송 원장과는 10년 전부터 인연을 맺었다. 다솜이 죽던 그날, 다은은 온몸에 피가 튄 채 경찰서에서 발견되었다. 다은을 파출소에 데려다주고 사라진 남자의 정체는 알 수 없었고 그 사람은 범인이 아니란 말만 들었다.

그런데 그 후로 다은은 가끔 이상한 행동을 보였다. 그래서 정신과 전문의인 송 원장의 병원을 찾게 된 것이다.

"다중인격이라는 게 그리 쉽게 고쳐지는 병이 아닙니다. 그 원인을 제거해야 하는데, 아직도 그날의 사건은 미제로 남아 있으니 더욱 답답하죠."

"몇 개월씩 괜찮다가도 갑자기 불쑥불쑥 나오니……. 저도 답답합니다. 어제는 처음으로 다은이가 아버지에게 대들었어요. 그때의 모습이 꼭 태린이 같아서……."

연수는 어제 다은의 모습에서 태린을 겹쳐 보았다. 원래 다은은 태린일 때와 완전히 다른 사람이었다. 그런데 어제는 다은이 사라지고 태린이가 나온 것 같아 보여서 걱정이었다.

"다은이가 사라지면 어떻게 하죠."

"약을 처방해 드렸으니 마음이 안정될 겁니다. 그러면 태린이가 나올 확률이 낮아지니까. 약을 꼭 먹도록 도와주세요."

"네, 알겠습니다."

연수는 처방전을 받아 병원에서 나왔다. 이게 다 그녀가 이 사장과 결혼을 한 탓이었다. 왜 그때 그런 선택을 한 건지 지금도 후회스러웠다.

"사모님……."

"한 집사님."

집안에 그래도 한 집사가 있어서 다행이란 생각이 들었다. 그는 연수와 다은에게 유일하게 잘해 주는 사람이었다. 이만큼 견딜 수 있던 건 한 집사를 오빠처럼 의지했기 때문일지도 모른다.

"서두르셔야 할 것 같습니다. 사장님께서 회사에서 출발하셨답니다."

"이렇게 빨리요?"

"머리가 아프시다고……."

"알았어요."

연수는 다은이 아픈 걸 이 사장이 알까 봐 걱정이었다. 절대로 들키면 안 되는 일이었다.

다음 날, 석현은 퇴근하자마자 약속 장소로 향했다. 그녀는 그에게 별 관심이 없는지 아니면 그가 누군지 모르는지 그녀 회사 앞의 삼겹살집에서 만나자고 했다.

"이거 안 놔!"

어제와 같은 상황이 되풀이되는 것 같았다. 여자가 예뻐도 문제였다. 오늘은 하나가 아닌 둘이었다.

"후, 조용히 만날 스타일은 아닌 것 같군."

그는 이렇게 중얼거리곤 다은에게로 향했다. 자신은 이런 일에 쉽게 나서는 스타일이 아니었다. 그런데 이상하게 다은을 만나면 마치 그녀를 위한 흑기사가 되는 것 같았다.

질풍노도의 시기에 그를 잡아 준 건 끝없는 수련이었다. 유도, 태권도, 합기도까지 그는 안 한 무술이 없었다. 이럴 때 쓰라고 배운 건 아니지만, 지금은 아주 유용하게 쓸 것 같았다.

"이거 안 놔?"

"뭘 그렇게 비싸게 굴어. 번호 좀 가르쳐 달라는 것뿐인데. 남자 있어도 상관없다고. 그러니까……."

비곗덩어리가 웃기게 굴었다. 남자 친구가 있어도 상관없다니 대단한 자신감이었다. 오늘 날씨가 덥긴 했지만 다은의 손을 잡은 녀석은 상당히 더운 듯했다. 셔츠 단추를 반 이상은 풀어 몸에 용 문신을 자랑스럽게 보였다.

"그 손 놔."

그의 등장에 남자들보다 더 놀란 사람은 다은이었다. 그녀의 표정이 어제보다 마음에 들었다. 여자의 무덤덤한 표정이 신선하기는 했지만, 마음에 들지는 않았었다.

"넌 또 뭐야?"

"이 여자 남자 친구."

"아……."

남자 둘이 알 만하다는 듯 그의 앞으로 다가섰다. 혼자가 아닌 둘이니 자신감이 있어 보였다.

"씨발, 남자 친구? 남자 친구는 간이 배 밖으로 나왔나 봐?"

숫자에서 우위니 보이는 게 없는 모양이었다.

"그림은 몸에 그리는 게 아니라 도화지에 그려야지."

"뭐? 이 새끼, 너 오늘 나한테 죽었어."

남자가 그에게 달려들려고 했다. 석현도 녀석을 받아 줄 준비가 되었다. 속으로 용 문신한 놈부터 처리해야겠다고 생각하고 있었다.

그런데 그때였다. 그가 남자를 어찌해 볼 것도 없이 갑자기 다은이 남자의 옷깃을 잡아 바닥에 내리꽂았다.

"유도?"

아주 훌륭한 기술이었다.

"이건 또 뭐야?"

다른 남자가 다은에게 달려들려고 하자 이번엔 그가 넘겨 버렸다. 그때 석현은 다은의 눈빛이 달라진 걸 느꼈다. 다은에 대해 잘 알지는 못했지만 분명 그가 어제 보았던 다은이 아니었다. 오히려 다른 여자가 생각이 났다.

몇 개월 동안이나 찾았지만 나타나지 않은 여자였다. 그녀는 원 나잇만 원했던 게 분명했다. 그래서 그녀의 얼굴을 머릿속에서 지우려고 했지만 지워지지 않았다. 다은을 보기 전까지 말이다.

그런데 전혀 다른 다은에게서 묘하게 태린의 느낌이 났다. 석현은 혼란스런 마음을 다잡고 다은에게 다가섰다.

"운동 좀 하시네요?"

"……."

다은은 조금 전의 모습과는 다르게 당황한 표정을 짓고 있었다.

"그, 그러니까……."

"괜찮아요?"

"네."

바닥에 뒹구는 남자들을 뒤로하고 그들은 삼겹살집으로 향했다. 그들의 두 번째 만남도 남달랐다.

"세 번째도 이런 식이면 이건 정말 인연인데?"

"그런가요……?"

다은이 눈도 제대로 마주치지 못하고 말했다.

"만약에 또다시 이렇게 만난다면 그땐 사귀자고 할지도 몰라요."

"풋!"

크고 아름다운 눈을 반달처럼 휘며 다은이 그를 향해 웃었다. 그녀의 모습에 석현은 마음이 흔들렸다. 다시는 여자에게 마음을 주지 않으려 했던 그의 마음이 다은을 향해 움직이기 시작했다.

세 번까지도 필요치 않았다. 이미 그의 마음에 새로운 사람이 들어왔기 때문이었다.

1년 후.

"헉헉⋯⋯."

거친 숨을 몰아쉬며 자신 앞에 선 남자를 향해 다은은 미소 지었다. 언제 봐도 멋진 남자였다.

"석현 씨."

카페에 다른 사람들이 보건 말건 그녀는 자신의 남자 친구를 향해 손을 흔들었다. 1년 전 회식 때 그녀를 구해 준 인연으로 그들은 빠르게 연인이 되었다.

"하아⋯⋯. 오래 기다렸지?"

"아니요, 천천히 와도 되는데⋯⋯."

"아니, 다은이를 보고 싶어서 늦게 올 수가 없었어."

말도 참 예쁘게 하는 남자였다. 그가 다은의 옆에 앉았다. 그가 좋아하는 달달한 캐러멜 마키아또를 한 모금 마신 후 그가 그녀의 입술에 살짝 입을 맞췄다.

"사람들이 봐요."

"뭐 어때. 내 여자한테 하는 건데."

그가 말하는 '내 여자'란 단어가 기분 좋게 귓가를 울렸다. 다은은 자신을 그윽한 눈길로 내려다보는 석현의 검은 눈동자를 마주 보았다. 볼 때마다 느끼는 거지만 이렇게 잘생긴 남자가 자신의 남자라는 게 자랑스러웠다.

다은은 손으로 그의 얼굴을 다정하게 쓰다듬었다.

"볼 때마다 느끼는 거지만 심장 떨리게 잘생긴 얼굴이에요."

"내가?"

"네. 숱 많은 눈썹도 짙은 속눈썹 아래의 검은 눈동자도, 깎아 놓은 것 같은 코도. 그리고 키스하고 싶은 입술도……."

"그만."

그가 그녀의 손을 잡았다.

"왜요? 사람들이 많아서 창피해요?"

"아니, 사람들과는 상관없어."

"그럼요?"

"몰라서 묻는 거야? 아니면 날 자극하는 거야?"

"……."

석현이 그녀의 턱을 손끝으로 잡았다.

"키스하고 싶어. 하지만 한번 시작하면 멈출 수가 없을 것 같아서."

"석현 씨."

"그러니까, 카페에선 날 자극하지 마. 넌 너무 몰라."

모르는 게 아니었다. 하지만 그와 더 진한 스킨십을 하기엔 시간이 너무 이른 시간이었다. 그리고 그녀는 10시 전에는 집에 들어가야 했다. 그건 여전히 그녀를 옭아매는 규칙이었다.

"저녁 먹으러 갈까?"

"네."

식사는 주변의 식당에서 간단히 먹고, 그가 그녀의 집 앞에 데려다주는 것으로 그들의 데이트는 끝이 났다.

"오늘 고마웠어요."

"뭐가?"

"맛있는 것도 같이 먹고, 집에도 데려다주고……. 읍!"

그가 갑자기 그녀의 입술에 짙은 입맞춤을 했다. 사람들이 보거나 말거나 그의 스킨십은 언제나 대담했다. 다은을 놀라게 할 때가 한두 번이 아니었다. 그런 그가 남들의 시선을 피할 수 있는 차 안에서는 더욱 대담해졌다.

그의 혀가 그녀의 입안을 거칠게 탐했다. 서로의 혀가 얽히고 그의 손이 그녀의 풍만한 가슴을 감쌌다. 그녀의 좌석이 뒤로 넘어가며 키스의 강도는 점점 더 강해졌다.

"으으음……."

신음이 차 안을 울렸고 그녀도 그에게 화답하듯이 그의 혀를 빨아들였다. 떨어지고 싶지 않은 마음이었다. 아버지만 아니었다면 그와 함께 어디로든 떠나고 싶은 마음이었다. 그의 혀가 그녀의 혀를 감았다 놓았다. 서로의 타액이 섞이듯 그들의 몸도 하나로 겹쳐졌다.

그의 손이 그녀의 옷 안으로 들어가 풍만한 가슴을 잡았다.

"미칠 것 같아⋯⋯."

그가 브래지어를 들어 올리고 그 안의 유두를 잡아 비틀었다.

"아아앙⋯⋯."

그녀의 신음에 그가 갑자기 모든 동작을 멈추고 그녀의 옷을 정리해 주었다. 언제나 여기까지였다. 그는 더는 욕심내지 않았다.

"들어가. 더는 힘들어."

"석현 씨⋯⋯."

"아버지께서 화내실 테니까 어서 들어가."

그녀의 사정을 잘 아는 석현은 언제나 이렇게 자신의 욕구를 참으며 배려해 주었다.

"미안해요."

"아니야, 어서 들어가."

그가 주머니에서 담배를 꺼내 입에 물었다. 거친 숨을 몰아쉬는 거로 봐서 그도 힘이 든 모양이었다.

"조심히 들어가요."

다은은 차 문을 열고 나오자마자 집까지 뛰기 시작했다. 이렇게 하지 않으면 미칠 것 같았기 때문이었다. 그녀는 석현에게도 자신의 집을 가르쳐 주지 않았다. 그래서 한참 먼 거리에 차를 세워 달라고 했다.

"헉헉헉……."

오늘은 심장이 터질 정도로 뛰어서 집에 도착했다. 잠시 숨을 고르던 다은은 현관에서 자신을 기다리고 있는 한 집사에게 인사를 하고 안으로 들어갔다.

"아가씨!"

집사가 그녀를 뒤에서 불렀다.

"사장님께서 기다리십니다."

"아버지가요?"

"손님도 와 계십니다."

"손님?"

갑자기 불길한 생각이 들었지만, 그녀는 거친 숨을 정리하며 거실로 들어갔다. 거실엔 아버지 말고 머리가 하얗게 센 남자가 앉아 있었다. 남자가 정자세로 앉아 있는 모습에 다은은 온몸에 소름이 돋았다. 왜 그런지 이유는 알 수 없었지만, 남자를 본 순간부터 두려움이 몰려왔다.

"다녀왔습니다."

"이리 와서 인사드려라."

"……."

"김 집사다."

다른 집의 집사가 왔다는 건 그녀의 결혼이 점차 다가온다는 의

미였다. 순간 웃음이 터질 뻔했다. 이 정도면 돗자리를 깔아야겠다는 생각이 들었다. 하지만 다은은 웃지 않았다.

"안녕하십니까? 차 회장님 댁 총괄 집사 김상수입니다."

"네, 안녕하세요."

"듣던 대로 굉장히 미인이십니다."

김 집사의 눈이 예사롭지 않게 빛나고 있었다.

"……감사합니다."

"앉아."

아버지의 말에 다은은 굳은 얼굴로 자리에 앉았다.

"제가 오늘 이 자리에 온 것은 아가씨와 저희 도련님과의 혼사 때문입니다. 회장님께서 요즘 도련님의 혼사를 서두르시는 관계로 이렇게 찾아뵙게 됐습니다."

김 집사는 조곤조곤하고 부드러운 음성으로 말하고 있었지만, 눈빛은 날카롭게 다은을 살피고 있었다. 교활한 여우 같은 느낌이었다.

"하하하, 우리 다은이야 아주 곱게 자랐지. 이만하면 우리 다솜이만은 못해도 아주 잘 자란 편이야."

아버지는 칭찬이랍시고 하는 말이지만 다은의 가슴에 비수를 꽂는 잔인한 말이었다. 언니와 그녀를 비교하는 것도 모자라서 잘 자란 편이라니 기가 막혔다. 김 집사는 그녀의 표정이 굳은 걸 눈치챘지만, 아버지는 아니었다.

"다솜이가 아닌데도 이 결혼을 승낙하시다니……. 역시 차 회장님은 의리파시라니까. 하하하!"

"……."

오늘은 입을 떼지 않는 것이 훨씬 더 나을 것 같아서 다은은 입술을 깨물었다.

"다은 아가씨는 직장에 다니신다고요?"

"결혼하게 되면 당장 그만둘 거야. 아니, 지금이라도 그만두게 할까?"

아버지가 김 집사의 말을 끊으며 급하게 말했다. 상대방 집안에 잘 보이려고 안간힘을 쓰는 아버지의 모습이 낯설었다.

"……."

어이가 없어진 다은은 입을 다물었다. 그녀의 의사 따위는 존재하지도 않았다.

"그래도 결혼 전까지는 하시던 일을 하셔도……."

오히려 김 집사가 그녀의 편을 들어 주는 모양새였다.

"아니, 그만둘 거야. 안 그래?"

아버지가 매서운 눈으로 그녀를 보았고 곁에 서 있는 엄마는 불안한 눈빛으로 그녀를 보고 있었다.

"……."

"왜 답이 없어?"

아버지가 화를 참지 못하고 소리를 버럭 질렀다.

"······."

"이다은!"

"괜찮습니다. 어차피 차 회장님께서도 커리어우먼을 좋아하시니까요."

"아하, 그래? 그러면 의대생인 우리 다솜이가 딱인데······."

아버지는 다은의 굳은 표정과 김 집사의 난감한 표정을 무시한 채 다솜의 이야기만 했다. 가슴이 답답한 다은은 앞에 놓인 찻잔만 바라보고 있었다.

아마, 김 집사가 없었다면 아버지는 자신의 찻잔을 그녀에게 던졌을지도 몰랐다. 충분히 그러고도 남을 사람이었다.

"날짜는 언제로 할까요?"

"날짜라면······."

김 집사가 아버지의 주위를 환기시켜 주었다.

"이번 주 토요일에 명성 호텔에서 만나는 건 어떨까요?"

"우리야 좋지."

"이번 주말이면 너무 빠른데요······."

석현에게 얘기해야 하는데 시간이 없었다. 이제껏 자신이 누구인지 말하지 못한 다은은 언젠간 이런 날이 올 거란 걸 알았기에 석현에게 항상 미안했었다. 하지만 차일피일 미루다 결국 지금까지 말하지 못한 상황이 되어 버렸다.

"이다은, 입 다물어. 한 마디만 더하면 김 집사가 있어도 가만히 안 있어."

아버지가 이를 악물며 그녀에게 경고했다.

"그리고 저 만나는…… 읍!"

엄마가 그녀의 입을 틀어막고는 자리에서 일으켰다. 그 작은 몸에서 어떻게 이런 힘이 나오는지. 엄마는 초인적인 힘으로 그녀를 끌고는 그녀의 방으로 데리고 갔다. 나머지는 불 보듯 뻔했다.

"미쳤어?"

그녀의 방에 들어온 엄마는 방문을 걸어 잠그고는 사색이 된 얼굴로 물었다.

"아버지가 흥분해 계시는데 그런 말을 하면 어떻게 해?"

"엄마……."

엄마는 너무 답답한 삶을 살고 있었다.

"아버지 요즘 일이 제대로 안 풀리시는지 저기압이신데. 왜 자꾸 그래?"

그때 다은의 시선이 엄마의 목으로 향했다.

"엄마, 아버지가 이런 거야?"

이 더운 여름에 목이 가려진 옷을 입었을 때부터 알아봤어야 했다. 엄마의 옷을 살짝 내리자 멍 자국이 가득했다.

"사람이 아니야. 어떻게 나이 먹어서도 이래?"

"다은아, 엄마는 괜찮아."

"뭐가 괜찮아. 이제 그만 아버지하고 헤어지면 안 돼? 내가 엄마 하나는 충분히 먹여 살릴 수 있어."

그건 사실이었다.

"그전에 아버지 손에 죽지 않으면 다행이야. 그러니 혹시라도 그런 말은 아버지 앞에서 하지도 말아."

"엄마."

"그리고 제발 이번 결혼은 아버지 뜻대로 해. 그게 네가 아버지에게서 벗어나는 길이야."

"……."

그건 엄마의 말이 맞았다. 아버지에게서 벗어날 수 있는 유일한 방법은 결혼뿐이었다. 하지만 그렇다고 이렇게 원하지도 않는 결혼을 할 수는 없었다. 엄마가 방을 나가고 다은은 멍하게 휴대전화를 보았다. 석현에겐 뭐라고 설명해야 할까?

그녀는 아직 석현과의 관계를 정리할 자신이 없었다.

Chapter 2

　김 집사는 굳은 얼굴로 차 회장 앞에 앉아 있었다. 늦은 시간 차 회장이 갑작스럽게 발작을 일으켰기 때문이었다. 요즘 부쩍 발작을 자주 일으켰다. 당뇨로 인한 합병증으로 심근경색이 있는 차 회장이었지만, 이렇게 심장에 발작 증상까지 일으킨 건 드문 일이었다.

　거기에 흔하지 않은 피부병까지 있는 그는 매일같이 여러 가지 약들을 먹어야 했다. 그 덕에 장기의 기능들이 좋지 않았다. 정말 약으로 버티는 중이었다.

　"어떻게 됐어?"

　친손자는 아니지만, 석현의 선 자리를 묻는 것이었다. 언제나 머리와 꼬리를 잘라 말하는 차 회장이기 때문에 잘 알아듣고 대답해야 했다. 엉뚱하게 대답했다가는 불호령이 떨어졌기 때문이다.

"이번 주말에 자리를 가질 예정입니다."

"그래? 어미는 뭐래?"

"좋아하시지는 않습니다."

"아들을 그렇게 좋아해서 장가는 보내겠어? 이번 일이 얼마나 중요한데 그따위야?"

작은 사모가 이다은을 반대하는 이유는 단 하나였다. 이다은의 아버지인 이세호가 마음에 들지 않는다는 것이었다. 잔인하기로 소문난 사람의 딸과 자신의 아들을 왜 결혼을 시키려는 건지 이해를 못 하는 것이었다.

차 회장도 이 사실을 다 알지만 이상하게 자꾸만 이번 혼사를 밀어붙이시니, 김 집사로선 난감할 따름이었다.

"회장님, 왜 태강산업과 사돈을 맺고 싶으신 건지 여쭈어도 되겠습니까?"

"그런 이유가 있어."

마치 다은을 아는 것처럼 말하는 차 회장이었다.

"이다은 양을 만나신 적이 있으십니까?"

"……."

조 회장은 대답 대신 알 수 없는 미소를 지었다.

"예쁘긴 한데 기운이 강한 아가씨였습니다."

"석현이가 만만하게 볼 아이는 아니지."

"그런데 왜……."

"석현이는 다은이가 딱 맞아. 그리고 우리는 지금 태강산업과 딱 맞고."

더더욱 알 수 없는 말만 하는 차 회장이었다. 김 집사는 차 회장이 얼마나 계산적인지 알기 때문에 어째서 태강산업과 같은 작은 회사와 인연을 맺고 싶어 하는지 이해할 수가 없었다.

"아무 소리 말고 결혼 준비나 잘해."

"네, 알겠습니다."

"어미한테는 내가 따로 얘기하지……. 윽!"

"회장님!"

또다시 발작을 일으킨 회장이었다. 김 집사는 다급하게 비상벨을 눌렀다.

"회장님, 정신 차리세요!"

평생을 모신 분이었다. 그의 인생을 다 바쳐 모신 분이 고통스러워하는 모습을 보는 건 힘이 들었다.

다은은 카페에 굳은 표정으로 앉아 창밖을 보았다. 석현과 자주 만나는 카페에는 오늘따라 사람들로 북적였다.

"어떻게 말을 꺼내지?"

오늘은 석현과 담판을 지어야 했다.

"사랑한다고 했어……."

석현은 만난 지 세 번째 되는 날에 그녀에게 사랑한다고 고백했었다. 물론 그 후론 그런 식의 말을 하지 않았지만, 다은은 석현이 자신을 얼마나 사랑하는지 느낄 수 있었다.

"우리 결혼할……. 후……."

한숨이 절로 나왔다. 석현은 그녀를 사랑은 하지만 결혼까지는 생각하지 않을 수도 있었다. 시간을 두고 천천히 물어봐야 하지만 이번 주말엔 선을 봐야 했다. 그전에 석현의 마음을 확인하고 아버지에게 말해야 했다.

"무슨 생각을 그렇게 해?"

석현이 다정한 미소를 지으며 그녀의 볼을 살짝 건드렸다.

"어? 왔어요?"

"고민 있는 것 같아."

"아니에요……."

그녀의 옆에 앉은 석현은 다은의 볼에 입을 맞추었다. 하지만 오늘 석현은 평소와는 다르게 눈은 웃지 않고 있었다. 회사에서 안 좋은 일이 있었던 것 같았다. 그가 어떻다고 말을 하지 않는 이상 다은은 그의 회사 일은 묻지 않았다.

"안 어울려. 우리 다은이는 웃는 게 훨씬 예뻐."

"……."

그의 말에 정신이 돌아온 다은은 결혼에 대해 말을 꺼내야 했는데 입이 떨어지지 않았다.

"오늘은 뭐 먹을까? 종일 굶었더니 배고프다."

"왜요?"

"오늘 일이 좀 많았거든. 바이어들도 만나고 정신이 없었어."

작은 회사를 운영하는 석현은 바쁜 사람이었다. 일주일에 두 번 정도 만나는데 그는 주말에도 바빴다.

"그럼 우리 밥 먹으러 가요."

"그래."

카페에서 얘기하고 싶었지만, 이상하게 타이밍이 맞지 않았다.

그들이 간 곳은 근처 해물탕집이었다. 이상하게 가는 곳만 가게 되는 그들이었다. 1년을 사귀는 동안 그들은 카페 아니면 이곳 해물탕집이나 근처의 삼겹살집이 다였다.

그러고 보니 그에 대해 아는 것도 별로 없는 것 같았다. 얼굴만 보고 있어도 좋은데 굳이 다른 건 알 필요도 없었다. 하긴 그녀가 물어볼 처지도 아니었다. 그보다는 그녀 쪽에서 더 비밀이 많았기 때문이다. 특히 아버지가 태강산업 사장인 건 말하고 싶지 않은 사실이었다. 아버진 어디서나 소문이 좋지 않았다.

"오늘 좀 이상한데?"

그가 해물탕을 한 그릇 떠서 그녀 앞에 놓으며 말했다.

"그래 보여요?"

"응, 뭔가 오늘 중요한 말을 할 것 같은 느낌이 들어."

"오늘 석현 씨도 기분이 안 좋아 보여요."

"……그래 보여?"

"네, 오늘은 좀 그런 것 같아요."

아니란 말은 하지 않는 걸 보니 뭔가 문제가 있는 모양이었다. 그러고 보니 그녀는 석현이 무슨 사업을 하고 있는지도 잘 몰랐다. 작은 사업체를 운영한다고만 들었지 자세한 내용을 들어 본 적은 없었다.

1년을 만나면서 어떻게 이렇게 아는 게 없을까? 그러고 보니 그의 친구들도 만난 적이 없었다. 물론 그녀도 그에게 친구들을 소개하진 않았지만 말이다.

서로가 서로에게 눈이 멀어 둘만의 시간만 보낸 그들이었다.

"우리 결혼할래요?"

"……."

갑작스러운 그녀의 말에 그가 자신의 앞 접시에 해물탕을 담다가 그대로 동작을 멈추었다.

"결혼?"

"네."

그가 앞 접시를 내려놓고 굳은 얼굴로 그녀를 바라보았다. 석현의 반응은 그녀의 예상과는 달랐다. 기뻐할 정도는 아니더라도 이렇게 정색할 정도의 말은 아닌데, 그는 지금 정색한 얼굴로 그녀를 보았다.

"싫어요?"

"갑작스러운 말이라서……."

"놀랐어요?"

"조금."

실망하지 않았다고 하면 거짓말이었다.

"사랑한다면서요?"

"맞아."

담담하게 물었고 그도 담담하게 답했다. 뭐지? 하는 생각이 들었다. 그동안 석현은 그저 연애나 하려고 그녀를 만났다는 것인가? 서른다섯 살인 석현은 연애만 생각할 나이는 아니었다. 그녀가 사람을 잘못 본 것일까?

"그런데……."

"결혼은 많은 준비가 필요해. 그런데 난 아직 준비가 안 됐어."

"준비 같은 건 필요 없어요. 그냥 있는 대로……."

"아니."

석현이 인상을 쓰며 칼처럼 그녀의 말을 잘라 버렸다. 과도한 반응이었다. 왜 이러는 걸까?

"기다릴 시간이 없어요. 우리는 운명이라고 하지 않았나요?"

"뭐?"

그녀의 말에 그의 표정이 묘하게 변했다. 첫 만남부터 그는 다은에게 흑기사나 마찬가지였다. 도움이 필요할 때마다 나타나 운명처럼 그녀를 구해줬던 석현이었다.

"오늘 답을 들어야 해요."

질문할 때마다 자신이 그에게 매달리는 느낌이 들어 다은은 자존심이 상했다.

"무슨 일인지 모르겠지만……. 지금 답을 원한다면 나는 다은이 원하는 답은 해 줄 수가 없어."

"……."

다은은 처음으로 그의 눈을 피했다. 그의 얼굴을 볼 자신이 없었다. 하지만 그의 앞에서 눈물을 보이긴 싫었다. 가슴이 무너져 내렸지만 석현에게 그녀란 사람은 여기까지인 것 같았다. 그동안의 추억은 아름다웠고, 이게 그들의 인연의 끝인 것이다.

"평생 연애만 하고 살 수는 없잖아요?"

"맞아, 하지만 결혼은 때가 있는 거야."

그의 말이 옳았다. 하지만 그들의 시간은 맞지 않는 듯했다.

"배고프다면서요. 어서 먹어요."

그녀는 애써 괜찮은 척하며 그의 앞 접시에 해물탕을 떠 주었다.

"신경 쓰지 말아요. 괜한 걸 물었어요."

그녀가 아무렇지 않은 듯 미소 지었다.

"먹어요."

"실망하게 하는 답을 해서 미안하지만, 솔직하게 좀 놀랐어."

"그만 말하고 먹기나 해요."

"……."

그녀가 그의 손에 숟가락을 쥐여 주었다. 석현을 사랑하는 만큼 상처받은 다은은 가슴이 무너져 내리고 있었지만, 그에게 들키고 싶지 않아서 해물탕을 먹기 시작했다.

세상에서 가장 맛없는 해물탕이었다.

집에 도착한 다은은 자신의 방이 아닌 언니의 방으로 들어갔다. 언니가 죽었어도 그 방은 예전 그대로였다. 언니의 침대에 자연스럽게 앉은 다은은 맞은편의 화장대 거울을 뚫어지게 바라보았다.

마치 거울을 뚫어버릴 기세였다.

"아, 아아아악!"

갑자기 머리를 쥐어뜯던 다은은 거울을 바라보며 대화를 하기 시작했다.

「멍청하긴.」

거울 속의 그녀가 말했다.

"난……."

「내가 뭐라고 했어. 넌 언제나 그런 식이라고 했지? 내가 1년이나 참고 기다려 줬으면 혼자서 해결했어야지.」

"아니야……."

「아니긴 뭐가 아니야?」

거울 속의 태린이 화를 내고 있었다.

"내가 어떻게 해서든지 해결할 거야."

「뭘 어떻게? 언니를 죽인 놈들은 찾은 거야?」

거울 속의 태린이 그녀를 비웃듯이 보았다.

"아니, 기억이 나질 않아……."

「멍청하긴, 그걸 그렇게 못 떠올려?」

거울 속의 태린은 언제나 그녀를 멍청하다고 했다. 하긴 그녀 자신도 답답할 정도로 다은은 소심했다.

"미안해……. 하지만 난 무서워."

거울 속의 태린이 팔짱을 낀 채로 그녀를 비웃었다.

「내가 할까?」

태린은 언제나 자신이 처리해 준다고 다은을 유혹하곤 했다.

"아니, 조금만 더 참아 줘."

「이번 한 번만이야.」

"응, 잘할게."

다은은 태린이 무서웠다. 태린이 나오면 그녀의 몸이 이상해졌기 때문이었다. 왠지 태린은 그녀의 몸을 함부로 대하는 기분이 들었다. 지난번엔 온몸에 헤나 문신을 해서 얼마나 놀랐는지 모른다. 물론 시간이 흐르니까 지워지긴 했지만 말이다.

그리고 태린은 너무나 과감했다. 한 번은 집에 남자의 옷을 입고 들어온 적도 있었다. 한 집사님 덕에 조용히 들어올 수 있었기에 망정이지, 누군가 그녀의 그런 모습을 봤다고 생각한다면 식은땀이 흘렀다.

엄마와 한 집사님은 태린의 존재를 알았다. 그래서 태린이 친 사고를 수습하기에 바빴다. 다은도 태린이 나오지 않기를 바라고 또 바랐다.

하지만 지금처럼 그녀의 마음이 복잡할 때면 언제나 태린이 나타나곤 했다.

다음 날, 어제 석현과의 일로 다은은 한숨도 자지 못하고 눈이 퉁퉁 부은 채로 출근했다. 하지만 되는 일이 없기는 회사도 마찬가지였다. 오늘따라 회의 시간이 삭막했다. SH 코스메틱에 납품

한 제품에 문제가 생겼기 때문이었다.

그녀는 마케팅부에서도 쇼핑몰을 운영하는 파트이기 때문에 상관이 없었지만, 이번은 상황이 조금 복잡했다. 다른 건은 건설 자재 업무를 담당하는 파트에서 담당하는데 소품은 그녀가 관리하기 때문이었다.

"정신을 어디다 두고 다녀서 불량률이 50%나 나는 제품을 납품하는 거야?"

부장은 목에 핏대를 세우며 난리였다.

"검수는 한 거야?"

"죄송합니다."

지혜와 다은은 직원들 앞에서 부장에게 혼쭐이 나고 있었다.

"SH 코스메틱을 어떻게 섭외했는데 다른 자재도 아니고 조명 등에 이렇게 우리 회사의 이미지가 깎여서 되겠어? 어떻게 할 거야?"

"죄송합니다."

"할 줄 아는 말이 그것뿐이야?"

"죄송합니다."

"이다은 씨 회의 끝나고 내 사무실로 들어와!"

"네."

부장의 호출은 정말 죽기보다 싫었지만, 지금은 그녀들이 잘못한 상황이기 때문에 핑계도 댈 수 없었다.

"같이 가자."

부장의 나쁜 손버릇을 아는 지혜가 그녀를 걱정스럽게 바라보며 말했다.

"아니야."

"수입 업체가 이렇게 뒤통수를 칠 줄은 몰랐어."

"우리가 너무 급하게 오더한 잘못도 있어."

그녀는 이렇게 말을 하고는 한숨을 쉬며 부장실로 향했다.

똑똑

"들어와."

그녀는 마음을 가라앉히며 부장실 안으로 들어갔다. 부장은 서류를 보며 인상을 썼다. 이것도 부장의 레퍼토리 중의 하나였다. 꼬투리를 잡아서 꼼짝도 못 하게 만들고는 자기 멋대로 부하 직원들을 노리갯감으로 만드는 것이었다.

그 대상은 주로 신입 사원인데 입사 3년 차인 그녀는 아직도 그의 사정거리에서 벗어나지 못하고 있었다. 이건 작년에 석현에게 된통 당한 뒤로 더 그러는 것 같았다. 아직 덜 맞아서 그러는 것 같았다.

"어떻게 책임질 거야?"

그녀를 향해 사정없이 소리를 지르는 부장이었다.

"지시하시는 대로 하겠습니다."

"전체를 다 교체하려면 몇 천만 원이 들지도 모르는데?"

최 부장의 목소리가 갑자기 느끼하게 바뀌었다.

"책임지겠습니다."

"뭐? 돈이 많은가 봐?"

대놓고 비꼬는 최 부장이었다. 이런 식으로 부장은 돈 없고 힘 없고 배경 없는 직원들을 괴롭혔다.

"돈이 많은 게 아니라 제가 잘못한 일에 대한 책임을 지려는 겁니다."

"언제부터 이렇게 당차졌지?"

"……."

부장이 다은의 앞으로 다가와 그녀의 턱을 손으로 잡았다.

"아주 매력적이야."

"……."

턱을 쥔 부장의 손에 힘이 들어가 턱 끝이 아파져 왔다. 키가 큰 그녀보다 부장은 머리 하나는 더 컸다. 비만인 몸집은 여름이면 답답해 보였다. 힘으로는 다은이 당할 수 없는 사람이었다.

"난 말이야, 세상에서 건방진 게 가장 싫어. 알아?"

경고의 목소리였다.

"잘못했으면 잘못했다고 하고 용서를 빌어. 무릎을 꿇고 사죄를 하란 말이야."

그가 턱을 기분 나쁘게 놓았다.

"제가 잘못한 건 인정하지만 부장님께 무릎을 꿇은 일은 아니라고 생각합니다."

"그럼, 어떻게 할래? 난 손 놓고 가만히 있을 테니까 네가 가서 수습하든지."

"알겠습니다."

"뭐?"

"제가 알아서 수습하겠습니다."

그녀의 말에 부장이 갑자기 그녀의 허리를 끌어안았다.

"뭐 하시는 겁니까?"

"수습한다며? 몸으로 때운다는 말 아니야?"

부장은 정말 최악의 인간이었다. 다른 날보다 오늘 더 최악이었다. 그의 팔에 힘이 들어갔다.

"이거 놓으시죠."

"여자가 앙탈이 없으면 팥 없는 찐빵이지."

"안 놓으시면 소리 지릅니다."

"왜 이래? 선수끼리. 내가 노력해 준다고."

"노력 안 해 주셔도 됩니다."

"뭐?"

"이 손 놓으시라고요. 사람 살…… 읍!"

그가 다은의 입술을 자신의 입으로 막아 버렸다. 다은은 있는 힘을 다해 입술을 떼어 내고는 부장을 바닥에 내리꽂았다. 언니의 일이 있고 나서 다은이 배운 유일한 무술이 유도였다. 자기 몸 하나는 지키고 싶은 그녀였다.

"악!"

부장이 큰소리를 내며 바닥에 나동그라졌지만 아무도 사무실에 들어오지 않았다. 사무실에 말없이 들어오는 걸 부장이 싫어했기 때문이었다. 부장이 자신의 허리를 부여잡으며 겨우 몸을 일으키려 했다.

"뭐 하는 거야? 미쳤어?"

개처럼 바닥을 기고 있는 부장을 다은이 빤히 바라보았다. 아니 부장을 바라보는 건 태린이었다. 진작에 이랬어야 했다. 다은이 그동안 멍청하게 참은 것이었다. 생각만 해도 답답한 다은이었다.

"제가 유도를 좀 했는데 깜빡하고 살았네요."

"유도?"

"네. 그리고 전 미쳤으니까 건드리지 마세요."

"그래? 그러면 혼자서 해결해."

"안 그래도 그럴 거예요. 아 참, 드릴 게 있었는데……."

"윽!"

태린이 부장의 사타구니를 발로 차 버렸다.

"내 몸 건드리지 마. 죽여 버릴 테니까."

"뭐? 야!"

그녀는 이 말을 끝으로 미련 없이 부장실에서 나왔다. 그녀가 안에서 벌인 일들을 들었는지 사람들의 시선이 그녀에게 쏠렸다.

"괜찮아?"

"아니, 하나도 안 괜찮아."

지혜를 바라보며 그녀는 이를 악물고 말했다.

"저 자식 절대로 가만두지 않을 거야."

"······다은아, 오늘 좀 다른 사람 같아."

지혜가 걱정 어린 시선으로 그녀를 바라보았다. 3년을 근무하면서 그녀는 회사 생활에 만족했지만 최 부장은 정말 인간이 아니었다.

"최 부장이 안 잘리는 이유가 뭔지 알아?"

"······."

"회사 사람들은 잘 모르는 일인데, 최 부장이 현성건설의 사장인가 하는 사람의 조카래. 그래서 우리 사장님도 함부로 못 건드리는 거야."

태신 인테리어는 건축자재를 납품하고 인터넷 쇼핑몰도 운영하는 중소기업이었다. 그러니 대형 건설사의 눈치를 볼 수밖에 없었다. 솔직히 다은은 마케팅부서에 있었지만, 잡일은 다 하고 있었다.

이번에 SH 코스메틱에 납품하는 등은 작은 수면등이었다. 원래는 건축자재만 취급했지만, 그녀가 억지로 판촉물로 나가는 등까지 영업한 것이었다.

"조카면 현성건설로 가든지."

"최 부장이 대기업에 들어갈 실력은 안 되지."

"하긴."

이렇게 지혜랑 이야기를 나누고 있다 보니 기분이 풀렸고, 어느새 다시 다은으로 돌아왔다.

"주말에 시간 있어?"

"왜?"

"우리 오빠랑 소개팅할래?"

"뭐?"

"내가 쭉 생각해 봤는데, 너랑 우리 오빠가 참 잘 맞을 것 같아서……."

"미안한데……. 나 그날 선봐."

"뭐? 정말이야?"

지혜의 얼굴이 굳었다. 진심이었던 모양이었다. 하지만 친한 친구의 오빠는 부담스러웠다. 선이 아니더라도 싫었다.

"응, 나도 너 같은 시누이를 두고 싶다만은⋯⋯. 안 되겠다."

그녀는 이렇게 말을 하고는 컴퓨터 모니터로 시선을 옮겼다.

"아무리 생각해도 아까운데? 너 그냥 선보지 말고 우리 오빠 만나 봐."

"황지혜!"

"난 농담 아니야."

"네가 안 그래도 머리가 아파. 고마운 말인데, 너희 오빠와는 인연이 아닌 것 같아."

다은은 그렇게 대화를 마무리하고 중국에 본사를 둔 조명 회사에 전화를 걸었다. 그리고 파손된 수면등에 관해 말하고 조처해 달라고 요구했다.

"우리 다은이는 중국어도 잘하고 영어도 잘하는데 왜 대기업에 가지 않았을까?"

"난 언어만 잘했어. 우리 언니는 다 잘했고. 우리 오빠는 다 못하고 운동만 잘해."

"그래도 식구들이 잘하는 거 하나씩은 있네."

"그런가?"

다은은 언어에 강했지만, 아버지는 그것도 언니보다 못하다고 생각했다. 너무나 특출난 언니 밑에서 그녀는 늘 초라한 존재가 되어 있었다.

"그래도 우리 회사에선 다은이가 영어랑 중국어는 제일 잘하잖아."

지혜의 말에 다은은 미소 지었다. 늘 그녀를 응원해 주는 지혜였다. 지혜가 그녀를 이렇게 살뜰하게 챙기는 건 입사 초기에 거의 폭탄이나 마찬가지였던 지혜를 그녀가 많이 도와주었기 때문이었다.

그래서 그 후로 지혜는 늘 그녀의 편이었다.

"오늘은 아주 한가하지?"

부장이 어느새 그녀들의 뒤에 서서 얄밉게 말했다.

"어떻게, 일은 잘 처리했고?"

"중국에서 물건을 확인하고 연락 준다고 했습니다."

다은이 지지 않고 답했다.

"언제? 행사 다 끝난 후에? 아니면 내가 늙어서 죽은 후에?"

"……."

부장이 단단히 꽂힌 모양이었다. 이렇게 일주일은 그의 괴롭힘 속에 살아야 한다니 답답했다.

탕!

"오늘 이거 처리하고 퇴근해."

산더미 같은 일을 맡기고 최 부장은 자신의 허리를 손으로 짚고는 사무실로 들어가 버렸다.

"어디 다친 거 아냐?"

"……."

"아까는 안 그랬는데……."

지혜가 최 부장을 보며 말했다. 다은은 사무실에서 최 부장이 자신에게 했던 일이 생각이 나자 이를 꽉 깨물었다. 태린이 나오지 않았다면 억울하게 당할 뻔했다. 자꾸만 이렇게 태린이 나오는 건 좋은 일이 아니었다.

"참자, 이게 힘없는 을의 비애다."

"맞아."

그녀는 한숨을 쉬며 모니터로 시선을 돌렸다.

며칠 전, 석현은 오랜만에 현성그룹 본가에 갔다. 어머니가 있는 곳이긴 했지만, 그에겐 집이 아닌 감옥 같은 곳이었다. 게다가 그는 이 집에서 쫓겨난 지 오래였다. 11년 전과 지금의 차이라면 건물이 조금 변한 것 정도였다.

집 안에 냉기가 도는 것도 같았고 비밀스러운 느낌도 똑같았다. 거기다가 김 집사도 여전히 차 회장의 옆을 지키고 있었다.

"오랜만입니다."

"네, 도련님."

뻔뻔하게 도련님이란 단어를 뱉어 내는 김 집사였다.

"회장님은 어디 계시죠?"

"회장님과 아버님께서는 회장님 침실에 계십니다."

몸이 안 좋긴 한 모양이었다. 죽기 전에 그에게 용서라도 비는 게 아닌가 하는 웃기는 생각도 들었다. 침실에 들어서니 방 안은 조명 하나 없이 어두웠다.

"그동안 안녕하셨습니까?"

"왔구나."

차 회장과 의붓아버지인 부회장은 마치 유령처럼 창백한 얼굴로 앉아 있었다. 거기에 의붓 형인 차성주까지. 오늘 무슨 화합의 장을 마련할 모양인가 보다.

"불이라도 켜시는 게……."

"피부에 안 좋아."

무슨 유전병이 있기는 한 것 같았다. 모두 쉬쉬하지만 차 회장과 차 부회장은 특수 화장을 하고 출근을 했다. 햇볕에 피부가 노출되는 걸 극도로 꺼리는 그들이었다. 하지만 의붓 형인 차 전무는 그나마 멀쩡한 사람이었다.

다만 경영에는 최악인 사람이었다. 머리가 나빠도 너무나 나빴다. 차 회장의 사업적인 간교한 머리는 오히려 그가 더 닮았다.

"내가 죽기 전에 철강 회사를 튼튼하게 하는 게 목표다."

현성그룹에서 유일하게 적자가 나는 사업이 현성 철강이었다.

"그래서 태강산업을 인수할까 한다."

하지만 튼튼한 중견기업이 자신의 회사를 팔지는 않을 게 뻔했다.

"그래서 이번에 태강건설의 딸과 널 결혼시키려고 한다."

"네?"

어이가 없어도 이렇게 없을 수가 없었다.

"그게 저와 무슨 상관입니까?"

"그게 너의 사업에도 도움이 될 일이니까."

"회장님, 전 현성의 도움이 필요하지 않습니다."

"그럼, 현성의 훼방은 어떨까? 지금껏 네가 승승장구한 것이 네가 사업을 잘했기 때문이라고 생각한 건 아니겠지? 물론 네가 못하진 않았지만, 우리가 가만히 놔두었기 때문이란 걸 아직도 몰라?"

"지금 협박하시는 겁니까?"

"거래하자는 거야."

차 회장의 창백한 얼굴은 꼭 드라큘라 백작 같은 느낌이었다. 피부가 괴사한 것처럼 얼굴 곳곳의 상태가 좋지 않았다. 방 안이 지독한 향수 냄새로 가득 찬 건 차 회장에게서 나는 썩은 냄새를 가리기 위한 것임이 틀림없었다.

"그리고 이거."

차 회장이 서류 봉투를 건넸다.

"뭐죠?"

"선볼 여자. 확인하는 게 좋을 거야."

차 회장의 말에 그는 봉투를 열었다. 그리고 그 안에 있는 사진을 보고는 깜짝 놀랐다.

"어때? 우리의 거래가 그렇게 불만스럽지는 않을 거야."

서류 봉투 안에는 다은에 관한 자료들이 있었다. 놀라긴 했지만, 석현은 최대한 아무렇지 않은 표정으로 서류를 들고 자리에서 일어섰다.

"어머니는요?"

"방에 있지."

"뵙고 싶습니다."

"그 전에 답이나 해."

"알겠습니다."

결혼은 하지 않더라도 선은 봐야 상황이 나아질 것 같았다. 그가 상대하기엔 현성그룹은 아직 벅찬 상대였다.

"좋아, 엉뚱한 생각은 안 하길 바란다."

"네."

침실을 빠져나온 그는 곧장 어머니가 있는 곳으로 향했다. 커다란 체리 색의 문이 열리고 그 안에 어울리지 않은 화려한 드레스를 입은 어머니가 의자에 앉아 있었다.

"어머니!"

"석현아⋯⋯."

어머니는 살이 많이 빠진 모습이었다. 거기에 눈의 동공이 약간 풀린 것처럼 사람이 멍해 보이기까지 했다.

"이게 지금 무슨 상황이에요."

"부회장님께서 좋아하시는 옷이라서⋯⋯."

풍성한 레이스로 덮힌 드레스가 어머니의 얼굴을 뺀 온몸을 감싸고 있었다.

"답답하지 않으세요?"

"괜찮아."

어머니는 그와 있는 내내 움직이지 않으셨다. 그 이유는 모르겠지만 뭔가 불편해하는 느낌이었다. 어머니와 그렇게 헤어진 뒤에 석현은 자꾸만 그녀의 공허한 눈빛을 잊을 수가 없었다.

드디어 토요일이었다. 그날 이후로 석현에게선 아무런 연락이 없었다. 이대로 헤어지는 것일까? 그렇다고 그녀가 먼저 연락하고 싶은 마음은 없었다.

"아가씨, 차가 대기하고 있습니다."

"알았어요."

머리와 화장을 받기 위해 그녀는 지금 청담동의 유명 헤어숍에 갈 예정이었다. 선을 처음 보기 때문에 긴장되는 건 어쩔 수 없었다. 평소에도 화장을 즐겨 하는 편이 아닌 다은은 오늘 전문가들의 도움을 받을 생각이었다.

"금방 나갈게요."

다은의 눈은 여전히 핸드폰을 향해 있었다.

"정말 안 하네."

그녀는 신경질적으로 핸드폰을 가방에 넣어 버렸다. 그리고 대기하고 있던 차에 몸을 싣고는 청담동으로 향했다. 오늘 그녀는 아름다운 여인으로 변신할 것이다. 다은은 상대방이 자신을 마음에 들어 하지 않기를 바랐다.

화장과 머리 손질이 끝이 나자 헤어숍 직원들이 연예인 같다며 난리였다.

"너무 예뻐요."

거울 속의 여자는 그녀가 아닌 것 같았다. 다은이 보기에도 자신의 모습은 아름다웠다.

"마음에 드세요?"

"네."

"오늘 만나는 남자분은 정말 행운아신 것 같아요."

스텝들의 칭찬을 들으며 그녀는 헤어숍을 나와 명성호텔로 향했다. 명성호텔은 현성건설이 지은 호텔로, 호텔로는 우리나라에서 최고였다.

"아가씨, 다 왔습니다."

운전기사의 말에 그녀는 차에서 내려 가장 꼭대기 층에 있는 레스토랑으로 향했다. 지배인의 안내를 받아 자리에 앉은 다은은 자신이 약속 시각보다 30분이나 일찍 왔음을 알고는 창밖을 보며 지혜에게 전화를 걸었다.

"여보세요?"

[선보고 있어야 하는 거 아니야?]

"맞아. 그런데 내가 30분이나 일찍 왔어."

[그래? 어딘데?]

"명성호텔."

[내가 아는 그 명성호텔?]

"맞아."

[남자가 대단한 사람인가 보네. 명성호텔처럼 비싼 곳에서 만나자고 하는 걸 보면…….]

지혜는 명성호텔이란 말에 놀란 눈치였다. 다은은 다른 사람들에게 자신의 집이 태강산업이라는 말은 하지 않았다. 재벌가의 딸이 이런 중소기업에 다닐 리가 없다고 생각할 게 뻔했기 때문이었다.

그리고 오늘 그녀가 만날 사람은 대기업인 현성그룹의 손자라는 것도 말하지 않았다.

[오늘 만나는 사람은 어디에 다니는 사람이야?]

"현성그룹."

[정말? 어느 부서에 다니는 줄은 알아?]

"아니."

[하긴 부서까지 알기는 좀 그렇지.]

"그렇지 뭐."

[오늘 잘되길 바란다. 요즘 꿀꿀한 일도 많았는데…….]

"고마워."

전화를 끊고서도 아직 15분이나 남은 상황이었다. 서울의 야경은 눈이 부시도록 아름다웠다. 아버지는 이곳에 도착하기 전에 전화로 그녀에게 경고의 말을 남겼다. 이번 결혼이 성사되지 못한다면 가만두지 않겠다고 말이다.

"딸한테 할 말은 아니지. 아버진 왜 그럴까?"

아버지에 대한 원망이 더 깊어만 갔다. 그때였다. 옆에서 누군가 그녀를 바라보고 있다는 느낌이 들어 다은은 고개를 돌렸다.

"……."

뜻밖에도 석현이 그녀 앞에 서 있었다. 짙은 그레이 슈트를 입은 석현은 오늘따라 다른 사람처럼 보였다. 만약 이렇게 가까운

거리가 아니었다면 스쳐 지나갔을 수도 있었다.

"석현 씨?"

"……."

그는 말없이 그녀를 뚫어지게 바라보더니 그녀의 앞자리에 앉았다. 다은은 난감해졌다. 선볼 남자가 석현을 보기라도 한다면 곤란한 상황이 될 게 뻔했다. 그리고 지금은 그의 얼굴이 달갑지 않았다. 완전히 헤어진 건 아니지만 곧 헤어질 사람이었다.

"여긴 어쩐 일이에요?"

상황이 어떻든 말이 곱게 나가지 않았다.

"약속이 있어서. 다은이 너는?"

"저도 약속이 있어서요."

"무슨 약속?"

그가 집요한 눈길로 그녀를 보았다.

"선보러 왔어요."

말하고 나니 속이 다 시원했다. 그리고 뻔히 다 보이는데 제 입으로 사실을 말하게 한 석현이 더 얄밉다고 생각되었다. 다은은 아직 늦지 않았으니 잡아 달라는 눈빛을 보냈다.

"……."

하지만 그는 아무 말이 없었다. 자세히 보니 석현도 그녀와 같은 일 때문에 나온 복장이었다. 엄청난 배신감이 몰려들었다. 그렇게 생각하니 못할 말이 없었다.

"당신도 저와 같은 상황인 것 같은데요."

"맞아."

그는 숨기려고도 하지 않았다.

"그래서 결혼하지 못한다고 한 건가요?"

"너도 선을 볼 거면 그런 질문은 하지 말았어야지."

석현이 그녀를 야단치듯이 말한 건 이번이 처음이었다. 1년을 만나면서도 이 남자가 이렇게 차가운 사람이라는 건 전혀 눈치채지 못했었다. 서운함도 서운함이었지만 이상하게 석현이 낯설다는 생각이 더 들었다.

"우리 얘기는 다음에 해요. 곧 약속한 사람이 올 거예요."

"아니, 이미 와 있어."

"……."

석현의 말에 다은은 그의 눈을 똑바로 보았다. 석현의 화 난 얼굴을 본 건 오랜만이었다. 처음 그가 그녀를 구해줬을 때도 이런 표정이었다.

"내가 현성그룹의 손자인 차석현이야."

다은은 하늘이 무너지는 느낌이었다. 1년 동안 그는 단 한 번도 자신이 사업을 한다는 말 이외에 그 어떤 말도 하지 않았다. 그녀를 못 믿었기 때문이었을까? 다은은 배신감에 사로잡혔다. 그녀의 무릎 위에 놓인 손은 얼마나 힘을 주었는지 새파랗게 질려 있었다.

"……아니죠?"

"맞아."

"지난 1년 동안 날 속인 거네요."

"속였다고는 할 수 없지. 말하지 않은 것뿐이야."

당당했다. 1년 중에 가장 멋진 모습을 하고 나타나서 서슴없이 심장을 도려내는 말을 하는 석현은 분명 그녀가 사랑하는 남자가 아니었다.

"내가 마음에 들지 않는다면 일어날게요."

다은이 자리에서 일어났다. 더 있다가는 눈물이 날 것 같아서 그녀는 도저히 자리에 앉아 있을 수가 없었다.

"앉아."

"아뇨, 안녕히 계세요."

"이 사장님이 가만히 있을까?"

"……."

그는 아버지에 대해 잘 알고 있는 게 분명했다.

"나도 우리 차 회장님 때문에 머리가 아프기도 하고."

"……."

"우린 할 얘기가 있을 것 같으니 앉아."

어쩔 수 없이 그녀는 자리에 앉았다.

"할 말 있으면 하세요."

이를 악물고 눈물을 참았다. 자존심 때문에 아버지 앞에서도 눈물을 참았던 다은은 오늘 석현 앞에서도 이를 악물고 자존심을 지키는 중이었다.

"난 우리가 결혼하는 건 말이 안 된다고 생각해."

"저도 그렇게 생각해요."

그동안 철저하게 이 남자에게 속았다. 사랑한다고 했던 그의 말도 거짓일 것이다.

"어른들께는 잘 말해. 우리는 안 맞는 것 같다고 말이야."

"알았어요. 겨우 이 말을 하려고 앉힌 건가요? 그냥 갔어도 알아서 했을 거예요."

"알아, 하지만 지금 당장 그 말을 하라는 건 아니야. 우리 차 회장님은 심장이 좋지 않으셔. 지금 우리가 잘못됐다고 말하면 충격받으실 거야."

"그래서요?"

"서로 시간을 갖자는 거야. 어른들께는 우리가 1년 전부터 만났던 사이였다고 사실대로 말하고 결혼은 천천히 하겠다고 해."

"시간을 끌자는 말이군요."

"맞아."

"생각해 볼게요."

석현의 생각에 반박할 이유는 없었다. 결혼한다고 말했다고 다 결혼까지 가는 건 아니니까.

"지금 말해."

"시간을 줘요."

"그럴 필요까지는 없지 않아? 우리가 정말 결혼하는 것도 아니고 어른들을 잠깐 속이는 건데."

그의 말이 맞았지만, 그렇다고 이런 것까지 끌려다니고 싶진 않았다.

"매우 다르네요."

"뭐가?"

"1년 동안 내가 만났던 사람이랑요."

"그래?"

석현이 마음에 들지 않는다는 듯 미간을 찡그렸다. 1년간 그의 주변 환경에 대한 건 알지 못했지만, 그의 행동은 누구보다 잘 알았다.

"내가 아는 석현 씨가 맞는 건지, 아니면 현성그룹 손자가 원래의 모습인지 헷갈려요."

"둘 다 나의 모습이야."

둘 다 그의 모습이라니 웃기는 소리였다. 그녀 앞에 있는 온몸

을 명품으로 휘감고 귀티가 철철 넘치는 남자는 그녀가 아는 석현

은 아니었다.

"제가 보기엔 현성그룹 손자가 더 맞는 것 같아요."

"그렇다고 해 두지."

"좋아요. 석현 씨가 말한 대로 어른들에게는 우리가 결혼할 거

라고 말하죠."

"좋아, 이제야 말이 통하는군."

그는 차가웠다. 잘생긴 얼굴에 온화한 미소로 그는 장미의 가시

처럼 아픈 말을 쏟아 냈다.

"이제 일어나도 될까요?"

더는 석현의 다른 모습을 보고 싶지 않았다.

"……."

그가 어깨를 으쓱여 보였다.

"잘 있어요. 다시는 만나는 일 없었으면 좋겠어요."

"아니, 우린 곧 만나게 될 거야."

다은은 그를 뒤로 한 채 냉정하게 일어서서 자리를 떠났다.

"우리가 다시 만날 일은 없을 거예요."

다은은 명성호텔의 화장실로 향했다.

"……짜증나."

그녀는 자신의 가방에서 파우치를 꺼내 가장 진한 색의 립스틱

을 입술에 발랐다. 눈에도 짙은 화장을 했다. 그리고 평소에는 그리지도 않던 아이라이너를 두껍게 그렸다.

"이제야 사람 같네."

그녀는 거울 속 자신의 모습이 만족스러웠다.

"촌스러워."

옷은 마음에 들지 않았지만, 오늘은 이렇게라도 기분을 달래고 싶었다. 그녀는 곧바로 강남의 클럽을 찾아 미친 듯이 춤을 추었다.

"멍청한 다은이 때문에 이게 무슨 고생이야."

태린은 남자들에게 둘러싸여 스트레스를 한껏 풀었다.

Chapter 3

　코스메틱 사장의 사무실이라기보다는 갤러리 같은 사무실은 팝 아트 작품들로 채워져 있었다. 요즘 뜨는 작가들의 작품과 거장의 작품이 뒤섞여 벽면을 장식했고 현대 설치 미술 작품들도 군데군데 놓여 있었다.

　그리고 사무실엔 책상과 소파가 전부였다. 물론 사장실 옆에는 회의실이 따로 마련되어 있긴 했다.

　"오 실장."

　"네?"

　석현이 멍하게 서 있던 오 실장을 매서운 눈으로 바라보았다. 친구이기 이전에 수빈의 상사인 석현은 때로는 소름 돋을 정도로 차가운 표정을 지었다. 요즘 들어 그 시간이 길어져서 힘들었다.

"뭘 그렇게 넋을 놓고 있어?"

"죄송합니다."

"이번 메이크업 쇼의 마무리는 잘돼 가고 있어?"

"그게, 다른 건 괜찮은데 사소한 문제가 발생해서 시정 중입니다. 하지만 곧 해결될 것 같습니다."

석현의 한쪽 눈썹이 못마땅하게 올라갔다. '같습니다.' 라는 말을 좋아하지 않는 석현이었다.

"아니, 문제없습니다."

완벽주의자인 석현 때문에 수빈은 하루도 마음이 편할 날이 없었다. 최근 1년 동안은 그래도 석현이 연애란 걸 해서 그런지 좀 나았는데, 요즘은 헤어지기라도 했는지 영 심기가 불편한 것 같았다. 하긴 석현 같은 성격에 연애라니. 여자가 보살이 아니고서는 있을 수 없는 일이었다.

"그런데 무슨 일 있으십니까?"

"아니, 없어."

까칠하기가 하늘을 찔렀다.

"이거 오늘 중으로 처리하고."

"네."

그를 보지도 않고 서류를 건네었다. 수빈은 서류를 받아 들고는 사장실을 나왔다. 연애도 안 되는 것 같고 지난번 본 선도 별로인 모양이었다. 그러니 저렇게 빈틈없이 까칠하지. 한창 연애를 할 때는 일찍 퇴근하기도 해서 직원들이 숨을 쉴 수 있었는데 이제 다시 1년 전으로 돌아갈 모양이었다.

"후……."

"사장님 기분 안 좋으세요?"

"저기압이다."

"큰일인데요……."

"왜?"

"현성그룹 손님이 1시간 후에 회사로 오신다고 연락이 왔어요."

"알았어."

수빈은 석현에게 1시간 후에 현성그룹에서 손님이 오신다는 말을 전했다. 석현은 의외라는 표정을 지을 뿐 별다른 반응은 없었다. 수빈은 석현과 현성그룹의 관계를 아는 몇 명 안 되는 사람으로서 이래저래 걱정이 태산이었다.

탁!

오 실장이 나가고 석현은 검토하던 서류를 덮어 버렸다. 그리고 의자에 머리를 기대고는 두 눈을 감았다. 1년간의 연애는 거짓이었다. 다은을 믿고 또 믿었던 그였는데 결국 다은 또한 그의 돈을 보고 접근했던 게 분명했다.

석현이 성공을 이룬 후 수많은 여자가 그의 돈을 보고 접근했었다. 물론 그와의 원나잇만을 원한 여자도 있었지만 말이다.

"그만하면 충분해."

집을 나와서 바텐더로 생활하던 2년 동안 그는 돈도 많이 벌었지만 여자도 많았었다. 어머니에게 버림받은 헛헛한 마음을 여자로 달랜 것도 사실이었다. 하지만 그동안 그의 마음을 사로잡은 여자는 없었다.

종잣돈을 모은 그는 지금의 사업을 작게 시작했다. 피나는 노력에 운까지 따르며 그는 승승장구했고, 지금은 해외까지 진출한 코스메틱으로 사업을 키웠다. 그러다가 친구의 바에서 만난 태린이란 여자는 그에게 또 다른 자극을 주었다.

그녀와 만난 건 하룻밤뿐이었지만 석현은 스모키한 메이크업라인을 출시하게 되어 대박을 터트렸다. 그녀가 그에게 영감을 준 것이었다. 그리고 1년 전, 첫눈에 반한 다은은 태린과는 다른 순수한 모습으로 그에게 다가왔다. 평범한 회사원에 통금이 있는 엄격한 집안의 다은은 그의 마음을 단숨에 사로잡았다.

1년 동안 그는 순수하게 다은을 사랑했다. 그 마음은 다른 여자들과 만날 때와는 달랐다. 다른 여자들과는 연애를 했다면 다은과는 사랑을 했다. 하지만 차 회장이 경영진의 소문이 안 좋은 태강산업의 딸이라며 건넨 사진을 본 그는 경악을 금치 못했다.

이 사장이 사업을 위해 딸을 이용하려 한다는 걸 너무나도 잘 아는 그였기에, 석현은 다은이 의도적으로 그에게 접근한 게 아닐까? 라는 생각을 할 수밖에 없었다. 그래서 더 다은을 용서할 수가 없었다.

그런데 그 사실을 알고 다음 날 다은은 그에게 노골적으로 결혼하자는 말까지 꺼냈다. 그는 대답할 수가 없었다. 다은의 진심을 알 수 없었기 때문이었다.

그의 어머니는 아버지와 이혼하자마자 그를 데리고 차 부회장과 결혼을 했고, 지금까지 살고 있었다. 어머니를 보며 돈 때문에 한 결혼은 불행하다는 걸 누구보다 잘 아는 그였다. 그리고 그를 폭발하게 만든 건 다은이 선을 보는 자리에 나왔다는 것이었다.

"아닌 척, 모르는 척, 놀란 척⋯⋯. 하!"

기가 막혔다. 이 정도면 배우를 해도 될 판이었다. 그는 주먹을 불끈 쥐었다. 이렇게 그를 기만한 다은을 용서할 수 없었다. 1년 동안 그의 진심은 또 한 번 농락당했다.

"사장님, 현성그룹 사람들이 도착한 모양입니다."

"알았어."

그는 재킷을 입고 1층 로비로 향했다. SH 코스메틱의 사옥은 강남의 노른자위 땅에 위치한 10층짜리 건물이었다. 현성그룹 사옥과는 비교가 되진 않았지만 코스메틱 분야에서 석현은 성공한 사업가였다.

차 부회장과 차 전무가 들어오자 로비에 대기하고 있던 사람들이 구십 도로 인사를 했다. 코스메틱의 특성상 고객들이 오면 친절함이 몸에 밴 직원들이 많아서 의전은 다른 회사보다 잘했다.

"회장님, 식사는 하셨습니까?"

석현은 저도 모르게 남처럼 인사했다. 의붓아버지에게 달리 물을 말도 없었고 그의 회사에 의붓아버지인 차 부회장이 직접 온 것도 불편했기 때문이었다. 직원들은 차 부회장을 알아보고는 놀란 눈빛이었다.

왜 이런 거물이 여기까지 온 건지 이해가 안 가는 눈치였다.

"그래."

차 부회장은 간단하게 대꾸를 하며 그를 향해 걸어왔다. 석현은 아무런 말 없이 구십 도로 고개를 숙였다.

"밥은 먹었나?"

의붓아버지는 다정함이라고는 없는 사람이었다. 그냥 하루를 생각 없이 보내는 것 같았다. 시간을 흘려보내는 느낌으로 사는 사람이었다. 그래서 무슨 생각을 하는지 알 수 없었다.

"아직 점심 전입니다."

"왜?"

"바빴습니다."

"식사는 거르지 마라."

"네, 부회장님."

아버지란 소리는 단 한 번도 한 적이 없는 석현이었다.

그는 차 부회장과 차 전무와 함께 자신의 사장실로 향했다. 많은 사람이 그들의 뒤를 따랐지만, 사장실 안으로 들어간 건 세 사람뿐이었다.

"앉아."

"네."

마치 자신의 사무실인 양 자리에 앉자마자 의붓아버지는 그에게 선본 일을 물었다.

"어때. 마음엔 들고?"

"네, 마음에 듭니다."

"1년을 만난 아가씨라고?"

"네."

사실대로 말한 석현은 속으로 한숨 지었다. 현재 진행형이 아닌 과거형으로 말하는 게 맞았지만, 그는 더는 말하지 않았다.

"하하하, 태강산업과 인연은 인연인가 보구나."

"네?"

마치 둘이 결혼이라도 한 것 같은 말투라서 석현의 미간에 주름이 잡혔다.

"부회장님, 혹시 다은이를 아십니까?"

"알지, 이 사장의 딸 아니냐."

"제가 왜 다은이와 선을 보게 됐는지 정확한 내용을 알고 싶습니다."

솔직하게 이유를 알지 못하는 가운데 선본 여자와 결혼을 할 생각을 하니 우스웠다.

"왜. 조선시대 같아서?"

"네."

솔직하게 대답한 석현은 차 부회장의 눈길을 피하지 않고 마주했다.

"지난번에 현성 철강이 얼마나 어려운지 들었을 거다. 회장님은 자신이 돌아가시기 전에 우리에게 완벽한 사업채를 남기고 싶어 하셔. 물론 네가 원한다면 너도 현성그룹의 일원으로 받아들일 생각이다."

이런 이야기는 처음이었다.

"저희가 결혼을 한다고 해도 현성 철강에 태강산업을 합병시킬까요?"

"아마도 그럴 거야. 합병 조건에 결혼도 들어가 있으니까."

"언제 결정하신 겁니까?"

"정확한 날짜는 나도 모른다. 솔직히 성주가 결혼만 안 했어도 태강산업의 딸과 결혼시켰을 텐데. 그럼 일이 좀 더 수월해졌겠지."

그의 의붓 형은 이미 유명 연예인과 결혼을 한 상황이었다. 사업에 관심은 없고 넘쳐나는 돈으로 스캔들을 일으키기에 바쁜 사람이었다. 차 회장이 장손인 성주가 못 미더워 그를 끌어들이려는 이유이기도 했다.

"다은이가 마음에 들어? 안 들어?"

"좋습니다."

"그럼 된 거야."

최 부회장과는 대화 자체가 안 되는 상황이었다. 답답하고 꽉 막힌 차 부회장이 신념을 가지고 고집을 부리면 아무도 이길 수가 없었다.

"난 네가 장가가길 바랄 뿐이야. 너도 이제 작은 회사 사장에서 현성그룹의 계열사 사장이라도 되려면 가정을 이루고 안정된 삶을 살아야 해."

"네."

그는 차 부회장의 말에 토를 달진 않았다.

"내가 몸이 안 좋아."

"……."

갑작스러운 말에 석현은 자신의 의붓아버지의 얼굴을 처음으로 똑바로 바라보았다. 정말 얼굴과 손에 메이크업을 한 게 티가 났다.

"너도 알다시피 이제 쉬고 싶구나."

"부회장님……."

"그러니 네가 빨리 장가를 가야 할 것 같아. 결혼식이 끝나면 바로 이사회를 소집해서 너에게 회사 한자리를 줄 거다."

"시간을 주고 천천히……."

"그럴 시간이 없어. 차 전무 하나만으로는 믿음이 가지 않아."

"아버지 거기에 왜 저를 끼워 넣으십니까?"

옆에서 딴청을 부리던 성주가 발끈했다. 바보인 줄 알았는데 욕하는 건 아는 모양이었다.

"부탁한다."

뻣뻣하게 굴던 사람이 갑자기 고개를 숙이니 차마 거절을 할 수가 없었다. 거기다가 중간에 어머니까지 끼워져 있으니 더했다.

의붓아버지와 형이 돌아가고 그는 사무실 책상에 앉아 한숨을 쉬었다.

"태강건설의 딸이 마음에 안 드십니까? 그래도 딸에 대한 소문은 나쁘지 않던데?"

오 실장이 서류를 가지고 들어와서 그를 자극했다.

"……."

"결혼은 해야 할 것 같습니다. 이렇게 현성그룹의 사람들이 직접 찾아오기까지 하는 걸 보면요."

"알아."

"대단한 미인이란 소문이 자자하던데……."

"그만."

그는 자신도 모르게 빠르게 답했다. 아무리 친한 친구인 오 실
장이라도 다은을 이야기하는 건 싫었다. 누군가와 다은을 공유하
고 싶은 마음은 없었다.

월요일은 항상 힘들었지만, 오늘은 더더욱 힘들었다. 주말에 선
을 보고 진이 빠진 탓이었다. 온 신경이 석현에게 가 있었다. 그의
배신에 다은은 미칠 것 같았다.

"선본 건 어땠어?"

커피를 그녀에게 건네며 지혜가 물었다.

"그냥……."

"별로였어?"

"……."

"다른 남자 만나면 되니까 너무 걱정하지 마."

동갑인 지혜는 회사 동료라기보다는 친구에 가까웠다. 학교 다
닐 때 친구들과 잘 지내지 못했던 다은은 지혜가 사회 친구라기보
다는 어릴 때부터 친했던 사이 같았다.

"잘 마실게."

"그래."

지혜가 그녀의 어깨를 살며시 잡았다가 놓으며 자신의 자리에 앉았다. 물론 지혜의 자리는 그녀의 바로 옆자리였다.

오전 시간은 생각보다 빠르게 갔다. 인터넷 주문품들을 체크하고 중국에서 납품받았던 수면등에 대해 다시 한 번 처리해 달라고 요구했다.

그리고 점심시간, 그녀는 지혜와 함께 회사 근처 식당으로 향했다. 점심은 항상 이 집에서 먹었다.

"오늘 SH 코스메틱 임원들이 온대. 알아?"

"어?"

"수면등 말고도 문제가 있는 것 같아."

"무슨 문제?"

SH 코스메틱이라는 말에 예민해진 다은은 숟가락을 놓고는 지혜를 보았다.

"다들 쉬쉬해서 모르겠는데 다른 자재에도 문제가 있다고 하더라고."

"정말이야?"

"응, 두고 보면 알겠지. 우리가 무슨 힘이 있어. 굿이나 보고 떡이나 먹으면 되는 거지."

"그러다가 회사에 큰일이라도 생기면?"

"걱정하지 마. 우리 사장님이 태강산업 사돈이잖아. 거기다가 현성그룹에서도 밀어준다는 소문도 있고."

"현성에서?"

"몰랐어? 현성그룹 회장님 밑에서 우리 사장님이 일하셨다고 하는데?"

사장과 현성그룹의 이미지는 맞지 않았다.

"어머!"

갑자기 지혜가 놀란 얼굴로 누군가를 보며 손짓했다.

"지혜야."

"오빠!"

지혜는 얼굴까지 빨개진 상황이었다. 놀란 건 다은도 마찬가지였다.

"안녕하세요?"

지혜에게 인사를 한 남자는 굉장히 마른 체형에 날카로운 인상이었다.

"여긴 어쩐 일이야?"

"밥 먹으러."

"그건 알겠는데 왜 우리 회사 근처에 왔냐고?"

"볼일이 있어서. 그리고 지금은 점심시간이고……."

지혜는 오빠를 반갑게 맞았다.

"그래? 같이 먹을까?"

"괜찮겠어?"

"응, 이쪽은 내 친구 다은이. 그리고 이쪽은 우리 오빠의 둘도 없는 친구 수빈 오빠."

"안녕하십니까? 오수빈입니다."

"안녕하세요? 이다은입니다."

"그런데 제가 일행이 있어서요."

다행히 그가 자리를 피해 주는 것 같았다.

"수빈아!"

두려움은 현실이 되었다. 어떤 사이인지 몰랐지만, 석현이 지혜가 아는 오빠의 이름을 부르며 식당 안으로 들어왔다. 그러더니 지혜와 자연스럽게 인사를 하고는 그녀들과 합석했다. 너무 갑작스러운 상황이라서 거절할 수도 없었다.

"오빠, 친구분은 낯이 익으시다."

"그래요? 흔한 얼굴이라서……."

흔한 얼굴이라는 그의 말에 저도 모르게 웃을 뻔한 다은은 살짝 얼굴을 돌렸다.

"흔한 얼굴은 아니시죠. 저는 연예인인 줄 알았어요. 오빠랑 같은 회사에 다니세요?"

"지혜야!"

지혜의 이름을 불렀지만 한번 터진 지혜의 입을 막을 수는 없었다. 다은은 답답함에 젓가락만 들고 밥알을 세고 있었다.

"밥 안 먹습니까?"

"먹어요."

석현의 말에 그녀는 저도 모르게 톡 쏘아붙였다.

"다은아."

지혜가 놀란 얼굴로 그녀를 보았지만, 다은은 지금 예민해서 다른 사람들의 시선은 신경 쓸 수도 없었다.

"까칠하군."

"아, 아니에요. 우리 다은이가 얼마나 상냥한데요."

"……."

지혜가 애써 그녀를 감쌌지만, 다은은 들리지도 않았다. 자리에서 일어나고 싶은 마음뿐이었다.

"점심시간에도 연애질이군."

갑자기 최 부장이 다른 직원들과 식사를 마치고 나가는 길에 들으란 듯이 한마디 쏘아붙였다.

"일이나 똑바로 하지."

한껏 비꼰 최 부장이었다. 그냥 지나치며 하는 말이라서 최 부장과 등을 지고 앉은 석현과 수빈은 모르는 눈치였다. 하지만 지혜와 그녀는 그들을 향한 말이라는 걸 알았다.

"최 부장은 정말 왜 저러는 거야?"

"찔리는 게 많은 모양이지."

그녀들은 밥을 먹으며 지나가는 투로 한마디씩 말했지만, 석현의 표정이 변하는 걸 알아채진 못했다.

"오빠, 오늘 이 근처에 왜 온 거야? 혹시 우리 회사 때문에 온 거야?"

"……."

"맞구나. 옆에 친구분도 SH 코스메틱 직원분이야?"

"지혜야!"

수빈이 지혜의 말이 많다는 듯 그만하라고 이름을 불렀다.

"알았어. 안 그래도 우리 들어가 봐야 해. 아까 들으란 듯이 연애질한다고 말한 사람이 우리 부장이거든. 아주 저질이야."

"그런 것 같더라."

수빈도 한마디 했다.

"다은 씨, 너무 신경 쓰지 말아요. 사회생활을 하다 보면 저런 녀석들은 항상 있으니까."

"네."

그녀가 억지 미소를 보였다.

"힘내요."

"감사해요."

그녀를 바라보는 석현의 시선이 심상치 않았다. 수빈은 눈치 없이 계속해서 그녀에게 말을 걸었다.

"다음에 우리 지혜랑 같이 저녁 먹어요."

"그래, 선본 남자 마음에 안 들었다며?"

"지혜야!"

"뭐, 어때? 선본 건 사실이고 그 남자하고 다시 만날 일은 없잖아."

최악의 상황이었다.

"선본 남자가 마음에 안 든다고 합니까?"

석현이 천진난만한 지혜에게 물었다. 지혜는 눈치라고는 없는 친구였다.

"네."

"지혜야!"

오늘따라 너무 눈치가 없었다.

"저희 먼저 일어날게요."

다은은 지혜를 잡아서 일으켰다. 그리고는 바로 식당에서 나왔다. 오늘은 정말 최악의 월요일이었다.

석현은 얼굴을 굳힌 채 다은이 나간 문을 빤히 보았다.

"선본 남자가 마음에 안 든다?"

친구에게 그가 마음에 안 든단 말을 했다니 기분이 아주 안 좋았다.

"예쁘지? 그런데 어디서 본 느낌인데……."

"……"

친한 친구만 아니어도 입을 한 대 치고 싶은 마음이었다.

"지혜랑 동갑이면 스물일곱 살일 텐데. 여덟 살 차이면 너무 많이 차이가 나지 않아?"

"아니."

"그래? 그럼 한번 도전해 볼까?"

"아니."

"왜?"

"네가 차일 게 분명하니까."

"야!"

수빈이 성질이 났는지 소리를 질렀다.

"오 실장, 일어나지."

"네, 사장님."

마치 스위치가 전환이 되듯 둘은 다시 사장과 비서모드로 돌아갔다. 솔직하게 오늘 그는 태신 인테리어에 올 필요가 없었다. 하지만 다은이 다니는 회사라서 직접 온 것이었다.

"그런데 여기는 직원들을 보내도……."

"아니."

그는 딱 잘라 말했다. 오늘 수빈이 마음에 들지 않았다. 다은은 위험한 여자였다. 남자들의 시선을 한 몸에 받는 여자였지만 그걸 본인이 자각하지 못하는 게 더 문제였다. 솔직하게 다은은 눈에 띄는 미인이었다.

그녀 옆에 있는 남자의 어깨를 으쓱하게 만들어 주는 여자이기도 했다. 그런 여자는 질리도록 만나 봤는데 다은에게는 다른 면이 있었다. 사람의 마음을 편하게 해주는 배려심 말이다. 그런 면은 재벌가의 여자들에게는 절대로 없는 것이었다.

어릴 때부터 떠받들려 자란 재벌가 딸들은 남을 배려할 줄 몰랐다. 혹시나 배려한다면 그건 가식이었다. 물론 태강산업이 현성그룹 같은 대기업은 아니지만 그래도 준재벌 정도는 되니 다은도 그런 대접을 받고 자랐을 것이다. 그런데 다은에게는 그런 면을 전혀 찾아볼 수가 없었다.

다은은 겸손했고 따뜻했다. 그래서 진심이라 착각했다. 그는 현성그룹에서 자라면서 재벌가에 대한 안 좋은 인식이 많았다. 그들의 우월 의식이나 자신들보다 못한 사람들을 얼마나 함부로 다루는지 그는 너무 잘 알았다.

그러면서 아닌 척하는 모습도 싫었다. 그래서 절대로 현성그룹과 같은 재벌가와는 결혼하지 않겠다는 생각이 강했다. 그런 부류의 사람들과 엮이는 것 자체가 역겨웠다.

이런 생각이 들 때마다 그날 여학생을 구했던 일이 생각났다. 그들이 얼마나 상식 이하의 사람 같지도 않은 일을 하는지, 그는 두 눈으로 똑똑히 보았다. 그렇게 어린 여자아이를…….

그리고 여학생의 언니를 구하지 못한 게 아직도 가슴에 남아 있었다. 그렇게 사람까지 납치하면서 무슨 일들을 꾸민 것일까? 궁금하긴 했지만, 석현은 파고들 수 없었다. 어머니 때문이었다. 그의 섣부른 정의감 때문에 어머니가 다치는 건 원치 않았다.

"안녕하십니까?"

태신 인테리어의 사장이 그를 보자마자 구십 도로 인사했다. 머리가 희끗희끗한 사람에게 인사를 받으니 기분이 그렇게 좋지는 않았다.

"앉으시죠."

사장실은 인테리어 회사답게 깔끔했다.

"처음 뵙겠습니다."

"네, 영광입니다. 이렇게 사장님께서 직접 찾아 주실 줄은 몰랐습니다. 이번에 불미스러운……."

"네, 너무 불미스러운 일이죠."

석현이 차갑게 쏘아붙였다. 제품의 품질은 당연하고 고객과의 약속은 기업의 이미지와 직결되어 있었다. 그래서 더욱 장난질은 안 되는 것이었다. 거래처의 사정이 어떻든지 고객과의 약속은 SH 코스메틱이 책임져야 하는 것이었다.

"이 물건을 납품한 담당자들을 보고 싶습니다."

그가 사장에게 서류를 내밀었다. 그러자 그가 인터폰으로 그들을 호출했다. 사장도 뒤통수를 맞았는지 표정이 좋지 않았다.

"오랫동안 자재 납품을 해오셨다고 들었습니다."

"네."

"이번 일은 옛날 방식으로 처리해야 할 것 같습니다."

"사장님께서 원하는 대로 하겠습니다."

그때 책임자들이 사장실 안으로 들어왔다. 총 세 명이었다. 그 중에 낯이 익은 인간이 있었다. 점심시간에 다은에게 심한 말을 했던 남자이자 1년 전 그에게 맞았던 남자였다.

"부르셨습니까?"

책임자들은 자신들이 왜 이곳에 왔는지 잘 아는 것 같았다. 다행인지 불행인지 남자는 석현을 알아보지 못하고 있었다. 그날 만취했기 때문인 것 같다.

"왜 그랬어?"

"네?"

"왜 일을 이렇게 복잡하게 만들었냐고."

김 사장의 표정이 표가 나게 굳었다. 아니 얼굴에 살기가 보였다.

"사장님, 오해십니다."

"오해? 이렇게 증거가 있는데?"

김 사장은 분통을 터트렸다.

"최영훈 부장님?"

"……."

석현의 부름에 최 부장이 그를 탐탁지 않은 표정으로 보았다.

"중국의 조명 업체, 욕실 업체, 국내 새시 업체에서 접대를 많이 받으셨던데……."

이곳에 오기 전에 석현은 이번 사건에 대해 철저하게 조사를 마친 상황이었다. 그냥 넘기기엔 기업의 이미지에 좋지 않은 영향이 미칠 것 같았기 때문이었다.

"누가 그래요? 아닙니다."

"그래요?"

"네."

"물론 연애질이나 하고 다니는 제가 뭘 알겠습니까만은……."

"……."

"사장님, 그게 무슨 말씀이십니까?"

김 사장은 사색이 되어 그의 말뜻을 물었다.

"제 친구의 여동생과 점심을 먹던 중에 여직원들에게 하는 말을 들었습니다. 물론 저도 같이 있는 자리였죠."

"그, 그게……. 일도 못하면서……."

"이다은 씨가 일을 못합니까? 정직한 게 아니고?"

석현의 표정이 점차 험악해지기 시작했다. 그의 표정을 존 최 부장은 점차 사색이 되어 가고 있었다. 쥐구멍에라도 숨고 싶은 표정이었다.

"이번 주문도 이다은 씨가 넣었습니다. 담당이 이다은 씨입니다."

궁색한 변명이었다.

"그럼, 계약을 한 건 누굽니까?"

"그것도 제가 아니라 박 과장이 한 겁니다."

"그래서 관련이 없으시다?"

"네."

아주 나쁜 놈이었다. 그는 서류상이 아닌 중국 바이어들과 함께 중국의 고급술집에서 저녁을 먹는 최 부장의 모습이 찍힌 사진을 건넸다.

"누군지 아시죠?"

"……죄, 죄송합니다."

최 부장이 사태를 파악하고는 얼른 무릎을 꿇었다.

"저녁만 먹었습니다!"

"그럼, 이것도 보세요."

최 부장의 부인 계좌로 수천만 원이 여러 번에 나눠서 입금된 거래 내역이었다.

"수면등 납품 건은 저희가 고소를 할 예정이고, 부실 공사는 곧 입주민들의 생명과도 연관되어 있으므로 그쪽에서 조처할 겁니다."

"죄송합니다. 한 번만 봐주세요. 처자식 때문에……."

끝까지 나쁜 놈이었다. 석현은 용서하지 않았다. 경찰에 연락해서 책임자 모두 잡아가도록 했다. 김 사장은 무릎이 닳도록 빌었고 이번 일을 어떻게 해서든 책임지겠다고 했다. 그는 회사를 나오면서 다은에게 퇴근 후에 만나자는 문자를 보냈다.

지혜는 최 부장이 경찰에 잡혀가는 걸 보고는 충격을 받았는지 퇴근 때까지 멍하게 자리를 지키고 있었다. 석현의 문자를 받은 다은도 멍하게 있기는 마찬가지였다.

"여기는 분위기가 왜 이래? 아까 최 부장님 그렇게 되는 거 보고 놀란 거야? 소심하게 왜들 그래?"

박 과장이 그녀들의 모습을 보고는 농담을 던졌다.

"자자, 퇴근들 합시다. 놀란 가슴을 달랠 사람들은 따라오고."

박 과장이 직원들에게 술을 살 모양이었다. 하지만 지금 상황으론 아무도 가지 않을 것 같았다. 빠르게 사무실을 빠져나온 다은은 약속 장소로 향했다. 항상 가던 카페가 아닌 다른 곳이었다.

문자로 받은 주소는 강남에서 가장 비싼 주상 복합 아파트였다. 차를 세운 다은은 긴장된 마음으로 그가 알려 준 곳으로 찾아갔다.

도대체 왜 보자고 한 건지 궁금하기도 하고 설레기도 하고, 기분이 좀 묘했다.

딩동!

벨을 누르자 그가 문을 열고 나왔다. 정장이 아닌 편안한 옷차림의 석현은 처음이었다. 검은색 V넥 티셔츠에 검은 면바지를 입은 그는 굉장히 섹시했다. 1년 동안 이런 모습은 단 한 번도 본 적이 없었다.

"……."

다은은 저도 모르게 그를 넋을 놓고 보았다.

"들어와."

"네? 네."

그의 말에 놀라긴 했지만, 다은은 자연스럽게 안으로 들어갔다. 80평은 넘어 보이는 집 안은 횅할 정도로 가구가 없었다.

"여기는……."

"내 집이야. 잘 오는 곳은 아니지만. 일이 끝나면 회사에서 자."

"아……."

자주 오지 않으니 가구가 없는 게 당연했다. 넓은 거실엔 하얀 소파와 대형 TV, 명품 오디오가 전부였다.

"난 복잡한 게 싫어."

"……"

일부러 이렇게 했다는 소리였다.

"차 줄까?"

"네."

어색한 기류가 둘 사이에 흐르고 있었다. 1년을 만났지만 이렇게 어색한 적은 단 한 번도 없었다. 처음 만난 날 그녀는 감사한 마음으로 저녁을 샀고 1시간도 안 돼서 그에게 푹 빠져 버렸다.

잘생긴 얼굴에 유머 감각까지 갖춘 그였다. 처음엔 당연히 여자 친구가 있을 거라고 생각했지만 헤어질 때 그는 여자 친구를 만들고 싶어졌다는 말을 했다. 그 후 그들은 속전속결로 사귀게 되었다.

얼마 전까지 다은은 말은 안 했지만, 석현과 평생을 함께할 거라고 당연하게 믿고 있었다. 물론 뒤통수를 맞기는 했지만 말이다.

"무슨 생각을 그렇게 해?"

그가 찻잔을 놓으며 물었다.

"아무것도……"

"그래? 얼굴은 아주 복잡해 보이는데?"

"아니에요. 오늘 만나자고 하신 이유가 뭔가요? 빨리 얘기 끝내고 집에 가서 쉬고 싶어요. 10시 전에는 들어가야 해서요."

"오늘은 10시까지 안 들어가도 돼."

"네?"

"내가 이 사장님께 허락받았으니까. 여유 있게 있어도 돼."

"……."

아버지에게 전화까지 했을 줄은 몰랐다.

"긴 얘긴가 봐요?"

"길 수도 짧을 수도 있지. 밥은?"

"생각 없어요."

"먹어. 도우미 아주머니가 차려 두고 갔으니까."

그가 자리에서 일어나 식탁으로 향했다. 집 안의 모든 게 심플
했고 고급스러웠다. 그녀의 집은 여기에 비하면 아무것도 아니었
다. 가구가 많지는 않았지만 다 상상을 초월하는 금액들을 자랑하
는 것들이었다.

"심플하네요?"

"복잡한 거 싫어해. 가구든 사람이든."

"난 복잡한 사람이 아니에요."

"예전엔 아닌 줄 알았는데 아주 복잡한 사람이란 걸 알았어."

식탁에는 깔끔하게 차려진 반찬과 밥, 국이 가지런히 정돈되어
있었다. 이사한 지 얼마 되지 않았는지 새집 냄새가 났다.

"이사한 지 얼마 안 됐나 봐요?"

"응, 두 달쯤?"

집 안은 너무나 깔끔하게 정돈되어 있어 먼지 하나 없었다.

"결벽증이 있는 줄 몰랐어요?"

"심하지."

"그러면 여자를 만지지도 않아야 하는 거 아니에요?"

석현은 입가에 비릿한 미소를 지으며 말했다.

"난 고자는 아니거든."

"……."

이 남자를 당할 수가 없었다. 아직 그에게 마음이 있는 한 다은
은 석현에게 끌려다닐 수밖에 없다는 걸 알았다.

"먹어."

다은은 숟가락을 들고 열심히 밥을 먹고 있는 석현의 모습을 보
았다. 낯선 석현의 모습이었지만 밥을 먹는 모습을 보고 있으니 1
년 동안 그녀와 만났던 남자 친구 석현의 모습이 보였다.

울컥하는 마음이었지만 다은은 꾹 참고 밥을 먹었다. 싸우려면
힘이 있어야 하기 때문이었다. 다은은 오늘 밤이 그들 사이에 큰
전환점이 될 거란 생각이 들었다.

'왜일까?'

Chapter 4

저녁 식사를 마친 석현과 다은은 소파에 앉아 커피를 마셨다. 솔직히 남자 집에서 단둘이 있는 건데 불편한 마음보다는 자연스럽고 편한 마음이 컸다. 다은은 어쩌면 이런 편안한 가정을 꿈꿨던 건지도 몰랐다.

왜 이렇게 아쉽다는 생각이 드는 걸까?

"할 말이 뭔데요?"

다은이 커피 잔을 소파 테이블 위에 올려놓으며 석현에게 물었다.

"할아버지께서 다은이를 한번 보고 싶어 해."

"저를요?"

"응, 가족들도 그렇고."

"이런 말은 없었잖아요."

가족들까지 속이는 연기는 자신이 없었다. 얼굴에 다 표가 날 텐데 석현의 가족을 만날 수는 없었다.

"안 될 것 같아요."

그가 싫어할지 모르지만, 그녀는 거절했다.

"왜지?"

"가족들까지 속이는 건 자신 없어요."

"가만히 있으면 내가 알아서 해. 그리고 내 진짜 가족도 아니고."

진짜 가족이 아니란 말에 다은이 놀란 눈으로 석현을 보았다.

"진짜 가족이 아니라뇨?"

"어머니가 어릴 때 재혼하셨어."

"……."

다은은 너무 놀라서 그를 멍하게 보았다. 그의 개인적인 이야기를 듣는 건 처음이었다. 이런 얘기는 석현도 말하기 어려웠을 것이다.

"그곳에서 자라긴 했지만, 11년쯤 전에 그 집에서 쫓기듯이 나왔어."

석현은 무표정했지만 그 속엔 슬픔이 있었다.

"그렇다고 가족이 아닌 건 아니잖아요."

이렇게 말하면서도 다은은 마음이 좋지 않았다.

"내가 알아서 할게."

그는 자신이 알아서 한다고 말하지만, 다은은 그런 연기를 할 수 있을지 여전히 자신이 없었다.

"쉽게 속을 분들이 아니에요."

"진짜처럼 할 거니까 걱정하지 마."

그는 진짜 애인같이 행동할 수 있는 사람이었다. 얼마 전 까지만 해도 그는 그녀를 사랑하는 남자처럼 굴었다. 그때도 그녀를 속인 것일까?

"원래 연기를 잘하나 봐요?"

"사업하는 사람들은 때때로 상대방을 속여야 할 때가 있거든."

"그런 면에선 탁월하다는 거 인정하죠."

그녀는 그의 이중적인 면을 꼬집어 이야기했다.

"계획은요?"

"다은이는 그냥 어른들께 예의 바르게만 하면 돼. 그런데 어머니는 다은이를 반대하셔."

"……."

"이 사장님을 별로 좋아하지 않으시거든. 다은이도 알다시피 업계에서 워낙 소문이 안 좋은 분이잖아."

"그런데 왜……?"

"할아버지의 뜻이야. 이 사장님과 합병을 하려면 우리의 결혼
은 필수라고 하더라고."

"처음 듣는 말이네요."

"사실이야."

"……."

"나도 우리 할아버지가 어디 가서 아쉬운 소리를 하고 다니실
분은 아니라고 생각해. 하지만 지금은 태강산업이 필요해."

"아버진 누굴 도와줄 분이 아니세요."

다은은 아버지가 누군가의 사업을 도와준다는 게 믿어지지 않
았다.

"우리 할아버지는 많은 돈과 힘을 가지고 계시지. 하지만 안 되
는 것도 있는 거야. 철강 사업이 그래."

아버지를 놓고 석현의 말에 공감하는 게 더 웃기는 일이었다.

"어쨌든 노력은 해 볼게요. 하지만 다 눈치채실 거예요."

보통 분들이 아니실 텐데 그녀의 어설픈 연기에 속지 않으실 것
이다.

"그건 모르는 일이지."

그가 알 수 없는 답을 했다.

"좋아요. 원하는 대로 할게요."

"좋아, 이제야 말이 통하는군."

"이제 일어나도 될까요?"

"아직 시간이 많이 남았어."

"알아요. 그래서 조금 더 즐기다가 들어가려고요. 난 한 번도 밤 문화를 제대로 즐겨 본 적이 없거든요."

솔직히 다은은 단 한 번도 클럽에 가 본 적이 없었다. 그래서 이번 기회에 지혜를 불러내 클럽이란 곳을 한번 가 볼 생각이었다. 그녀도 모범적인 생활에서 좀 벗어나 보고 싶었다.

"아버지한테는 같이 있었다고 말해 줘요."

이건 보통 기회가 아니었다.

"어딜 가려고?"

그가 신기하다는 듯이 그녀를 보며 물었다.

"친구 불러서 클럽에 한번 가 볼까 하고요."

"……같이 가."

"네?"

예상외의 답에 다은은 깜짝 놀랐다. 그가 이런 말을 할 거라고는 상상도 못 했었다.

"나랑 같이 클럽에 가겠다고 한 거예요?"

그래서 다시 한 번 물었다.

"맞아."

"왜요?"

"왜라니? 당연한 거 아니야? 왜, 남자 친구랑 가는 건 재미없나?"

"가 본 적이 없어서 몰라요."

"남자 친구와?"

"아니요. 클럽에 가 본 적이 없다고요."

석현이 이상한 얼굴로 그녀를 보았다.

"재미없이 살았군."

"맞아요."

정말 재미없는 삶을 살았다. 철저하게 통제된 삶을 살았다. 창살 없는 감옥이 따로 없었다. 물론 태린은 그렇게 살지 않았지만, 다은은 태린이 어떻게 살았는지 모른다. 짐작만 할 뿐이었다.

그가 갑자기 자리에서 일어났다.

"뭐 하는 거예요?"

"나가지."

"진짜 가려고요?"

"응, 친구랑 가는 것보다 나을 거야."

지혜와 가는 게 백배는 나을 것 같았다. 예전엔 아니었지만 지금 그는 존재만으로 부담스러운 사람이었다. 같이 가서 재미있을 리가 없었다. 그리고 솔직히 오늘 지혜와 술이나 한잔할까 했는데 정말 클럽에 가게 생겼다.

"꼭 안 가도 돼요. 시간이 생겼으니 친구와 함께……."

그는 다은의 말을 듣지도 않고 옷을 갈아입으러 드레스 룸으로 들어갔다. 다은이 이도저도 못하고 있을 때 석혁이 룸에서 나왔다. 청바지에 티만 입었는데 귀티가 흘렀다. 물론 손목에는 수천만 원짜리 시계를 차고 입고 있는 청바지와 티도 명품이었으니 그럴 수밖에 없었겠지만 말이다.

"전 옷이 좀……."

클럽에 갈 복장은 아니었다. 그가 그녀를 아래위로 보더니 갑자기 하나로 묶은 머리를 풀어 내렸다. 그러자 그녀의 풍성한 머리가 어깨 위로 쏟아져 내렸다.

"어머, 뭐 하는 거예요?"

그리고는 빗을 가져와 건넸다.

"빗어, 훨씬 섹시해 보이니까. 그리고……."

"어머!"

그녀의 재킷을 벗겨 내고는 블라우스의 단추를 풀었다.

"여름이야."

조금 전까지 굉장히 단정해 보이던 짙은 그레이 치마와 민소매 블라우스는 단추 하나 풀었을 뿐인데 퇴폐적인 분위기가 되어 있었다. 딱 붙는 치마는 그녀의 라인을 고스란히 드러냈고 그가 풀어 놓은 단추 사이로 그녀의 풍만한 가슴이 보일 듯 말 듯 야릇한 분위기를 풍겼다.

"좋아, 가지."

그가 그녀의 앞에 서서 집을 나섰다.

"저기, 오늘 클럽에 안 가도 된다고요."

"아니, 그런 경험도 좋을 것 같아."

그는 그녀의 손을 잡고 집을 나섰다. 그가 갑자기 손을 잡자 다은은 심장이 두근거렸다. 1년을 자기 손처럼 잡고 다녔는데 이렇게 두근거린 건 처음이었다. 이렇게 심장이 뛰는 건 석현 때문이 아니라고 속으로 되뇌고 있었다.

그의 벤츠에 오른 다은은 한 대 맞은 기분이 들었다.

"그랜저 타고 다녔잖아요."

"그건 수빈이 차야."

"그때 본 지혜가 아는 오빠요?"

"맞아, 다은이를 만날 때마다 빌렸어."

"날 속이는 일에 철저했네요?"

"속인다는 의미는 아니었지만, 결론은 그렇지."

그는 더 변명하지 않았다. 아니 오히려 당당했다.

"손 좀 놔줄래요?"

아직 잡은 손을 빼며 말했다. 그들은 클럽에 도착할 때까지 더는 말을 하지 않았다. 하지만 다은은 오늘따라 유난히 심장이 빠르게 뛰고 있다는 걸 느꼈다.

쿵 쿵 쿵 쿵!

그를 따라 클럽에 들어가자 음악 소리가 너무나 크게 들렸다. 그녀는 별천지에 온 것 같아서 정신을 차릴 수가 없었다. 너무 많은 사람들이 클럽 안을 꽉 채우고는 광적인 음악에 몸을 흔들고 있었다.

영화에서나 보던 장면을 이렇게 직접 보니 신기할 따름이었다. 다은은 석현의 존재를 잠시 잊고 그녀 앞에 펼쳐진 신기한 광경에 시선을 빼앗기고 있었다. 스물일곱 살이 될 때까지 그녀는 철저하게 통제된 삶을 살았다.

언니가 죽고 한동안은 경호원들이 그녀를 학교에서 집까지 항상 데리고 다녔기 때문에 친구들을 따로 만날 시간조차 허락되지 않았다. 그래서 다은은 중, 고등학교 시절의 친구들이 거의 없었다.

석현은 의외로 클럽의 분위기와 잘 맞았다. 그것도 신기하긴 했다. 오히려 여덟 살이나 어린 그녀보다 석현이 클럽에서 더 자유로워 보였다.

클럽에 와서 놀지도 않고 신나게 구경만 하고 나온 다은은 갑자기 웃음이 났다.

"몇 시예요?"

"11시."

"사람의 습관이란 게 무섭네요."

"왜?"

"잘 시간이라서 졸려요. 너무 웃기죠."

웃기면서도 슬펐다.

"다은아……."

"이런 여자 본 적 있어요? 조선시대도 아니고."

"아니……."

"고마워요. 이렇게 클럽도 데리고 와 주고……."

그는 다은을 집까지 데려다주었다. 그와 다은은 그녀의 집 앞에 와 있었다. 그와 집 앞까지 온 건 처음이었다. 처음엔 그녀도 태강 산업 딸인 걸 그에게 속였으니까 말이다. 그래서 항상 차를 멀리 세우고 집까지 걸어왔는데 오늘은 그와 함께 집 앞까지 왔다.

이거 하나는 편해진 것 같았다.

"밤새 놀 수 있을 줄 알았는데, 안 되는 것 같아요."

"그러게."

"잘 들어가요. 오늘 고마웠어요."

다른 날과는 다르게 그는 다은에게 키스하지 않았다. 왠지 서운함이 밀려왔지만, 예전의 석현이 아니란 걸 상기시켰다. 그걸 자꾸만 잊는 자신이 한심스러웠다.

다은은 얼른 집 안으로 들어갔다. 12시가 거의 다 돼서 집에 들어온 건 처음이었다.

"다녀왔습니다."

아버지와 오빠가 거실에서 그녀를 기다리고 있었다.

"차 사장과 있었어?"

"네."

"1년 동안 만났다고? 차 사장의 마음을 사로잡아. 곧 있으면 현진그룹의 회장이 될 사람이니까. 내가 태강산업을 합병시키지 않았다면 너 같은 애는 차 사장과 평생 가도 결혼 못 해. 그 자리는 우리 다솜이의 자린데……."

"졸려요. 들어가서 쉴게요."

아버지의 이야기는 귀에서 피가 나도록 들었지만 그때마다 가슴을 후벼 파는 고통을 느꼈다. 이제는 무뎌질 때도 됐는데, 여전히 아팠다.

"다은아."

방으로 들어가려는 그녀를 오빠가 뒤에서 붙잡았다.

"왜?"

"이거 읽어 봐. 나중에 차석현에게 휘둘리지 않으려면 네가 알고 있어야 할 것 같아서."

"그 사람 뒷조사했어?"

"저쪽도 마찬가지일 거야."

"오빠, 왜 이런 짓을……."

"그래야 우리가 유리해지니까. 다소 충격적일지도 몰라. 난 아주 재미있게 읽었지만 말이야."

그녀의 손에 서류 봉투를 건넨 오빠는 아주 음흉한 미소를 짓고 있었다.

다훈 오빠는 날이 갈수록 아버지를 닮아 갔다. 어릴 땐 안 그런 것 같았는데 회사에 들어가면서부터는 아버지의 복사판이 되어 가고 있었다. 오빠는 아빠를 닮고 싶어 했다. 오빠의 우상이 아버지였기 때문이었다.

마른 체격에 날카로워 보이는 오빠는 이상할 정도로 그녀와 닮지 않았다. 남자와 여자의 차이 때문이라고 해도 다훈은 달라도 너무 달랐다. 다솜과 다은은 그래도 닮았는데 오빠는 아니었다.

"이런 거 안 줘도 돼."

"알 건 알아야지."

다훈의 표정이 차가웠다.

"날 위해 이러는 거야? 아니면 내가 괴롭기를 바라는 거야?"

"우리 태강산업을 위한 거야. 난 네가 어떻게 되든 관심 없어."

이게 다훈의 참모습이었다. 다훈은 오로지 자신밖에 몰랐다. 그건 말하는 것도 그랬다. 다른 사람의 기분 따위는 안중에도 없는 사람이었다.

"오빠, 아버지도 모자라서 오빠까지 나한테 왜 이러는 거야?"

다훈이 그녀에게 한걸음 다가와 다은의 양어깨에 자신의 손을 올려놓으며 얼굴을 가까이 마주하게 했다. 오빠의 눈동자는 비열했다.

"난 태강건설이 업계 1위가 되는 날까지 독하게 살 거야. 그건 아버지가 준 돈으로 그저 편하게 자란 너 따위가 알 수 없는 일이지. 네가 결혼함으로써 우리가 얻을 게 많아진다면, 나와 아버진 널 차 사장이 아닌 늙어 빠진 회장의 첩으로라도 보냈을 거야."

"……."

"아버진 다솜이를 예뻐하시지만 난 지금 이 자리에 다솜이가 있었어도 똑같이 말했을 거야. 알겠어? 그러니 넌 그냥 시키는 대로 해. 기르는 개도 밥값은 하니까."

"……."

"아 참, 아버지는 말씀을 안 하시지만 내가 한마디 할게. 난 너와 피가 달라. 두 번째 부인인 네 엄마와는 다른 피의 사람이지. 우리 집의 유일한 적자는 나야. 내 동생 다솜이는 죽었고 넌 두 번째 부인의 자식이니까."

"오빠…… 윽!"

오빠가 그녀의 얼굴을 손으로 아프게 잡았다.

"잘 들어 둬. 네 엄마가 이 집 안주인으로 편하게 살게 하려면 네가 잘해야 해. 안 그러면 내가 네 엄마를 가만두지 않을 거니까. 알겠어?"

오빠가 그녀의 얼굴을 손바닥으로 툭툭 치고는 사라졌다.

"미친 새끼……."

그 자리에 멍하게 서 있던 다은이 조용히 말했다.

"그렇게 원한다면 내가 해 주지."

머릿속이 복잡해지고 있었고 왜 그동안 오빠가 그렇게 그녀를 미워하는지 알 것 같았다. 이제 그동안의 일들이 퍼즐 조각처럼 맞춰졌다. 아버지도 엄마를 정식 부인이라 생각하지 않기에 그녀를 언니와 비교하며 미워했다.

"둘째 부인……."

한 번도 티를 낸 적은 없었지만, 엄마는 언제나 아버지의 눈치를 보며 기죽어 살아왔었다. 왜 그렇게 살아온 것인지 물어봐야 할 것 같았다.

대낮인데도 햇빛 한 점이 들어오지 않는 건물은 마치 암막 커튼을 친 것처럼 어두웠다.

달그락!

음식이 든 쟁반을 테이블에 올려놓은 김 집사는 곧바로 나가려
다가 앞에 서 있는 검은 물체 때문에 그대로 걸음을 멈추었다.

"포르피린증······."

"······."

"피부가 햇볕이 주는 자극에 신경질적으로 반응하는 햇빛 알레
르기의 일종으로. 이 질환에 걸린 사람은 낮의 활동이 어려워 주
로 밤에 활동한다. 그리고 날카로운 송곳니를 가지고 있는 경우가
있어서 뱀파이어로 오인되기도 한다."

마치 뭔가를 긁어내는 것 같은 소리의 주인공은 이 집안의 장손
이었다. 차성주와 쌍둥이로 먼저 세상에 나왔으니 그가 장손인 것
이다. 하지만 그가 태어난 이후 그는 출생 신고조차 하지 못하고
이곳에 갇혀 지냈다.

햇빛뿐만 아니라 밝은 조명에서도 피부에 물집이 잡히기 때문
이었다. 그의 세상은 TV와 컴퓨터, 핸드폰이 전부였다. 약으로 조
절했지만 그가 스무 살이 되면서 그 약도 잘 듣지 않았다. 지금 그
의 나이는 마흔이 되었다.

이런 병에 걸려서 그런지 요즘은 걷는 것도 버거워 보였다. 눈
은 완전히 퇴화되어 이제는 눈동자가 흰색이었다. 하지만 멀쩡한
사람보다 반응 속도가 몇 배는 빨랐다.

"왜 갑자기……."

"내가 포르피린증이라고 했지?"

"네, 그래서 약도 그 처방대로……."

"아니, 난 뱀파이어야. 왜냐면 난 흡혈을 하기 때문이지."

그는 정말 흡혈을 했다. 자신이 뱀파이어라고 믿기 때문에 그는 스무 살이 되던 해부터 인간의 피를 달라고 했다. 그의 요구를 들어주지 않자 밤에 도우미를 잡아다가 직접 뱀파이어처럼 흡혈을 했다.

그래서 몇 번인가 사람들을 대 준 적도 있었다. 지금은 혈액에 대해 몸이 강한 거부감을 드러내 흡혈은 하지 않고 있었다. 하지만 잠깐 멈춘 것이지 아예 그만둔 것은 아닌 것 같았다.

"왜 요즘은 인간들을 안 보내 주는 거야?"

"혈액에 트러블 반응이……."

더는 말을 할 수 없었다. 그가 초인적인 힘으로 그를 한 손으로 들어 올렸기 때문이었다. 믿을 수가 없었다. 그는 뼈만 남은 환자였다.

"혹시……."

그가 그를 바닥에 던지듯이 놓았다.

아무래도 그가 창고에 숨겨 놓은 모르핀을 멋대로 맞은 것 같았다. 지금 그는 자신이 뱀파이어라고 믿으며 흉내를 내고 있었다.

이렇게 만든 게 김 집사 자신이었지만 마음이 좋지 않았다.

"이제 세상 밖으로 나갈 때가 됐어."

"제발, 그것만은……."

"그럼, 인간을 데려와. 나에게 제물을 바치라고."

그가 아주 당당하게 요구했다. 흐릿한 조명 사이로 창백하고 뼈만 남은 남자의 얼굴이 무섭게 그를 바라보고 있었다. 김 집사는 뒷걸음질 치며 고개를 끄덕였다.

다은과 지혜는 서울에 막 상경한 사람처럼 SH 코스메틱 본사 로비에서 넋을 놓고 서 있었다. 지난번 수면등 건 때문에 불려온 것이었다. 물론 최 부장은 해고되었고, 중국에서도 불량품을 전량 회수하고 새 부품을 보내 준다고 했기 때문에 문제는 거의 해결된 상황이었다.

그런데도 이렇게 그녀들을 직접 본사로 부른 것이었다.

"일이 더 터졌나?"

지혜가 걱정 어린 표정으로 말했다. 사실 다은도 걱정이 되는 건 마찬가지였다. 거기에 한 가지 걱정이 더 있었다. 그건 혹시나 우연히라도 석현을 볼까 봐서였다. 괜히 사람들 사이에서 만난다면 모른 척하기도 아는 척하기도 애매한 상황이었다.

"여긴 분위기는 우리 회사랑 차원이 다르다."

다은도 솔직히 좀 놀라기는 했다. 대리석 바닥은 마치 유리처럼 반짝이고 있었고 끝도 없이 솟아오른 유리 조형물은 이곳의 자존심처럼 하늘을 향해 치솟아 있었다. 거기에 검은색 정장의 경비원들은 마치 영화에 나오는 보디가드 같은 느낌이었다.

"좀 멋진데?"

지혜는 흥분해 있었다.

"너무 멋지지?"

"응, 우리 회사와는 많이 다르네."

"난 대기업만 이렇게 멋진 건물을 가지고 있는 줄 알았지. 화장품 회사가 이렇게 큰 건물을 가지고 있을 거라고는 상상도 못 했어."

"그러게."

아버지의 회사 근처에는 한 번도 가 보지 않았지만 아주 커다란 사옥을 가지고 있었다. 오래전에 인터넷에서 본 기억이 있었다. 규모는 비슷했지만 여기는 아버지의 회사와는 비교도 안 되는 최신식 건물이었다.

"저기, 차 사장님이시다."

"……."

항상 우려는 현실로 다가왔다.

"수빈 오빠도 있어."

지혜는 언제나처럼 밝게 손을 흔들었다.

"오빠!"

말릴 틈도 없었다. 너무 밝은 지혜의 성격 탓에 다은은 죽을 맛이었다. 엊그제 클럽에 다녀온 후로 처음 보는 얼굴이었다. 전화도 문자도 없었던 탓에 다은은 석현을 보는 게 어색하기만 했다.

다은은 다른 사람들보다 머리 하나는 더 큰 그를 넋을 놓고 보고 있었다. 석현은 평소에도 전사 같은 모습이었다.

이렇게 카리스마로 중무장한 사람을 그녀는 1년 동안 너무 편하게 대했던 것 같았다.

"지혜야!"

오 실장이 지혜를 알아보고는 손을 흔들었다. 쓸데없이 친해도 너무 친했다.

"안녕하세요?"

얼굴이 빨개진 지혜가 수줍게 인사를 했다. 물론 다은도 고개 숙여 인사를 했다. 수빈에게는 깍듯하게 인사했지만, 석현과는 눈도 마주치지 못하고 있었다. 이렇게 공개된 장소에 있으니 더욱 말을 건넬 수가 없었다.

그래도 지혜가 인사를 해서 다행히 그녀도 어색하지 않게 고개 숙여 인사할 수 있었다.

"어쩐 일이야?"

"여기 자재 팀에서 불러서……."

"지난번 일 때문에?"

"응, 거의 다 처리됐는데……."

"지혜 씨, 커피 한잔하고 가요. 주하 동생인데 그냥 보낼 수는 없죠."

석현이 무심하게 말하고는 앞장서서 걸어갔다. 아마도 사장실로 가는 모양이었다. 놀란 다은이 머뭇거리자 석현이 다른 사람들의 눈을 피해 그녀의 손을 잡았다가 놓았다.

"……!"

다은은 너무 놀라서 하마터면 자리에 주저앉을 뻔했다. 석현은 남들의 시선을 의식하지 않고 스킨십하는 걸 좋아했지만, 여기는 회사였고 그들은 지금 연인이 아니었다. 그런데 갑자기 그녀의 손을 스친 것도 아니고 잡았다가 놓았으니 당연히 다은은 놀랄 수밖에 없었다. 뭐지?

그들은 엘리베이터에 같이 올랐고 다은은 두근거리는 자신의 심장 때문에 미칠 것 같았다. 왜 그런 걸까?

머릿속이 복잡해진 다은이었다. 엘리베이터에 그와 나란히 서 있으니 심장은 더 미친 듯이 뛰었다. 그도 그럴 것이 그의 익숙한 향수 냄새가 그녀의 코를 자극했기 때문이었다. 이렇게 가까이서 그의 향수를 느낄 때면 어김없이 그의 키스가 이어졌다.

그건 사람들이 있거나 없거나 상관없이 이루어진 일이었다. 그런데 오늘은 키스가 없으니 더 이상했다.

띵!

엘리베이터에 문이 열리고 그들은 함께 사장실로 향했다. 사장실은 그녀의 회사만큼이나 크고 넓었다. 그리고 그의 사무실에는 집처럼 가구들이 거의 없이 휑한 느낌이었다.

"인테리어 공사 중이신가 봐요?"

지혜가 뜬금없는 질문을 했다.

"아니, 왜?"

수빈이 지혜에게 커피를 건네며 물었다.

"사무실에 가구가 너무 없어서요. 아직 들어오지 않은 게 있나 하고……."

"아닙니다. 전 공간이 넓은 건 좋아해서요. 가구가 그 공간의 미를 가리는 게 싫어서 집이든 회사든 필요한 것 이외에는 놓지 않습니다. 그리고 소장하고 있는 작품 중 몇 점은 지금 다른 갤러리에서 전시 중입니다."

"아……."

그의 집이 사무실처럼 휑한 느낌이라는 건 그녀도 알고 있었다. 그렇지만 인테리어는 굉장히 세련되었다. 우리가 생각하는 사무실과 다르다는 것이지 멋있지 않다는 말은 아니었다.

"전 사람도 군더더기가 없는 걸 좋아합니다."

마치 그녀에게 하는 말처럼 들리는 이유는 뭘까?

"상대방의 뭔가를 노리는 사람은 싫다는 거죠. 예를 들어 돈을 보고 접근한다거나……."

"요즘 세상에 그런 사람이 어딨어요?"

지혜가 웃으며 말했다. 지혜는 수빈이 있어서 이 자리가 다은보다는 편한 것 같았다.

"다은 씨라고 했죠?"

"네."

"굉장한 미인이시네요."

"네? 감사합니다."

"지혜도 예쁘고."

"……."

수빈의 말에 지혜는 얼굴을 붉혔지만, 다은은 석현의 싸늘한 표정이 의식되서 아무런 반응을 보일 수가 없어 겸연쩍은 미소만 지었다.

"중국의 일을 잘 처리되었고?"

석현이 갑작스럽게 개인적인 만남을 회사 일로 바꾸자 분위기가 좋지 않았다. 이 남자는 차가워도 너무 차가웠다.

"네, 오늘 중간 상황을 보고하려고 왔습니다."

"왜 사장이 안 오고?"

"저희가 담당이기 때문입니다."

"그래도 사장이 공식적으로 사과하고 처리해야 하지 않을까?"

석현의 갑작스러운 말에 수빈이 중간에서 눈치를 보고 있었다.

"지혜, 그리고 다은 씨. 그만 일 보러 가셔야 할 것 같습니다."

수빈도 기분이 좋지 않은지 굳은 얼굴로 말했다.

"네, 저희도 늦은 것 같습니다. 죄송합니다. 여기는 저희가 원
해서 온 건 아니었습니다."

"오 실장, 지혜 씨 모시고 나가. 난 다은 씨와 할 말이 있으니
까."

"네."

수빈이 걱정스러운 얼굴의 지혜를 데리고 나가자 사무실에는
그와 다은 둘뿐이었다. 그가 소파에서 일어나더니 빠르게 다은의
앞으로 다가왔다. 석현은 그녀가 앉아 있는 소파의 손잡이를 잡고
그와 소파 사이에 다은을 가두었다.

그의 구찌 향이 그녀의 코끝을 사로잡았다.

"다른 남자에게는 눈길도 주지 마."

"당신 친구예요."

"그게 내 친구라도 예외는 아니지."

"날 그렇게 저급하게 봤다니 기가 막히네요."

다은이 그를 쏘아보며 말했다. 그들 사이에 뜨거운 불길이 일었다.

"넌 남자를 홀리는 재주가 있으니까."

"웃기는군요. 1년 넘게 당신 하나도 홀리지 못했는데. 누굴 홀리고 다닌다는 건지 모르겠어요."

"……."

그녀의 말에 답은 하지 않고 그가 그녀를 태워 버릴 듯이 바라보았다.

"흡!"

석현이 갑자기 자신의 손가락으로 다은의 얼굴을 쓸어내리기 시작했다. 볼을 따라 내려가던 손가락은 그녀의 목을 타고 내려가 블라우스의 단추까지 내려왔다.

"순수한 줄 알았어."

"……."

그의 목소리는 잠겨 들었다.

"그래서 믿었는데……."

뭘 믿었다는 건지. 지금은 왜 이러는 건지 다은은 도저히 이해할 수 없었다. 거기에 그는 지금 욕망을 가득 담은 눈으로 그녀를 보고 있어서 다은은 더 헷갈렸다.

"비켜 줘요. 가야 해요."

"내일 어른들 만나게 될 거니까 준비해."

"주말이라고 하지 않았나요?"

"아니, 차 회장님이 빨리 보고 싶어 하셔."

"주말⋯⋯."

"내 말, 듣기로 하지 않았나?"

"하지만 아무런 준비도⋯⋯."

"퇴근 시간에 차를 보낼 테니까 준비할 필요 없어. 준비는 이쪽
에서 할 테니까."

너무 급작스러운 말이라서 걱정이 되었다.

"전 아직 준비가 안 됐어요."

"그냥 입 다물고 내 옆에만 있으면 내가 알아서 해."

"⋯⋯알았어요."

다은으로선 그의 말을 끝까지 거절할 수가 없었다. 어쩌면 그녀
가 더 적극적으로 말해야 하는 상황일지도 몰랐다. 하지만 오빠의
충격적인 말을 듣고는 도저히 이성적으로 생각할 수 있는 상황이
아니었다.

그가 몸을 일으키자 묘한 상실감이 들었다. 석현의 키스라도 바
란 걸까? 다은은 속으로 자신을 향해 욕을 했다. 제정신이 아닌 게
분명했다.

"다은아, 사장님이 뭐라고 하셔?"

사무실을 나오자 지혜와 수빈이 그녀의 표정을 살폈다.

"으응. 별거 아니야."

그녀는 이렇게 말하고는 수빈에게 고개 숙여 인사를 하고 회사를 나왔다.

지혜는 핸드폰 화면을 멍하게 보고 있었다. 오빠의 친구인 수빈이 그녀에게 저녁을 먹자고 문자를 보냈기 때문이었다.

"왜?"

다은이 그녀의 팔을 살짝 건드렸다.

"뭔데 그래?"

멍하게 있는 걸 본 모양이었다.

"수빈 오빠가 저녁 먹자고 해서."

"그래? 너한테 관심 있는 거 아니야?"

"아니야. 우리가 안 지 얼마나 오래됐는데……."

수빈과 안 지는 굉장히 오래됐다. 수빈은 그녀의 집에 놀러 온 적도 많았다. 한 번도 집에 온 적이 없는 석현과는 다르게 어릴 때부터 자주 본 오빠 친구였다.

"그럼 편하게 보면 되는 거지, 뭘 그렇게 신경 쓰는 얼굴이야?"

"이런 적은 처음이라서."

"널 여자로 보거나 아니면 정말 동생에게 밥을 사 주고 싶거나,

둘 중에 하나겠지. 일단 만나면 알지 않을까?"

"……그래, 네 말이 맞는다."

지혜는 알았다는 문제를 보내고 일에 집중하기 시작했다.

퇴근 후 지혜는 회사 앞에서 그녀를 기다리고 있는 수빈을 발견했다. 그녀는 반갑게 손을 흔들었다.

"오빠, 오늘은 일찍 끝난 거야?"

"응, 석현이한테 오늘은 일찍 보내 달라고 했지."

"그냥 편한 날 아무 때나 봐도 되는데……."

"아니야, 우리 지혜와 아무 때나 밥을 먹을 순 없지."

우리 지혜란 말이 듣기 좋았다.

"뭐 사 줄 거야?"

"지혜가 원하는 거면 뭐든 다."

"오늘 느끼해."

"그래?"

수빈이 수줍어하며 머리를 긁적였다. 수빈의 이런 모습이 낯설면서도 나쁘지 않았다.

"우리 삼겹살 먹자."

"아니, 다른 거 먹어."

"왜?"

"여자랑 처음 밥 먹는데 삼겹살은 아닌 것 같아. 우리 스테이크

먹으러 갈까?"

수빈의 말에 지혜는 알 수 없는 여운을 느꼈다. 그게 뭔지는 모르지만, 오늘의 수빈은 많이 달랐다.

Rrrrrrr—

눈치 없이 오빠의 전화가 왔다.

"우리 황주하 씨께서 어쩐 일로 이렇게 전화를 하시나?"

[삐졌냐?]

"아니, 내가 황주하 씨에게 삐질 일이 있나?"

옆에서 수빈이 웃었다.

[야, 오빠가 바쁘면 연락 못 할 수도 있지?]

"알았으니까 끊어."

그녀가 매정하게 전화를 끊자 수빈이 옆에서 큰소리로 웃었다.

"우린 원래 이래."

"이게 현실 남매구나. 난 형제가 없어서."

수빈은 외동아들이었다.

"어?"

갑자기 수빈이 지혜의 손을 잡았다.

"우린 남매는 아니니까. 그리고 그럴 생각도 없고. 그러니까 손 빼지 마."

"……."

이 남자가 지금 뭔 소리를 하는 건지 지혜는 알 수가 없었다.

그들이 간 곳은 한 이탈리안 레스토랑이었다. 먹는 내내 그들은 웃음이 끊이질 않았다. 수빈은 참 좋은 사람이었다.

"오빠는 애인 없어?"

"있어."

"……."

지혜의 얼굴이 저도 모르게 굳었다. 말은 하지 않았지만, 지혜는 수빈에게 어릴 때부터 관심이 있었다. 하지만 오빠의 친구이기도 했고 나이 차이도 있다 보니 거의 포기한 상황이었다. 그런데 오늘 그녀를 이렇게까지 들뜨게 해 놓고 여자 친구가 있다니. 실망이었다.

"실망했어?"

"내가 왜?"

"그런 것 같아서."

지혜는 얼굴도 들지 않고 스테이크만 먹었다.

"난 여자 친구가 생기면 커플 시계를 하고 싶었어."

"……."

이건 또 무슨 뜬금없는 소리인지.

"이거……."

수빈이 상자를 내밀었다. 누가 봐도 시계 케이스였다.

"한번 봐 줄래? 내가 이런 건 잘 못 골라서."

이걸 봐 달라고 부른 거였다니. 그는 아주 잔인한 인간이었다.

"싫어."

"왜?"

"내가 왜 오빠의 여자 친구 걸 봐 줘야 해? 다음엔 이런 일로 부르지 말고 카톡으로 사진 보내면 돼. 봐 줄게. 이게 뭐야? 잔뜩 기대하게 만들어 놓고⋯⋯."

그녀는 저도 모르게 속의 말을 하고 말았다.

"그러니까⋯⋯."

수습하긴 이미 늦은 것 같았다. 그런데 그가 갑자기 상자를 열더니 시계를 그녀 쪽으로 밀었다.

"네 거야."

"⋯⋯."

"진작 말하려고 했는데⋯⋯ 자신이 없었어. 네가 싫다고 할까 봐."

"안 싫어."

"알아, 그래서 오늘은 용기 내 봤어."

수빈이 그녀에게 시계를 채웠다.

"내가 반지나 목걸이는 못 하는데, 시계는 정말 안 풀고 꼭 하고 다니니까. 내 여자 친구도 같이했으면 해서⋯⋯."

"고마워."

이건 완전 감동이었다.

"그럼, 오늘부터 1일인가?"

"응."

지혜는 오늘 너무 행복한 하루였다.

되는 일이 없는 날이었다. 출근하자마자 그녀를 기다리고 있는 건 최 부장이었다. 음흉한 미소를 띠며 전보다 더 느끼해진 얼굴로 그녀와 직원들에게 인사를 하는 최 부장이었다. 재판이 진행되는 동안은 출근하는 모양이었다. 사장의 생각을 도저히 이해할 수가 없었다.

"그동안 쉬었더니 일찍 출근하고 싶어서 말이야. 반가워."

인사가 협박처럼 들리는 건 그녀의 기분 탓일까? 하여튼 최 부장의 출근부터 오늘 저녁에 석현의 집에 가는 일까지. 순탄치 않은 하루가 될 게 분명한 날이었다.

"최 부장이 와서 그래?"

"어?"

"얼굴이 완전 창백해."

"……오늘은 완전 망친 날이 될 것 같아."

"아니지, 혹시 정말 행운의 날이 될 수도 있어."

"그랬으면 좋겠다."

최 부장이 그녀를 불렀다.

"……아무래도 행운의 날은 아닌 듯하다."

그녀는 힘없이 부장실로 불려 들어가 시원하게 깨지고 나왔다. 확실하게 그녀를 그만두게 할 생각인 모양이었다. 그렇다고 호락호락 그만둘 그녀가 아니었다.

퇴근 시간에 딱 맞춰 검은 벤츠가 그녀를 태우러 왔다. 다은은 사람들의 눈을 피해 얼른 차에 올랐다. 그리고 다은이 말한 대로 유명 헤어 숍에 가서 헤어와 메이크업을 하고 옷까지 갈아입고 석현의 집으로 향했다.

옅은 핑크색 샤넬 원피스는 차분한 재벌가의 아가씨 같은 모습으로 만들어 주었다. 거기에 머리도 굵은 웨이브를 주어 어깨까지 내려오게 했다. 차분한 분위기의 아름다운 여자가 차창에 비치고 있었다.

"어색해."

이런 자신의 모습에 익숙하지 않은 다은이였다. 회장을 안 한다거나 멋을 안 내는 건 아니었지만 다은은 온몸에 명품을 두르고 다니진 않았다. 이런 명품의 향연은 부담스러웠다.

"도착했습니다."

기사가 말이 끝나기가 무섭게 김 집사가 그녀의 차 문을 열어 주었다. 볼 때마다 드는 생각이지만 김 집사만 보면 이상하게 소름이 돋았다.

"안녕하십니까?"

"안녕하세요?"

"오늘은 더 아름다우십니다."

"감사해요."

"어른들께서 기다리고 계십니다."

그녀는 김 집사를 따라 집 안으로 들어간 다은은 붉은 벽돌로 된 집안을 보자마자 머리가 아프기 시작했다.

"괜찮으십니까?"

"빈혈이 있어서……."

"약을 드릴까요?"

"아뇨, 괜찮아요."

긴 복도를 지나 거실에 들어가니 어른들이 그녀를 맞이해 주셨다. 그녀가 석현의 가족들을 보며 느낀 건 마치 잘 그려진 그림 같다는 것이었다. 온기가 없었다.

"반가워요."

나이가 있기는 했지만 큰 키에 아름다운 얼굴을 가진 분이 석현의 어머니인 것 같았다. 석현의 어머니는 가정주부라기보다는 귀

부인에 가까운 분위기였다. 그녀의 풍성한 드레스가 굉장히 불편해 보였다.

"안녕하세요? 이다은입니다."

"얼굴도 예쁘고 이름도 예쁘네, 이러니 우리 아들이 반하지."

시아버지가 가라앉은 분위기를 띄우려 노력하는 게 보였다. 석현은 차가운 얼굴로 그녀를 보고 있을 뿐이었다. 언제는 자기가 하는 대로 가만히 놔두라고 했으면서, 석현이 더 어색해 보였다.

"넌 왜 그러고 있어? 네 피앙세가 될 사람인데……."

"어머니가 막고 계시잖아요."

"어? 그런가?"

시어머니가 한 발 뒤로 물러서자 석현은 마치 가면을 쓴 것처럼 밝게 웃으며 그녀 옆으로 다가왔다.

"왔어?"

그의 손이 자연스럽게 그녀의 어깨를 감싸고 그의 입술이 정수리를 가볍게 누르자 다은은 정신을 차릴 수가 없었다. 그녀의 석현이 다시 돌아온 것 같았다.

"내가 데리러 갈 걸 그랬나?"

"……."

그가 다시 그녀를 품 안에 안았다.

"우리 석현이가 이러는 모습은 처음인데?"

시아버지가 시어머니의 어깨에 다정하게 손을 얹으며 말했다.
그런 모습이 익숙하지 않은 다은은 시부모님들의 모습에 부러움
을 느꼈다. 엄마는 언제나 아버지의 눈치만 보고 살았기 때문이었
다.

"우리 다은이 여기 앉아."

시아버지는 굉장히 친절하신 분인 것 같았다. 물론 석현의 표정
으로 봐서는 평소에는 이렇지 않은 것 같았지만 말이다.

"네, 어른들께서 먼저 앉으셔야……."

"그래, 우리 은정이부터 앉아."

아내의 이름을 부르는 남편은 다은의 눈에 굉장히 신선해 보였
다.

"……."

그때 석현이 그녀의 손을 다정히 잡더니 어른들 앞에 나란히 앉
았다.

"오느라고 고생했어."

그녀의 머리카락을 귀 뒤로 넘겨 주며 그가 다정하게 말했다.
게다가 그의 눈빛은 사랑으로 가득했다. 예전에 그녀가 속았던 그
눈빛이었다. 다은은 속으로 석현이 사기를 쳐도 아주 잘 치겠다는
생각을 했다.

'어쩌면 사람이 이럴까?'

석현이 다은의 손가락에 자신의 손가락을 끼워 넣어 깍지를 끼웠다. 이건 또 무슨 일인지 다은은 정신을 차리지 못하고 있었다.

"좋을 때다."

시아버지가 사람 좋은 미소를 지었지만, 석현의 의붓 형인 차성주는 표정이 굳은 채로 앉아 있기만 했다.

"할아버지는 곧 나오실 거야. 지금 주치의가 와서 진료 중이거든."

"그럼, 몸이 좀 괜찮으실 때……."

"다은 양, 걱정 말아요. 회장님은 다은 양을 보면 벌떡 일어나실 테니까. 우리 석현이 장가가는 걸 손꼽아 기다리시거든."

"네……."

지금은 빼도 박도 못 하는 상황이었다. 이 상황이 계속된다면 숨이 막혀서 죽을 것만 같았다. 거기에 석현이 자꾸만 그녀의 몸을 더듬고 있어서 더 죽을 맛이었다. 아니 심장이 목구멍으로 튀어나올 것만 같았다.

"그렇게 좋아?"

"그럼요."

석현이 거짓말을 이렇게 잘하는지 몰랐다.

"회장님."

그때였다. 휠체어를 타고 나온 사람은 마치 온몸에 밀가루를 부어 놓은 것 같았다. 어쩌면 저렇게 사람이 창백할 수 있을까? 마치 백색증 환자 같아 보였지만 눈썹이나 머리카락, 눈동자는 다 검은 색이었다.

피부만 창백한 것 같았다.

"천장 안 무너져, 앉아."

"네."

거실에 모인 식구들은 행복해 보이려고 무던히도 애를 쓰는 느낌이었다. 물론 다은도 그들의 연극에 동참하고 있었다.

석현은 물끄러미 자신의 손 안에 있는 다은의 손을 바라보았다. 작고 하얀 다은의 손은 부드러웠고 이 집에는 없는 온기가 있었다. 1년 동안 그는 다은의 손을 잡거나 다은의 입술에 살며시 입을 맞추는 걸 좋아했다.

그런 그가 몇 주 동안 제대로 그녀의 손을 잡지 못했으니, 마치 금단 현상에 시달리다가 풀린 기분이었다. 그녀의 부드러운 손을 힘주어 잡은 석현이었다. 하지만 차 회장의 등장으로 그의 떨리던 마음은 충격으로 바뀌었다. 다은은 차 회장이 누군지 알지 못했다.

그가 오해한 것이었다. 어제 수빈이 다은에게 예쁘다는 말로 호감을 표했을 때도 뚜껑이 열려 버린 석현이었다. 남자들이 그녀에게 관심을 표하는 게 무엇보다 싫었다. 이런 무서운 소유욕은 처음이었다.

그래서 오늘 수빈은 그가 시킨 일로 종일 정신이 없었을 것이다.

"밥 먹자."

차 회장의 말에 모두 식당으로 향했다. 식당으로 이동하는 동안 그는 다은의 어깨에 손을 올렸다.

그리고 지금 다은은 그가 뭘 하든 거부할 수가 없었다. 어른들 앞이기도 했지만, 그가 한 말 때문일 것이다. 게다가 이 결혼은 그녀의 집에서 적극적으로 원하는 일이기도 했기 때문이었다.

그의 옆에 다은이 앉자 은은한 향수 냄새가 그의 코를 괴롭혔다. 늘 쓰던 그녀의 향수인데 오늘따라 섹시하게 느껴지고 있었다. 그는 저도 모르게 그녀의 허벅지에 자신의 손을 올려놓았다. 다은과 만나면서 생긴 버릇이었다. 다은의 몸에 손이 닿지 않으면 불안했다.

그녀와 섹스를 한 것도 아닌데 그는 점점 다은의 육체에 빠져들었다. 그녀를 만지고 그녀에게 입을 맞추는 것만으로도 그는 미칠 것 같았다. 그런데 다은과 섹스를 한다면 어떤 기분일까? 그는 다은을 위해 그 순간만은 아끼고 아꼈었다.

스윽.

그의 손이 다은의 허벅지 위로 조금씩 올라갔다. 다은이 긴장했는지 몸을 굳히는 게 느껴졌다. 하지만 그는 아랑곳하지 않고 다은의 치맛단 끝까지 손을 내렸다. 그리고 치마를 들어 올려 다은의 맨살 허벅지 위로 손을 이동시켰다.

부드러운 살결이 그를 미치게 했다.

"요즘 화장품 사업은 잘되는 거야?"

의붓아버지가 자상한 척하며 그에게 말을 걸어왔다.

"네, 잘되고 있습니다."

"그래?"

다은은 말없이 밥을 먹고 있었고 그의 손은 다은의 팬티 라인까지 올라왔다. 그의 손을 잡을 법도 한데 다은은 의외로 끝까지 가만히 있었다. 그의 승부욕에 불을 지르고 있는 다은이었다. 그의 손가락이 그녀의 팬티 라인 안으로 들어갔다. 살이 오른 그녀의 여성이 손끝에 닿았다.

"회사 얘기는 그만하고, 너희 결혼은 언제 할 거야?"

차 회장이 그를 보며 물었다.

"이른 시일 내에 잡을 예정입니다."

"다은이네 집안 어른들도 만나 봬야지."

"네, 다음 주쯤에……."

갑자기 다은이 그의 손을 잡았다.

"다은이와 상의해 보고 곧 찾아뵐 겁니다."

"그래, 이 사장도 너희들이 빨리 결혼하길 바랄 거다."

"네."

식사가 끝이 나고 커피까지 마시니 벌써 시간이 10시가 넘었다. 다은과 늦은 시간까지 함께 있으니 기분이 좀 이상했다. 진작 이렇게 할 걸이라는 생각이 들었다.

"다은이가 집 안 구경을 시켜 달라고 하네요."

그녀는 하지도 않은 말을 하고는 석현은 다은을 데리고 2층으로 올라갔다.

"내가 언제 구경시켜 달라고 했죠?"

"마음의 소리가 들렸다고 해 두지."

"하, 마음의 소리……."

다은이는 지금 화가 나 있는 것 같았다. 아마도 식사 자리에서 그가 한 행동 때문일 것이다.

"난……. 읍!"

다은을 끌어안은 채로 그가 머물던 방 안으로 들어간 그였다. 방 안의 가구들은 온통 하얀 천으로 덮여 있었지만, 예전 그대로였다. 방문과 그 사이에 다은을 가두고 뜨겁게 그녀의 입술을 삼켰다.

오늘은 도저히 참을 수가 없었다. 다은의 서투른 키스가 그를 오히려 뜨겁게 만들고 있었다. 다은은 마치 순수함으로 가득 채워진 사람 같았다. 다은의 부드러운 입술을 빨아들이며 그는 더 많은 것을 원했다.

그의 손이 다은의 풍만한 가슴을 만졌다. 손에 감기는 느낌이 너무나 좋았다.

"으으음……."

다은이 저도 모르게 신음을 내뱉었다. 그는 다은을 힘껏 끌어안았다.

"오늘은 안 보내."

그는 이렇게 말하고는 다은을 데리고 빠르게 집을 빠져나왔다.

Chapter 5

야생의 표범처럼 잘 빠진 벤츠가 높이 솟은 철문을 빠져나가고 있었다. 다른 세상에 있다가 현실의 문으로 나온 기분이었다.

그의 벤츠에 탄 다은은 차 회장의 집을 빠져나오는 동안 높은 담을 멍하게 바라보았다. 붉은 담은 평소에도 많이 봐서 새삼스러울 게 없지만, 이 집의 담은 높아도 너무 높았다. 그게 신경이 쓰였다. 왜 쓰이는지 모르겠지만 그랬다.

"원래 이렇게 높은 담이었어요?"

"응."

석현은 무심한 듯 말하며 운전에 집중했다.

"이 집은 언제 지어진 거예요?"

하지만 이상하게 다은은 머리가 지끈거리기 시작하면서 이 집에 대한 궁금증이 점점 증폭되었다.

"30년쯤 됐다고 들었어. 내가 이 집에 들어올 땐 새집이었지."

그렇게 보이진 않았지만 오래된 집이었다. 그리고 집의 뒤로 북한산이 병풍처럼 둘려 있어서 마치 성 같았다. 다은은 고개를 들어 높은 담장을 바라보았다. 분명 본 적이 있었다. 하지만 기억하려고 애를 쓰면 쓸수록 머리가 깨질 듯이 아팠다.

왜 이렇게 두통에 시달리는 걸까? 다은은 시선을 옮겨 다시 한번 현성그룹 본가를 보았다.

"하아……."

그녀가 관자놀이를 손가락으로 눌렀다. 누군가 망치로 그녀를 치는 느낌이었다.

"왜 그래?"

석현이 걱정스러운 듯이 물었다.

"괜찮아요."

자꾸만 태린이 나오려고 했다. 이 집과 태린은 뭔가 깊은 관계가 있어 보였다. 뭐지? 그녀가 기억하고 싶지 않은 그날 이후 태린이 그녀를 찾아 왔다. 그녀가 감당하기 힘든 순간이나 피하고 싶은 순간마다 태린이 나타나서 처리해 주었다.

물론 태린일 때의 일을 그녀는 기억하지 못했다. 처음엔 그게 좋았다. 기억하지 않을 수 있으니까 말이다. 김 기사에게 납치되고 파출소에서 발견된 시점까지 그녀는 기억나지 않았다. 그런데 태린은 기억하고 있는 것 같았다.

그녀에게 말해 주진 않았지만 태린은 뭔가를 알고 있는 게 분명했다. 그래서 그날과 연관되어 있는 뭔가가 있으면 그녀 안의 또 다른 자아인 태린이 나타나곤 했다. 하지만 지금은 태린이 나오지 않기를 바랐다.

다은은 심호흡을 하며 참고 또 참았다. 지금은 자신이 사랑하는 남자인 석현과 깊은 관계를 시작하는 시점이었다. 괜히 태린이 나와서 그와의 소중한 시간을 기억하지 못하게 만드는 게 싫었다. 석현은 온전히 그녀의 것이어야 했다.

"괜찮은 거지?"

석현이 걱정되었는지 다은에게 물었다. 지금은 그녀와 사귈 때의 다정한 석현 같아 좋았다. 다은은 고개를 돌려 석현을 바라보았다.

"네, 그냥 집이 너무 커서……."

"나도 저 집은 좀 부담스럽고 싫어."

"그래요?"

그가 고개를 끄덕였다. 한동안 그는 말없이 운전했고 다은은 창밖을 응시하는 대신 자신의 무릎만 내려다보았다. 그러면서 마음을 차분하게 가라앉히려고 노력하는 중이었다. 태린도 태린이지만 그녀의 옆에는 그녀의 심장을 미친 듯이 뛰게 하는 석현이 있었다.

차분한 마음을 가질 수 있는 상황이 아니었다. 그에게 실망했지만, 그런데도 계속 그를 사랑하고 있다는 걸 깨달았다. 이 남자를 놓치고 싶지 않은 자신을 발견하게 되었다. 이런 경험은 정말 처음이었다.

눈동자만 살짝 돌리자 핸들을 잡은 그의 커다란 손이 보였다. 조금 전까지만 해도 그 커다란 손이 그녀의 가슴을 감싸고 그의 입술이 그녀의 입술을 탐했었다. 그런 일은 사귀는 동안에도 종종 있었지만, 오늘은 뭔가 달랐다.

그의 집에 도착했는지 차가 멈췄다. 그리고 석현이 그녀의 안전벨트를 풀어 주었다. 갑자기 묘한 기류가 흘렀다. 차 안이 갑자기 후끈해졌다.

"그런 눈으로 보지 마."

"……."

"여기서 갖고 싶어지니까."

그는 오늘 너무나 과감하게 자신의 감정을 드러냈다. 그가 말하는 걸 다 믿고 싶었지만, 이상하게 오늘은 불안했다. 남자와 한 번도 잠자리해 본 적이 없는 다은이었다. 그를 만족시키지 못하면 어쩌지? 하는 생각이 들었다.

그리고 또 한 가지, 태린이 자신의 몸으로 무슨 짓인가 벌인 건 아닐까? 하는 불안감도 들었다. 설마 다른 남자와 잠을 잔 건 아니겠지…… 생각만 해도 아찔했다.

"아닐 거야……."

"어?"

석현이 그녀의 얼굴을 내려다보며 물었다. 다은이 고개를 흔들며 아니라고 답했다.

"아니……. 읍!"

고개를 흔드는 다은의 얼굴을 잡고 석현이 그녀의 입술에 뜨거운 키스를 했다.

"내려."

그의 목소리가 가늘게 떨리고 있었다. 이 분위기는 뭘까? 석현이 차 문을 열고는 다은의 손을 잡아 주었다. 한 번도 이런 적은 없는데 오늘은 좀 과하다는 생각이 드는 건 사실이었다. 하지만 기분은 좋았다. 이런 작은 스킨십이 그녀를 더 떨리게 했다.

"손이 너무 차."

"겨울이니까……."

"앞으론 이렇게 차갑게 두지 않을게."

석현의 손은 따뜻했고 다은의 차가운 손을 녹이기엔 충분했다.

"따뜻하네요."

"다른 곳은 뜨거워……."

엘리베이터 앞에서 석현은 다른 사람들 몰래 그녀의 귀에 은밀하게 속삭였다. 기다리는 내내 다은은 석현 때문에 미칠 것 같았다. 석현이 이렇게 노골적으로 자신의 욕망을 드러낸 적은 없었다. 마냥 좋을 줄 알았는데 지금은 생각이 많아졌다.

곧이어 엘리베이터가 도착했고 다른 사람들과 함께 엘리베이터에 오른 그녀는 속으로 다행이란 생각이 들었다.

쿵 쿵 쿵.

그들이 잡은 손에 맥박이 그대로 느껴지고 있었다. 만약에 둘만 있었다면 그들은 이미 서로의 입술을 탐하고 있었을 것이다.

띵!

엘리베이터가 그가 사는 층에 도착했다. 그는 말없이 자신의 현관문을 열었다. 그의 넓은 등이 오늘따라 섹시하게 느껴졌다.

디리릭!

비밀번호를 누르고 마침내 문이 열렸다. 집 안으로 들어가던 그가 손을 뒤로 내밀었다. 다은은 분명한 뜻이 담긴 그의 손을 잡았다. 손을 잡은 순간 그는 다은을 집 안으로 끌어당겼다. 석현의 힘이 얼마나 센지, 그녀는 마치 집 안으로 빨려 들어가는 느낌이었다.

쿵!

그녀의 등 뒤로 현관문이 거칠게 닫혔다. 둘의 시선이 공중에서 뜨겁게 부딪쳤다. 온몸의 세포가 다 그를 향해 반응하는 것 같았다.

"오늘은 안 보내. 가고 싶다고 해도 보내지 않을 거야. 그동안은 내가 너무 멍청하게 굴었어. 참지 말았어야 했어. 아니, 어떻게 참은 거지?"

그가 그동안 가슴에 품었던 말들을 쏟아내는 동안 다은은 놀란 눈으로 그를 바라볼 뿐이었다.

"석현 씨……. 읍!"

그가 다은의 턱을 한 손으로 거칠게 잡고는 뜨겁게 입술을 삼켰다. 둘의 키 차이 때문에 다은의 목이 뒤로 꺾일 정도였다. 그의 혀가 목젖까지 깊게 파고들어 왔다. 정신을 차릴 수가 없었다.

돌려보내지 않겠다는 자신의 말에 확인 도장을 찍듯이 그는 깊게 입술을 눌렀다. 그의 키스가 이렇게 뜨거웠던가? 키스만으로도 온몸이 타들어 가는 느낌이었다.

"하아……."

숨이 막히는 순간 그가 입술을 살짝 놓아주었다. 아니 그 입술을 그녀의 목으로 움직였다. 원피스가 옆으로 살짝 젖혀지고 그녀의 어깨가 드러나자 그는 어깨를 이로 살짝 깨물었다.

"더 많은 것을 원해."

"아흐……."

그가 이를 더 깊이 박자 다은은 신음을 뱉으며 그에게 자신의
몸을 밀어붙였다. 그의 손이 엉덩이를 지나 점점 위로 올라오더니
원피스의 지퍼를 내렸다.

지이익!

지퍼가 내려지는 소리가 이렇게 크게 들린 적은 처음이었다. 그
의 손이 등에서 엉덩이까지 내려왔다. 그리고 원피스는 그녀의 몸
을 타고 바닥 위로 떨어졌다. 얇은 슬립이 그녀가 걸친 전부였다.

"……."

검은색의 슬립을 본 석현이 한동안 그녀를 바라보았다. 뭔가 생
각이 많은 눈빛이었다.

"왜요?"

"아니……."

그의 미간에 주름이 잡혔다. 왜 그러지? 라는 생각이 들었지만,
곧바로 키스해 오는 석현 때문에 더는 생각을 할 수가 없었다. 그
녀의 혀를 거칠게 휘감는 석현 때문에 다리에 힘이 빠졌다. 다은
은 주저앉지 않기 위해 그의 목에 팔을 두르고 매달렸다.

그의 손이 허벅지를 타고 올라와 슬립 안으로 들어왔다. 어느새
그녀의 가여운 팬티는 찢겨 나갔고 그의 손이 검은 숲으로 둘러싸

인 그녀의 여성을 어루만지고 있었다. 처음 받은 느낌에 어색해야 하는데 모든 게 너무나 자연스러웠다.

다은은 마치 이런 경험을 예전에 한 것 같은 느낌이었다. 이건 다 태린이 저지른 일이었다. 처음이 아닌가? 불안했다.

"흡!"

하지만 불안함도 잠시. 그의 손가락이 그녀의 여성을 가르고 들어오자 다은은 놀라서 다리를 오므렸다. 하지만 그의 힘을 당할 수가 없었다. 그의 손가락은 더 깊숙이 들어와 그녀의 촉촉하게 젖은 은밀한 곳을 자극하기 시작했다.

"하아아⋯⋯. 웃!"

그리고는 그 안으로 깊숙하게 손을 찔러 넣었다. 그의 손가락이 안에서 움직일 때마다 다은은 찌릿한 쾌감을 맛보았다. 그녀는 저도 모르게 발끝으로 서서 그의 손가락을 더 깊숙하게 받아들였다.

그러는 사이 그의 입술은 그녀의 유두를 빨고 있었다. 어찌나 게걸스럽게 빠는지 유두 끝이 아파졌다. 다은은 그의 머리카락 속에 손으로 집어넣고는 그가 주는 쾌락에 점차 빠져들었다.

"헉, 거기는⋯⋯."

갑자기 여성에 닿는 석현의 입술 때문에 다은은 화들짝 놀라 뒤로 물러서려 했다. 하지만 소용이 없었다. 이미 그의 입술이 그녀의 여성을 탐욕스럽게 삼켰기 때문이었다. 그의 혀가 여성을 파고

들었다. 한 번 더 뒤로 물러나려고 했지만 무용지물이었다.

"석현 씨……."

다은은 숨을 헐떡이며 그의 이름을 불렀다. 하지만 석현의 혀는 더 집요하게 그녀의 여성을 핥았다. 그녀의 깊은 곳까지 차지하기 위해 석현은 다은의 한쪽 다리를 그의 어깨 위에 걸쳤다. 그녀의 모든 것이 적나라하게 드러났다.

그의 혀가 아래에서 위로 길게 그녀의 여성을 쓸었다.

"하아……."

도대체 쾌감의 끝이 어디까지인지 알 수 없었다. 그녀의 무릎이 점차 힘을 잃어 갈 무렵, 석현이 몸을 일으켜 다은을 안아 들었다.

"좀 먹어야겠어. 난 너무 마른 여자는 싫어."

"……."

그는 마치 가벼운 물건을 들고 가는 것처럼 그녀를 안고는 자신의 침실로 향했다.

"여기는……."

"침실이야."

그의 품에 안겨 침실을 멍하게 바라보았다. 정말 아무것도 없이 방 한가운데 침대만 놓여 있었다.

"정말 심플하네요. 서늘한 기분이 들 정도예요."

"이제부턴 아주 뜨거운 기분만 드는 게 아니라 직접 하게 될 거야."

그가 다시금 그녀의 입술을 삼킨 채 침대 위로 같이 쓰러졌다. 그의 몸이 그녀를 기분 좋게 누르고 있었다. 이렇게 은밀한 몸짓을 하게 되리라고는 상상도 하지 못했었다.

다은은 그의 와이셔츠 안으로 손을 집어넣었다. 따뜻한 그의 맨살의 느낌이 좋았다. 손바닥으로 그의 근육들이 하나씩 만져 보았다. 마치 위대한 작품을 만지는 기분이 들었다.

그녀는 석현을 기분 좋게 해 주고 싶다는 생각이 들었다. 다음은 힘껏 그를 안고 자세를 바꾸었다. 그리고 그녀 밑에 깔린 석현의 재밌어하는 눈빛과 마주했다.

다은은 검은 슬립을 머리 위로 벗고 검은색 브래지어도 벗었다. 석현은 갑자기 알 수 없는 표정으로 그녀를 보았다.

"왜요? 조금 전에도 이 표정이었는데."

"아니야……."

"석현 씨."

"너무 섹시해서……."

그가 양손으로 다은의 가는 허리를 잡았다. 다은은 그를 뜨겁게 바라보며 그의 와이셔츠의 단추를 하나씩 풀었다. 드디어 그의 맨 가슴이 그녀의 눈길을 사로잡았다. 한 손으로 그의 구릿빛 피부의 부드러워 보이는 가슴을 쓸어내렸다.

"매끄러워요……."

"……."

그는 숨을 거칠게 내쉴 뿐 답이 없었다. 하지만 그 모습마저도 섹시하게 느껴졌다. 그런데 다음은 어떻게 해야 하지? 생각하기 무섭게 그녀의 손이 자연스럽게 움직이기 시작했다. 마치 고양이처럼 느리게 그의 가슴을 쓸어내리며 몸을 점점 더 아래로 향하고 있었다.

나른한 오후에 고양이가 기지개를 켜는 듯한 동작이었다. 그렇게 천천히 몸을 내리다가 그의 버클에 손이 닿자 그녀는 버클을 풀고 그의 바지와 팬티를 동시에 내렸다.

"흡!"

그가 거친 호흡을 들이마시는 소리가 들렸다. 어차피 섹스는 본능이었다. 다은은 그의 커다란 페니스를 보고도 놀라지 않았다. 다만 모든 걸 자연스럽게 받아들이는 자신이 신기할 따름이었다. 그녀는 몸을 숙이고는 한 손으로 그의 페니스를 잡았다.

"다은아……."

그의 목소리가 욕망으로 인해 잠겨 들었다. 다은은 그의 커다란 페니스를 입안에 넣고 빨기 시작했다. 왜 이렇게 하고 싶은 건지 이해가 가진 않았지만, 다은은 이렇게 하는 걸 석현이 좋아한다는 걸 알았다.

그의 페니스는 너무나 거대해서 한입에 담을 수 없었다. 다은은 그의 페니스를 혀로 길게 핥았다. 석현이 그녀의 머리카락을 부드럽게 잡으며 신음했다. 그가 흥분하자 그녀도 같이 흥분했다. 그를 기쁘게 해 주고 싶어 그녀는 소리를 내며 그의 것을 빨았다. 아주 묘한 경험이었다.

그녀는 몸을 일으켰다. 그리고는 석현의 페니스를 자신의 질 안에 넣었다. 처음 하는 것이라고 하기엔 너무 자연스러웠다.

"으윽!"

빡빡하게 들어갔지만, 이상하게 아프지 않았다. 그의 커다란 페니스를 다은은 아주 자연스럽게 받아들였다. 그리고 허리를 움직이기 시작하자 석현이 거칠게 호흡하며 그녀의 가슴을 잡고 거칠게 만졌다.

"헉헉, 더는 힘들어……."

그의 말을 이해하기도 전에 다은과 그의 위치가 바뀌었다. 그가 어둡고 깊은 눈으로 그녀를 내려다보았다.

"진작 이랬어야 했어."

그는 이렇게 말한 후에 허리를 움직이기 시작했다. 다은은 그의 차돌같이 탄탄한 엉덩이를 양손으로 감싸며 그를 받아들였다. 고통과 쾌락이 공존하는 시간이었다.

"헉헉……."

다은의 몸 위를 그가 덮었다. 거대한 욕망의 그림자가 침실 가득 차 있었다. 다은은 한 치의 망설임도 없이 그녀가 원하는 것을 했다. 자신이 이렇게 섹스에 대담한 여자인지 오늘 처음으로 알게 되었다.

"하아······. 더 깊이 넣어 줘요."

다은은 자신이 원하는 것을 거침없이 말했다. 그가 허리 짓을 하면서 다은의 클리토리스까지 만지자 다은은 미칠 것만 같았다. 오늘 석현은 그녀를 욕망이란 이름으로 죽일 것만 같았다.

"다은아······."

"석현 씨······."

그들은 서로의 이름을 부르며 정점에 올랐다. 마침내 그가 다은의 위로 무너졌다. 그리고 뜨겁게 안아 주었다.

그의 품 안에서 다은은 숨을 헐떡이며 눈을 감고 있었다. 석현은 다은의 얼굴을 물끄러미 바라보았다. 최소한의 화장을 한 다은은 그의 마음을 흔들 정도로 아름다웠다. 그리고 그녀는 뜨거웠다.

석현은 이렇게 순수한 모습에 뜨거운 섹스를 하는 반전 있는 여자가 좋았다. 그렇게 보면 다은은 완벽한 그의 짝이었다. 그런데 이상하게 다은과의 섹스에서 자꾸만 태린이 떠올라 미칠 것 같았다.

분명 태린을 다은보다 좋아하는 건 아니었다. 태린과의 섹스가 뜨겁긴 했지만, 다은과의 섹스처럼 미칠 것같이 좋지는 않았다. 다만 다은에게서 묘하게 태린이 겹쳐 보인다는 것이었다. 비슷한 분위기도 아니었고 다은의 몸엔 태린과 같은 문신도 없었다. 그런데 왜 자꾸만 둘이 겹쳐 보이는 걸까?

"으으음……."

다은이 신음했다. 아직 그의 페니스는 그녀 안에 있었다. 그녀의 신음에 녀석이 점차 반응했다.

"움직이지 마……."

다은이 그에게서 몸을 떼려고 움직이자 녀석이 더 커져 버렸다.

"왜요?"

"다시 갖고 싶어지니까."

"설마……. 읍!"

피하려는 다은의 입술을 그대로 삼켜 버렸다. 여자에게 이렇게 빠르게 반응한 적은 처음이었다. 그녀의 몸속에서 나가고 싶지 않았다. 이렇게 연결되어 있는 게 좋았다. 석현의 머릿속에서 태린은 사라지고 지금은 오롯이 다은뿐이었다.

"미친 것 같아……."

"석현 씨……."

"다시 하고 싶어. 널 밤새도록 가지고 싶어."

"아아아······."

그가 다은의 가슴을 손으로 거칠게 움켜잡았다. 석현의 손가락 사이로 다은의 유두가 튀어나왔다.

"다은이, 넌 마녀가 분명해. 내가 이렇게 정신을 못 차리겠으니까."

"아아앙······."

그가 허리를 움직이기 시작했다. 그에 맞춰 다은이 허리를 활처럼 휘며 그를 깊이 받아들였다.

"하아······."

다은의 신음이 좋았다. 그는 더 깊이 자신의 페니스를 밀어 넣었다. 처음보다 거칠게 다은을 가져서 걱정이었다. 너무 자신의 욕심만 채운 것 같았다.

"다은아······."

"······."

마지막 몸짓이 끝난 후에 다은은 그의 품 안에서 깊은 잠에 빠져들었다. 물론 새벽에 그녀의 가슴을 만지는 그 때문에 잠깐 깨어나긴 했지만, 너무나 피곤한 나머지 그대로 꿈나라로 향했다. 정말 모든 것들을 하얗게 태운 밤이었다.

이른 아침, 태강산업 본가의 분위기가 심상치 않았다. 12첩 반

상으로 입이 떡 벌어지게 차린 상인데도 세호는 못마땅한 얼굴이었다. 한참이나 젓가락을 깨작거리며 아침을 먹는 둥 마는 둥 했다.

이런 세호의 눈치를 보며 연수는 밥도 제대로 먹지 못했다. 눈칫밥에 체할 것 같았기 때문이었다. 남편이 이럴 때마다 답답함을 느끼는 연수였다.

다은이 세호에게 허락받고 외박을 한 건 이번이 처음이었다. 물론 석현이 허락을 구해서 가능한 일이긴 했지만, 그래도 분위기는 좋지 않았다. 한 번 허락했으면 받아들여야 하는데 세호는 다은의 일에만 유독 예민하게 굴었다.

"왜 이렇게 안 와!"

벌써 똑같은 말을 몇 번째 되풀이하고 있었다.

"어차피 결혼할 사이잖아요."

참다못한 연수가 한마디 했다.

"결혼하기 전까지는 안심할 수 없어."

다솜의 일이 있고 난 뒤부터 세호의 간섭은 정말 심했다. 어떻게 보면 병적일 정도로 다은을 감시했다. 다솜처럼 다은을 잃을까 봐 걱정인 건지, 아니면 그냥 괴롭히려고 그러는 건지 도무지 종잡을 수 없었다.

하긴 그는 다솜이 사라지기 얼마 전부터 다은을 괴롭히기 시작했다. 다은에게 하는 건 아버지로서의 훈계는 아니었다. 왠지 안 좋은 감정이 섞여 있었다.

다은만 그렇게 감시를 할 뿐이지 부인인 연수나 아들인 다훈은 오히려 통금이 없었다. 왜 그런 건지 연수는 늘 궁금했다.

"도대체 왜 그러시는 거예요?"

오늘은 용기를 내서 물어봤다. 평소라면 어림도 없는 일이지만 허락까지 해 놓고 이렇게 잡아먹을 듯이 구는 건 이해가 가지 않았기 때문이었다.

"뭐?"

"왜 다훈이나 전 그렇게 간섭을 안 하시면서, 왜 유독 다은이에게만 그러시는 건지……."

"몰라서 물어? 다은이는 다솜이의 대타야. 그렇게 고운 다솜이가 허무하게 갔는데……. 다은이라도 잘 지켜야지."

세호는 다솜에게는 맹목적이었다. 마치 딸이 아닌 자신의 소유물에게 하는 것 같은 지독한 독점욕이 있었다. 어떨 땐 보기가 불편할 정도였다. 원래 성격이 괴팍하고 이상한 사람이라서 그러려니 했는데 다솜이 죽고는 더했다.

"대타라니요?"

연수의 목소리가 날카로워졌다.

"어머니는 몰라서 물으시는 거예요?"

세호의 아바타 같은 다훈이 나섰다. 연수는 오히려 세호보다 다훈이 더 미웠다. 원래 말리는 시누이가 더 미운 법이었다.

"아버지는 다솜이에게 거는 기대가 많으셨죠. 그리고 사업을 크게 하시다 보니 어쩔 수 없이 전략적으로 결혼을 시켜야 하는데, 우리 다솜이는 너무 완벽한 아이였잖아요. 그런데 그런 다솜이가 없으니 조금 모자라긴 해도 그 자리를 다은이가 채울 수밖에요."

"뭐?"

연수는 다훈과 다솜이가 아직 어릴 적에 재혼해서 이 집에 들어왔다. 물론 그들 남매와는 다르지만, 다은이도 세호의 피를 물려받은 아이였다.

"다훈아, 그렇게 말하는 건 아니지. 다은이도 네 동생이야."

"누가 아니래요? 다솜이와 다르다는 거지."

다훈은 아무렇지도 않게 밥을 먹고 있었다.

"여보, 이건 너무하는 거예요. 다은이가 숨이 막혀서 살 수가 없잖아요……."

쾅!

세호가 식탁을 내리쳤다. 그동안 살아오면서 연수는 세호에게 끝없이 많이 맞았다. 그렇게 맞고 살다 보니 바보가 된 것 같았다. 세호가 이렇게 폭력적게 나오면 그녀는 움츠러들 수밖에 없었다.

그래서 다은이 어린 시절부터 세호에게 학대를 당해도 옆에서 볼 수밖에 없었다. 그게 늘 미안한 연수였다.

"오면 서재로 들여보내."

그가 자리에서 일어섰다.

"왜 말이 없어?"

"알았어요."

그녀가 주눅이 들어 말했다. 연수는 이런 자신이 싫었지만 오랜 세월 남편의 폭력에 길들여진 그녀는 이렇게 행동할 수밖에 없었다. 할 말이 많았지만, 세호가 소리라도 한 번 지르면 연수는 절로 꼬리를 내리게 되었다. 세상에 맞는 걸 좋아하는 사람은 없었다.

"저걸 확!"

세호는 주먹을 들었다가 내려놓으며 서재로 향했다. 그런 연수의 모습을 보며 다훈은 키득거리며 밥을 먹었다. 언제나 이런 식이었다. 연수는 가슴이 답답해서 죽을 것 같았다.

이른 아침, 현성그룹 회장인 민철은 김 집사를 불러 다은과 석현의 상황을 보고받고 있었다. 솔직히 말해서 손자인 성주가 일을 똑바로 처리할 능력이 된다면 석현까지 끌어들이진 않았을 것이다.

하지만 그는 이제 수명이 얼마 남지 않았고 하나뿐인 아들도 손자도 모두 똑똑하지 못하니 직접 나설 수밖에 없다고 생각했다.

그들에게 사업을 맡기느니 차라리 전문 경영인들에게 맡기는 게 나았다. 하지만 그렇게 된다면 자신이 지금까지 피땀 흘려 일구어 놓은 사업은 남 좋은 일만 시키는 꼴이 될 게 뻔했다. 그걸 막기 위해 그나마 믿을 수 있는 석현을 택한 것이었다. 당분간 회장은 아들인 정민이, 부회장은 성주가 맡고 석현이 사장을 맡는다면 다른 놈들이 끼어들지는 못할 것이다.

물론 석현을 쥐고 흔들 만한 뭔가가 있어야 하는데, 그게 바로 석현의 엄마인 은정이었다. 은정은 정민의 비서로 있을 때부터 줄곧 봐 왔던 사람이었다. 첫 번째 며느리인 하연이 죽고 그의 아들인 정민과 은정, 둘의 결혼도 민철이 주선했다.

민철은 똑똑한 은정이 며느리로서, 그리고 부족한 아들을 보완해 주는 사람으로서 적당하다고 생각했다. 처음엔 잘 맞는 것처럼 보였지만 정민이 자꾸만 다른 여자들에게 눈을 돌리기 시작했다. 그건 은정이 정민을 거부했기 때문이었다.

은정이 정민을 거부하게 된 첫 번째 사건은 석현이 집에서 쫓겨난 후 은정이 석현이 왜 집에서 쫓겨나야 했는지를 조사하던 중에 일어났다. 은정이 그놈을 본 것이었다. 석현이 놈을 봤기 때문에 쫓겨난 것인데 은정은 그 상황을 몰랐고, 김 집사가 말렸는데도 은정이 작은 별채에 들어갔던 모양이었다. 놈을 본 은정은 충격에 빠졌고 그 후로 멍하게 지내고 있었다.

"죽였어야 했어."

놈은 언제나 그를 불안하게 했다. 민철이 그토록 불안한 건 놈이 사람의 피를 원한다는 것이었다. 조용히 살면 괜찮을 텐데 녀석은 자꾸만 세상에 자신의 모습을 드러내려고 했다. 그가 죽기 전에 녀석부터 처리할 생각이었다. 일단 은정은 써먹을 구석이 있으니 그의 곁에 두는 것이었다.

"그런데 회장님……."

김 집사가 이렇게 은근하게 그를 부를 땐 이유가 있었다. 김 집사도 늙은 여우라서 걸리는 부분이 많았다. 하지만 김 집사 없이는 불가능한 일이 많았기 때문에 민철도 김 집사를 의지하고 있었다.

"왜?"

"요즘 그분의 요구사항이 다시 시작되셨습니다."

느낌이 딱 맞았다. 녀석의 피를 향한 욕구가 다시 시작된 게 분명했다. 그의 집안은 백색증처럼 포르피린증이 있긴 했지만, 흡혈과는 거리가 멀었다. 아마 자신이 흡혈귀라는 망상에 빠진 게 분명했다. 거기다가 김 집사는 이상하게 놈이 원하는 걸 다 들어주었다.

그리고 이 병에 좋다는 건 다 구해 주는 모양이었다. 마약 성분이 강한 약들도 말이다. 아프진 않았지만 때로는 작은 것에도 예민하게 반응하는 몸 때문에 고통스러울 때가 가끔이었다. 그럴 때마다 강력한 진통제로 쓰는데 김 집사는 놈이 원할 때마다 주는 모양이었다. 하긴 그도 김 집사 덕분에 햇빛 알레르기 증상이 많이 호전된 건 사실이었다.

"뭐?"

"잠잠하시더니 증상이 다시……."

그놈의 증상이란 사람의 피 맛을 보는 것이었다. 어찌나 잔인하게 죽이는지 차마 눈 뜨고는 보지 못한다고 김 집사가 말한 적이 있었다. 그래서 은정도 그런 놈을 보고 정신이 반쯤 나간 것 같았다.

그도 솔직하게 보고 싶었지만, 너무 위험하다는 김 집사의 말을 듣고 만나진 못했다. 얼마나 위험한지 김 집사는 마취총을 다루는 일꾼을 집에 항시 대기시켜 놓았다. 물론 김 집사도 마취총을 다룰 줄 알았다.

"주사를 더 놔."

"지금은 한계치를 넘어선 상태입니다."

"그러게 내가 진작에 없애 버리라고 했지?"

"죄송합니다."

그의 집안의 유전병이었다. 이상하게 장자만이 그 병을 가지고 태어났다. 그의 형님도 그랬고 정민의 형도 그랬다. 그래서 집안의 장자들은 태어나서 한 달을 못 넘기고 죽었다. 그런데 그놈은 살아남았다. 흉측한 몰골로 말이다.

"쌍둥이라서 그런가?"

그놈을 죽이지 못한 건 김 집사 때문만이 아니었다. 첫째 며느리인 하연이 아이를 살리는 대신에 자신이 죽었기 때문이었다. 하연은 아기를 몰래 키웠고 아기가 백일이 되던 날 그가 알게 되어 사람을 보냈는데, 하연이 아기 대신에 칼을 맞고 죽은 것이었다.

그때 보냈던 사람이 김 집사였다. 김 집사가 하연을 좋아한다는 건 그도 알았다. 그런데 그의 칼에 하연이 잘못 맞았으니 김 집사는 같이 죽으려고까지 했었다. 하지만 운명의 장난처럼 김 집사는 끝내 자신도 죽지 못했고 아기를 죽이지도 못했다. 그 후로 민철도 더는 사람을 보내지 않았다.

"어떻게 할 거야?"

"저에게 맡겨 주십시오."

"그런데 왜 말하는 거야? 알아서 하면 되는 거지."

"그래도 말씀드려야 할 것 같아서요."

"내가 살아 있을 때 처리해."

"네."

그가 죽기 전에 모든 걸 처리하고 죽고 싶었다. 그냥 떠난다면 자신의 아들과 손자는 현성그룹을 말아먹을 게 뻔했다.

　시끄러운 소리에 눈을 떠 보니 다은이 분주하게 움직이는 게 보였다. 자신이 입고 온 옷들을 줍느라 정신이 없었다. 그러는 와중에도 그가 눈을 떴는지 살피는 모습이 석현은 너무나 귀여웠다.

　옷을 한곳에 모아 놓은 다은이 씻기 위해 욕실로 들어가는 모습이 보였다. 그는 물소리를 들으며 잠시 생각에 잠겼다. 왜 다은과 태린이 겹쳐서 보인 건지 이해가 가지 않았다. 다은과의 섹스는 처음이었고 다은은 결코 태린이 아니었다.

　몸에 문신도 없었고 태린처럼 요부도 아니었다. 그런데 왜 그는 태린과 같은 만족감을 다은에게서 느낀 걸까? 그리고 처음 하는 섹스라고 하기엔 다은은 자신의 커다란 페니스를 받아들이는 게 너무나 자연스러웠다.

　하지만 확실한 건 다은은 태린이 아니었다. 그는 태린과의 뜨거웠던 그날 밤을 잊지 못하는 것이지 태린을 사랑하는 건 아니었다. 다은은 그런 면에서 달랐다. 더구나 다은이 태린과 같은 요부라면 그로선 이보다 더 좋을 순 없었다.

　"후……."

　그가 한숨을 내쉬며 몸을 일으켜 침대 위에 걸터앉았다. 담배를 찾던 그는 몸을 일으켰다. 그리고는 욕실로 향했다. 지금 다은을

199

안지 않는다면 견딜 수 없을 것 같았다.

쏴아악—

다은은 그가 들어간 줄도 모르고 샤워 부스 안에서 뭐라고 중얼거리며 샤워 중이었다.

"미쳤어, 미쳤어……."

다은은 그렇게 샤워부스에 머리를 대고 중얼거리다가 다시 샤워하기를 반복했다. 어제의 일이 그녀에겐 충격이었던 모양이었다. 그런데 그는 그런 다은이 귀여웠다. 석현의 입가에 희미한 미소가 걸렸다.

"어머!"

그가 샤워 부스 안으로 들어가자 다은이 소스라치게 놀랐다. 그리고는 자신의 벗은 몸을 가리느라 정신이 없었다. 물에 젖은 다은의 몸은 상당히 유혹적이었다.

"석현 씨, 놀랐잖아요."

"뭐가?"

"여기 들어오면 어떻게 해요?"

다은은 얼굴까지 빨개지며 자신의 몸을 가리느라고 정신이 없었다. 그는 다은을 와락 끌어안았다. 그의 몸 위로 따뜻한 물이 쏟아져 내렸다.

"벌써 다 봤는데 뭘?"

"그래도……."

그는 다은의 얼굴을 들어 입을 맞추었다.

"오늘도 같이 있을까?"

"안 될 것 같아요. 지금도 불안하거든요."

"이제 우린 결혼할 사이인데……."

"아직 아버지 때문에 불안해요. 외박을 허락하신 적은 단 한 번도 없었거든요."

"같이 갈까?"

"아뇨……."

그녀는 확실하게 불안해하고 있었다. 이 사장이 굉장히 엄하긴 한 모양이었다. 그렇다면 이제 그에게 주어진 시간은 아주 짧았다. 그는 다음의 입술을 삼키고 그녀의 가슴을 만지기 시작했다.

"시간이 없어……."

그가 다은의 한쪽 다리를 들어 올려 자신의 페니스를 맞추었다.

"석현 씨……."

"다음엔 이렇게 간단히 끝내진 않을 거야."

"아앗!"

그의 커다란 페니스가 그녀의 질 안을 가득 채웠다. 그는 욕실에서 빠르게 다은을 가졌다. 다은을 더 안고 싶었지만, 그들에겐 시간이 없었다.

욕실에서 나온 후 그는 다은을 집 앞까지 바래다주었다. 밤을 함께 보낸 여자를 집에 데려다준 적은 맹세코 단 한 번도 없었다. 거기에 헤어지기 아쉬워 키스를 끝도 없이 한 적은 더더욱 없었다.

　"으으읍! 정말 가 봐야 해요."

　다은이 힘겹게 입술을 떼며 말했다.

　"조금만 더……."

　그는 이렇게 말하고는 다은의 입술을 거칠게 빨았다.

　"석현 씨……."

　다은이 힘겹게 그의 얼굴을 떼어 냈다.

　"안녕히 가세요."

　"우린 언제 또 보지?"

　"연락 주세요."

　다은은 이렇게 말을 하고는 황급히 차에서 내렸다. 그 모습을 보며 그는 차를 돌렸다.

　집 앞에서 다은은 속이 울렁거렸다. 그녀가 집 안에 들어서면 일어날 일들이 너무나 뻔했기 때문이었다. 어릴 때부터 아버지에게 학대를 받아온 다은은 지금도 아버지의 매질이 두려웠다. 그녀가 기를 쓰고 회사에 나가려고 한 건 그나마 아버지와 집 안에서 보내는 시간이 적었기 때문이었다.

솔직하게 얼굴도 마주하고 싶지 않았다. 어릴 때는 아버지가 툭 하면 그녀를 서재로 불러내 때려곤 해서 사실 자신은 주워온 자식이 아닌가 하는 생각이 들 때도 있었다. 그나마 그녀를 감싸 주는 다솜이 살아 있을 땐 좀 나았었다.

"후……."

그녀가 집 안으로 들어서자 엄마가 그녀 앞으로 다가와서 조용하게 말했다.

"아버지가 찾으셔."

"그래?"

"말대꾸하지 마. 알았지?"

엄마의 얼굴엔 그녀에 대한 걱정보다는 아버지에 대한 두려움이 더 가득했다. 어찌 보면 엄마도 피해자였다.

"알았어."

엄마가 그녀의 두 손을 꼭 잡았다.

"미안하다."

"엄마가 왜?"

다은은 엄마의 이런 면이 너무 싫었다. 아무래도 엄마와 함께 집을 나오는 걸 생각해 봐야 할 것 같았다. 그녀가 결혼하면 이제 아버지의 폭력을 엄마가 온전히 감당해야 하기 때문이었다.

"아버지 어디 계셔?"

"서재."

그녀의 집에 있는 서재는 결코 좋은 추억의 장소는 아니었다.

"다녀왔습니다."

아버지의 서재 안은 냉기가 흐르고 있었다. 들어온 지 5분이 지났지만, 아버진 다은에게 단 한마디도 시키지 않았다. 다은은 아버지를 바라보았다. 아버지라기보다는 악마 같은 인간이었다.

다른 사람들 앞에선 인자한 아버지인 척했지만, 그는 뒤에서 그녀를 학대하는 악마였다. 초등학교 때부터 그녀는 언제나 이곳에서 회초리를 맞았다. 얼마나 많이 맞았는지 기절해서 엄마가 데리고 나온 적도 한두 번이 아니었다.

그래서 어릴 땐 아버지가 아니라 동화에 나오는 못된 계모처럼 그녀의 아버지도 의붓아버지라고 생각했었다. 이렇게 보고 있으니 아버지의 머리도 흰머리로 뒤덮여 있었고 몸도 많이 쪼그라들어 나이가 한눈에 보였다. 이제는 이길 수 있을까? 오늘은 아주 이상한 생각이 들었다.

"아버지……."

참다못한 다은이 아버지를 불렀다. 그때 아버지가 의자에서 일어나 그녀의 곁으로 다가왔다. 그런 아버지를 보며 다은은 공포에 사로잡혔다. 아버지의 손엔 어릴 때부터 그녀를 때리던 회초리가 들려 있었기 때문이었다. 가늘고 긴 회초리는 아무리 때려도 부러지지 않았다.

"아버지……."

획!

회초리가 공중에서 소리를 내며 휘둘려졌다. 항상 이런 식이었다. 먼저 그녀를 때리지 않았다. 길고 긴 설교가 끝이 나야 그녀는 맞을 수 있었다. 차라리 맞는 게 낫지 맞을 순간을 기다리는 게 더 힘이 들었다.

획!

그녀의 코앞에서 회초리가 휘둘려졌다. 깜짝 놀라긴 했지만, 가만히 있었다. 아버진 그녀가 공포에 떠는 거에 만족하는 것 같았다. 이제 더 이상 그에게 만족을 줄 수는 없었다.

"다솜이는 단 한 번도 외박이란 걸 하지 않았어. 언제나 학생다웠지."

"……."

"하지만 넌 어릴 때부터 달랐어. 남자들을 후리고 다니기 일쑤였지. 여자가 그런 몸매를 하고 다니면 당연히 남자들이 들러붙게 되어 있어. 그런 너 때문에 다솜이까지 납치된 거야."

언제나 이런 식이었다. 모든 건 다 그녀의 잘못이었다.

획!

또 한 번 회초리가 공중에서 휘둘려졌다.

"왜? 불만이야? 너도 내 딸이라고 말하고 싶은 거야? 왜 언니는 잘해 주고 난 때리냐고 말하고 싶은 거야? 다 네 잘못이기 때문이야. 잘못하면 벌을 받아야 해."

갑자기 머리가 아프기 시작했다. 아버지가 뭐라고 하는지 하나도 들리지 않았다. 그 대신에 태린의 목소리가 귓가에 울렸다.

「뺏어.」

회초리를 뺏으라는 말이었다.

"아니, 못 해……."

그녀가 머리를 감쌌다. 그런 그녀를 아버지가 놀란 눈으로 보고 있다는 건 몰랐다.

「뺏으라고 멍청아!」

또다시 소리가 들렸다. 아버지가 뭐라고 하며 그녀에게 말을 걸었지만 들리지 않았다. 그녀를 걱정해서 하는 말은 아닐 테니 들으나 마나였다.

"아니……."

아버지가 회초리를 높이 들었다. 그녀를 때릴 모양이었다.

「네가 안 하면 내가 해.」

팍!

태린은 아버지의 손을 한 손으로 잡았다.

"……."

놀란 아버지가 태린을 바라보았다. 이렇게 잡고 보니 아버지의 힘도 별거 아니었다. 그가 움직였지만 태린이 꼼짝도 하지 않자 아버진 정말 당황했다.

"나이가 들었네."

"뭐, 뭐?"

"이런 거 이제 함부로 휘두르지 마. 다쳐."

태린은 아버지의 손을 더 강하게 잡아 이번엔 비틀었다.

"이렇게 때리면 아프지 않겠어? 다은이도 딸인데 다솜이랑 똑같이 생각해 줘야지. 아 참, 다솜이는 딸이 아니라 애인이든가?"

"……."

그랬다. 다솜은 어린 시절부터 아버지에게 지속적인 성추행을 당해 왔었다. 그걸 사랑이라고 생각하다니. 아버진 미친 게 분명했다. 다은은 어린 시절 다솜이 당하는 걸 보았다. 그런 다은을 아버진 미워했다.

거기에 납치됐던 다솜이 돌아오지 않자 그 화살이 다은에게 쏟아진 것이었다.

"너, 너 대체 뭐야?"

"나? 난 태린이."

"미친 거 아니야?"

"맞아, 날 미치게 한 건 너지."

태린이 회초리를 높게 들었다.

"얼마나 아픈지 맞아 봐."

쫘악!

회초리 자국이 이 사장의 얼굴에 선명하게 나타났다. 태린은 한 동안 그렇게 회초리를 내리쳤다. 아픈지 얼굴을 감싸는 꼴이 아주 우스웠다. 태린이 그 꼴을 보며 소리 내서 웃었다.

"불쌍한 새끼!"

"으으윽, 뭐?"

"다른 곳에 이야기하면 다솜이와의 일을 다 불어 버릴 거야. 추 잡한 네 이야기가 세상 밖에 드러나는 거지. 안 그래도 사업하는 사람들에게 비열하다는 소리를 듣는데, 딸까지 건드린 걸 알면 넌 순식간에 매장당할걸?"

"……."

태린이 무표정한 얼굴로 온몸에 회초리 자국이 생긴 이 사장에 게 경고했다.

"난 다은이하고는 달라."

그녀는 회초리를 바닥에 던져 버리고는 그렇게 집을 나섰다. 그 리고 백화점으로 향했다. 백화점에 들른 태린은 그녀의 스타일에 맞는 아주 야한 옷을 골라 입었다. 한겨울인데도 블랙 미니 원피스에 추위만 피할 수 있는 블랙 코트를 입고는 스타킹도 신지 않은 채 그대로 석현의 집으로 향했다.

그녀의 손엔 다은의 핸드백이 들려 있었다. 그래도 다은이 성실하게 돈을 모아 태린이 쇼핑하는 데 무리가 없었다. 태린은 그 점은 다은에게 고맙게 생각하고 있었다. 하지만 다은이 가진 건 다 지루했다.

옷들도 너무 단정했고 가방도 그랬다. 가지고 싶은 게 아무것도 없었다. 딱 하나, 차석현만 빼고 말이다.

"여보세요?"

[어? 이게 누구야? 태린이 아니야?]

"오빠, 잘 지냈어?"

[뭐 하는데 그동안 연락이 없었어?]

"미국에 가서 지냈어."

[그래? 빨리 와. 얼굴이나 좀 보게. 할 말도 있고.]

"그럴까?"

타투를 하는 종식은 태린과 친한 오빠였다. 태린이 다은에게서 나온 중학교 때부터 그와는 긴 인연을 맺어 오고 있었다. 그는 이태원에 아지트를 둔 사람이었다. 조폭은 아니지만 의리 있는 동생들을 거느린 형님이었다.

"태린아……."

그가 눈물을 글썽이며 태린을 맞았다. 그는 외모와 달리 쓸데없는 곳에 감수성이 예민했다. 잔인하기 이를 데 없는 사람이지만 자신의 친구들에겐 약한 면이 있었다.

"잘 지냈어?"

"응, 넌 여전히 죽여 주게 예쁘고."

"당연하지."

"타투하게?"

"아니, 다음에……."

종식의 타투 가게는 1년 전보다 더 번창해 있었다.

"가게 손님들이 많네?"

그녀의 등장에 타투를 받던 남자들이 침을 흘리고 있었다. 태린이 코트를 벗자 여기저기서 휘파람을 불고 난리였다.

"넌 남자들의 정신 건강에 안 좋아."

"그래? 그건 그렇고 부탁이 있어서."

"말해. 내 영혼까지 줄 테니까."

종식이 그녀를 끌어안아 자신의 무릎 위에 올려놓았다.

"현성그룹 본가 좀 알아봐 줘. 오빠, 동생 중의 하나가 거기 경호원이라고 하지 않았어?"

"맞아, 그때도 부탁했잖아."

"알아냈어?"

종식이 할 말이란 게 그거였던 것 같았다.

"이거."

종식이 캐비닛에서 뭔가를 꺼내 그녀에게 보여 주었다.

"그냥 벽돌집이 있는데 이곳이 심상치 않다고 했어. 매일 먹을 것을 넣어 주는 것 같았고. 누군가 사는 것 같은데, 이 집의 김 집사 빼고는 아무도 모른다는 거야."

사진을 본 태린은 머리를 감쌌다.

"왜 그래?"

"뭔가 안 좋은 기억이 떠올라서 말이야……. 여기는 나도 가 봤어."

"그래? 근데 현성그룹의 그 남자는 봤어?"

태린이 고개를 끄덕였다.

"완전 죽여 주던데……."

"맞아."

종식이 태린의 가슴을 은근슬쩍 만지자 태린이 종식의 손을 세게 쳤다.

"넌 왜 나한테만 비싸게 구는 거야?"

"난 다 비싸게 굴어."

태린은 이렇게 말하고는 종식의 타투 가게에서 나왔다. 다른 사람들도 그 안에 뭔가 있다는 걸 알고 있는 것 같았다. 태린은 그 안에 뭐가 들어 있는지. 그게 언니의 실종, 아니 죽음과 무슨 연관이 있는지 알고 있었다. 흰색의 피부를 가진 괴물은 언니를 물고 놔주지 않았다.

그때 언니의 피가 그녀에게 튀었었다. 생각하고 싶진 않지만 태린은 하나서부터 열까지 다 기억했다. 석현이 그녀를 구하고 업은 채 산길을 달린 것도 기억했다. 태린이 석현에게 마음을 빼앗긴 순간이 그때였다.

태린은 석현의 집으로 향했다. 다은을 현성그룹 안으로 데리고 간 석현이었다. 어쩌면 그녀도 데리고 들어갈 수도 있었다. 그리고 태린은 석현이 보고 싶었다. 다은이 사랑하는 남자이기도 하고 그녀가 사랑하는 남자이기도 한 석현이었다. 첫눈에 그에게 반해버린 태린이었다.

딩동!

문이 열리자 꿈에 그리던 석현이 그녀를 보고는 놀란 표정을 지었다. 알아본 걸까? 다은이라고 생각할 줄 알았는데 아닌 모양이었다. 태린은 기쁨에 미소 지었다.

"다은아……."

다은의 이름을 부른 석현에게 실망은 했지만, 태린은 석현을 보고는 그대로 그의 품 안으로 뛰어들었다.

"어떻게 된 거야? 읍!"

태린은 석현의 입술에 입을 맞추었다. 얼마나 그리웠던 입술인지 모른다. 그와 보냈던 뜨거웠던 밤을 태린은 단 한 순간도 잊은 적이 없었다. 이런 느낌을 어떻게 묻어 두고 있었는지 태린은 이해할 수가 없었다.

"왜 이러는 거야?"

그녀의 적극적인 행동에 석현은 당황한 기색이 역력했다.

"으으읍!"

그녀는 석현에게 매달려 계속해서 입을 맞추었다.

"잠깐만……."

"석현아, 누군데 그래?"

집 안에서 남자의 목소리가 들렸다. 고개를 돌려 보니 바의 사장이었다. 둘이 저녁을 먹으려는 모양이었다. 방해를 받은 태린의 표정이 굳었지만, 여전히 석현에게 매달려 있는 상황이었다.

"어? 내가 방해한 거야?"

"응."

석현이 그녀의 허리에 여전히 팔을 두른 채로 말했다.

"안녕하세요? 전 황주하라고 합니다. 말씀은 많이……."

주하가 그녀를 보더니 한참 동안 말을 잊지 못하고 있었다.

"이태린 씨?"

석현이 알아봐야 하는데 주하가 그녀를 먼저 알아보았다.

"무슨 소리야? 다은이잖아. 어서 가."

석현은 당황한 목소리로 주하를 밖으로 내몰았다. 하지만 여전히 태린을 안아 든 상황이었다.

"차 키……."

주하가 자신이 실수한 걸 알고는 말도 못 하고 차 키와 윗옷을 받아 들더니 그대로 쫓겨났다.

"다은아, 그러니까……."

석현은 미안한 표정이 되어 어찌할 줄을 모르고 있었다. 그 모습이 귀여운 태린은 그의 입술에 입을 맞추었다.

"괜찮아요."

"그래?"

"네, 이사했네요?"

"응, 알잖아?"

"오늘따라 새집 냄새가 더 나서요."

석현이 그녀를 바닥에 내려놓고는 빠르게 집 안을 정리하기 시작했다. 그사이 태린이 코트를 벗어서 바닥에 떨어트렸다. 그리고는 원피스의 한쪽 어깨끈을 살짝 내리고는 석현을 바라보았다.

"이 옷 어때요?"

소파 주위를 치우던 석현이 그녀를 넋을 놓고 보았다.

"섹시해."

"그래요?"

그녀가 한쪽 어깨의 끈도 내리자 슬립같이 걸려 있던 원피스가 그녀의 발아래로 떨어졌다.

"어때요?"

속옷을 입고 있지 않은 그녀를 보던 석현의 얼굴이 굳었다.

"이제 내가 누군지 알겠어요?"

"……."

"1년이 넘었나?"

"……누구지?"

석현은 뭔가를 눈치챈 듯이 바짝 긴장하고 있었다.

"태린이에요."

그녀는 석현의 앞으로 가서 그의 몸에 기댔다.

"보고 싶었어요."

"다은아……."

"난 다은이가 아니에요."

태린은 기분이 나빴다. 왜 자신에게 다은이라고 하는지 이해가 가지 않았다. 자신은 태린이지 멍청한 다은이 아니었다.

"난 다은이 아니에요. 알았어요?"

석현이 소파에 앉았다. 그리고는 그녀에게 와인을 건넸다. 보아하니 주하와 마시려던 것 같았다. 태린은 야릇한 몸짓으로 그가 주는 와인을 받아 그의 무릎에 앉았다.

"왜요? 다은이 아니라서 실망했나요?"

"……왜 몸에 문신이 없지?"

그는 태린의 몸에 문신이 있다고 생각했던 모양이었다.

"마음에 들었어요? 가서 다시 할까요?"

"태린아……."

"맞아요, 난 태린이에요."

태린이 와인을 한 모금 마셨다.

"그때 했던 건 헤나라서 시간이 지나면 지워져요. 문신하려다가 그냥 헤나를 했죠. 마음에 들었는데 그냥 문신으로 할 걸 그랬어."

지금 생각해도 태린은 그때 실수한 거란 생각이 들었다.

"알다시피 나와 다은이는 한 몸이에요. 하지만 전혀 다른 존재죠. 다중인격, 뭐 그런 거예요."

석현의 표정이 그리 좋지 않았다. 뭔가 생각에 잠긴 것 같기도 했다.

"1년 동안 뭘 한 거지?"

"그냥 갇혀 있었어요. 다은이가 가만히 있어 달라고 해서."

"왜 이러는지 알기 쉽게 말해 줄 수 있어?"

"다솜이 언니가 죽었을 때 내가 확실하게 세상에 나왔어요. 언니와 다은이가 납치되던 날, 어떤 남자가 날 도와줬죠. 그 남자를 나는 알고 다은이는 몰라요. 난 그 남자를 다시 보고 싶어서 알아봤어요. 남자가 타고 온 차의 번호를 외워서 나중에 엄마에게 알아봐 달라고 부탁했죠."

"……."

"그리고 아는 오빠들에게도 부탁했어요. 나는 남자들에게 인기가 많았으니까."

"……."

그가 미간을 찡그렸다.

"기억나나 보군요?"

석현의 놀란 얼굴을 보고 있다가 웃음이 터져 버린 태린이었다.

"그날 밤은 뜨거웠는데……."

"그런데 왜 날 찾은 거지?"

"아버지에게 내 존재를 들켰어요. 원래 아버지는 알면 안 되는데 오늘 그놈이 회초리를 들어서……."

석현의 얼굴이 굳었다. 자신이 다은을 집에 보내지 않은 것 때문이라는 걸 아는 것 같았다.

"아버지의 비밀을 알게 된 그 충격적인 순간부터 아버진 날 때렸죠. 아니 그전부터 때리긴 했는데 더 심해졌죠. 그리고 사람 취급을 하지 않았어요. 내가 부분 기억 상실에 걸린 걸 알고는 살려

두긴 했지만, 아버진 언제나 노심초사였어요."

"무슨 비밀이지?"

"아버진 다솜 언니에게 나쁜 짓을 했어요. 그걸 다은이가 본 거죠. 어렸던 다은이는 큰 충격을 받았어요."

그래서 다은의 또 다른 자아인 그녀가 등장한 것이었다. 믿든 믿지 않든 그건 그의 몫이었다. 그녀는 지금 진실을 말하고 있었다.

"병원은……."

"병원에는 왜요?"

태린은 기분이 나빴다.

"난 사라지기 싫어요. 그리고 다은이가 어려울 때마다 내가 도와주고 있어요. 알아요?"

"……."

"당신은 다은이보다 날 좋아하죠? 나와 섹스하는 게 좋았잖아요."

태린이 석현의 가슴을 손으로 쓸었다. 그리고 그의 손을 잡고 자신의 가슴 위에 올려놓았다. 태린이 그의 손을 눌렀다.

"석현 씨……."

"태린아, 얘기 좀 해."

"아뇨, 난 섹스를 하고 싶어요."

"알았어, 그날 일을 기억해?"

"네, 생생하게 기억해요. 당신 집의 붉은 벽돌 건물. 그리고 그 안에 있던 창백한 살결의 괴물······."

그녀는 그날의 일들을 모두 기억했다.

"언니와 날 가둔 남자가 그랬어요. 안에 뭐가 있는지 모르지만 들어가면 두 번 다시 나오지 못한다고 말했죠. 물론 자기들끼리의 얘기지만 난 똑똑하게 기억해요. 거기다가 당신의 집에서 일하는 머리가 하얀 남자도 기억해요. 그 사람이 김 기사에게 우리를 샀거든요."

석현의 얼굴이 굳어져 있었다.

"난 그때 너무 무서웠어요. 죽을 것 같았거든요. 언니는 죽었지만······."

"왜 죽었다고 생각하지?"

"그 괴물이 언니의 어깨를 물어뜯었어요. 언니는 괴로움에 비명을 질렀지만, 놈은 봐주지 않았죠. 언니의 피가 나에게 튀었어요······."

태린은 저도 모르게 울컥해서 말을 멈추었다. 석현이 그녀를 갑자기 안았다.

"뭐 하는 거예요?"

"내가 널 지켜 줄게. 네가 다은이든 태린이든."

그의 진심이 그대로 느껴졌다. 태린은 그의 품이 좋았다. 그래서 그냥 다은이를 없애고 자신이 석현을 차지하고 싶다는 생각이 들기 시작했다. 이 남자를 자신의 것으로 만들고 싶었다.

"오늘은 너무 피곤하니까. 자자. 그리고 집으로 가지 마."

"정말 여기 있어도 되는 거예요?"

그가 고개를 끄덕이자 태린의 얼굴이 미소로 번졌다.

"키스해 줘요."

그의 답이 나오기도 전에 태린이 그의 입술을 삼켰다. 이렇게 기분 좋은 적은 정말 오랜만이었다. 하지만 그는 키스만 할 뿐 섹스를 해 주지는 않았다. 그래도 이렇게 둘이 지낸다면 언제든지 기회는 있으니까.

태린의 입가에 미소가 걸렸다.

Chapter 6

Rrrrrrr—

아침부터 요란한 벨 소리에 석현은 겨우 무거운 눈을 떴다. 침대 옆을 보니 다은이 잠들어 있었다. 어제 태린이 그를 덮치는 상황에서 그는 밤새 그녀를 피하느라 한숨도 잠을 자지 못한 상황이었다.

제발 아침은 다은이기를 바라는 마음이었다.

"여보세요?"

[아직 출근 안 하십니까?]

월요일이란 생각을 하지 못한 그였다. 아침에 회의도 있었고 공장에도 가야 하는데 지금 다은 때문에 움직일 수 있는 상황이 아니었다.

"오늘은 출근 못 해."

[네?]

"자세한 건 다음에 말해 줄 테니까 당분간 수빈이 네가 잘하고. 특별한 상황이면 연락해. 특별할 때만 해야 해."

[네, 사장님.]

수빈은 더는 묻지 않고 전화를 끊었다. 그리고 보니 다은이 깬 모양이었다. 그를 놀란 눈으로 보고 있는 걸 보니 태린이 아닌 다은이었다.

"깼어?"

"내가 왜 여기에 있죠? 출근해야 하는데……."

다은은 지금 상황에 당황하고 있었다. 그런데 그 모습이 너무나 사랑스러웠다. 아침에 부스스한 모습의 여자를 보며 이런 감정을 느낀 건 처음이었다. 거기다가 지금 그는 다은이 너무나 안쓰러운 상황이었다.

"내가 회사에 연락해 줄까?"

"그래도……."

다은은 아무것도 입지 않은 자신을 확인하고는 침대 시트로 몸을 휘감고 있었다. 어제 맨몸으로 달려든 태린과는 확실하게 달랐다.

"이제 회사 나가지 마."

다은이었다. 다행이란 생각에 그는 다은을 자신의 품에 꼭 끌어안았다.

"다시는 안 돌아오는 줄 알았어."

"태린이가……."

"아무 일도 없었어. 다만 다은이 아니라서 그냥 좀 참았지."

"석현 씨……."

다은의 눈에 눈물이 가득했다. 이렇게 청순한 모습의 다은의 속에 뜨거운 불덩이 같은 태린이 있다는 게 신기했다. 아무리 생각해도 둘은 절대로 같은 사람이 아니었다. 같은 사람일 리가 없었다.

"무서워요."

"알아."

그녀의 상황은 이해가 가지 않지만, 다은이 지금 두려워한다는 건 알 수 있었다. 그녀의 눈빛에 두려움이 가득했다. 그는 다은의 입술에 살짝 입을 맞추었다. 위로해 주기 위한 것이었는데 그들의 키스는 점점 깊어지기 시작했다.

그녀의 입안으로 혀를 넣고는 입안을 차지하기 시작했다. 말캉한 혀도 입천장도 고른 치아도 다 그의 것이었다. 그만의 순결한 다은이란 걸 알았다.

"으으음……."

다은의 입에서 신음이 터져 나왔다. 그의 손이 아무것도 입지 않은 다은의 몸을 어루만졌다. 어젯밤에 그렇게 피해 다니던 태린의 벗은 몸과는 확실하게 달랐다. 같은 몸인데도 다은의 몸은 그를 흥분 시켰다.

태린의 몸은 그렇지 않았다.

"석현 씨……."

그녀의 풍만한 가슴을 만지자 다은이 몸을 활처럼 휘면서 반응했다. 어떻게 밤새 참았던 것일까? 신기할 노릇이었다. 다은의 따뜻한 품이 좋았다. 석현은 다은과의 섹스가 좋았다. 막연하게 태린과의 섹스를 떠올릴 때도 있었지만 태린이 나타난 어제 그는 깨달았다.

자신은 다은을 사랑하고 있다는 것을 말이다. 사랑이 없는 섹스는 이제 그에겐 의미가 없었다. 그리고 지금은 다은을 지켜 줘야 한다는 생각뿐이었다.

다은의 뾰족하게 솟은 유두가 그의 손바닥을 자극하기 시작했다. 그는 다은의 유두를 입으로 덥석 물었다. 너무 좋은 맛이었다. 그는 다은의 유두를 소리 내서 빨았다.

"하아……."

다은이 다시 허리를 활처럼 휘었다. 그녀의 이런 반응도 좋았다. 석현은 그가 다은에게 한없이 빠져들고 있다는 사실을 깨달았다. 그녀의 가는 허리를 휘감은 그의 손이 점점 더 아래로 내려가 그녀의 촉촉하게 젖은 여성을 어루만졌다.

참았던 그의 욕구가 용암이 분출하듯이 터지는 순간이었다. 그의 손이 그녀의 여성을 가르고 들어갔다. 그녀의 여성은 이미 뜨겁게 반응하고 있었다. 손가락 하나를 그녀의 깊고 뜨거운 질 안으로 밀어 넣었다. 다은은 자지러지게 신음을 내뱉으며 그에게 매달렸다.

그녀도 오늘 뜨겁게 불타오르고 있었다. 손가락을 더 깊숙하게 밀어 넣은 그는 질벽을 손가락으로 긁어 댔다.

"하아악!"

다은이 그에게 더 매달렸다.

"다은아……."

그는 다은의 반응이 좋아 더 깊숙이 손가락을 찔러 넣었다. 오늘따라 다은의 반응이 뜨거웠다. 마치 그를 오랜 시간 기다려온 것만 같았다. 그가 다은의 입술을 다시금 삼켰다. 오늘 다은을 못 놓아줄 것 같았다.

그가 몸을 일으켜 다은을 내려다보았다. 햇빛이 침실 안으로 들어와 하얀 다은의 피부를 더 빛나게 만들었다.

"빛나……."

"석현 씨……."

갑자기 울컥하는 순간이었다. 다은이 너무나 아름다워서, 그리고 그런 다은이 자신의 여자라서 석현은 너무나 기뻤다. 그는 다은의 하얀 다리를 벌리고 그녀의 여성을 내려다보았다. 그녀의 검은 숲은 빛을 받아 갈색을 띠었고 그 안에 그녀의 분홍색 여성이 자리 잡았다.

도저히 참을 수가 없던 그는 다은의 여성을 단번에 입안에 삼켜 버렸다.

"아아앙……."

그리고 그녀의 여성을 혀로 자극하기 시작했다.

츄읍 츄읍—

색스러운 소리가 방 안을 가득 채웠다. 묘하게 자극적인 소리였다. 그는 혀끝을 세워 다은의 질을 자극했다. 다은은 허리를 비틀며 강하게 반응했고 그는 또 한 번 강한 자극을 받았다.

"으으음……."

석현은 혀로 다은의 여성을 아래위로 핥아 주며 다은을 정신 못 차리게 하고 있었다. 그는 몸을 일으켜 자신의 커다란 페니스를 한 손으로 잡았다. 그리고는 다은의 여성에 문지르기 시작했다.

그의 또 다른 자극에 다은이 신음했다.

"윽!"

다은의 빡빡한 질 안에 그는 자신의 페니스를 힘껏 밀어 넣었다.

"아아악!"

다은이 소리 지르며 그의 가슴을 밀어냈지만, 그것이 거부의 몸짓이 아니란 걸 알았다. 그의 페니스가 점점 더 깊이 들어갔다. 그가 허리를 움직이기 시작하자 다은이 그의 엉덩이를 잡고는 같은 리듬을 타기 시작했다.

추운 겨울이었지만 그들의 몸에선 땀이 흘러내렸다. 그의 가슴골 사이로 땀이 흘러내려 다은의 배 위에 떨어졌다.

"헉헉헉, 다은아……."

"더 깊이……."

다은이 자신의 긴 다리로 그의 허리를 감쌌다.

Rrrrrr—

그때 다은의 핸드폰이 울렸다. 하지만 그들은 누구도 신경 쓰지 않았다. 그는 더욱 속도를 높였다. 그가 움직일 때마다 다은은 자지러지는 소리를 내며 매달렸다. 그는 마지막을 향해 속도를 높였다.

퍽퍽퍽!

그의 힘찬 허리 짓에 다은은 이미 기절 직전의 표정이었다.

"다은아……."

그가 자신의 분신을 다은의 안에 쏟아부었다. 그리고 다은의 위로 무너져 내렸다.

Rrrrrrr—

또다시 다은의 핸드폰이 울리자 그가 침대에서 내려와 다은의 핸드폰이 있는 거실로 향했다.

"여보세요?"

[이다은 씨, 핸드폰 아닌가요?]

남자의 목소리였다.

"누구시죠?"

[그러는 당신은 누구야?]

전화기 너머의 남자는 아주 신경질적이었다. 석현은 단번에 목소리의 주인공이 최 부장이란 걸 알았다.

"말이 거칠군. 난 이다은 씨와 결혼할 사람이야. 최 부장, 당신이 알 수 있게 소개하자면 SH 코스메틱 사장 차석현이다."

[…….]

"다은이는 오늘부터 출근 안 해. 그리고 이미 잘렸어야 하는 사람이 왜 거기에 있지?"

그의 말에 최 부장은 당황한 것 같았다.

[사, 사장님. 그러니까…….]

"지금은 바쁘니까 다음에 얘기하지. 다은이에게 이상한 짓을 많이 했더군. 내가 그에 대한 보상은 꼭 해 주지."

[사장님, 그게 아니라…….]

석현은 전화를 끊어 버렸다. 그리고 전화기를 보니 다은의 어머니로부터 온 부재중 전화가 많이 찍혀 있었다. 거기엔 아버지도 찍어 있었고 오빠의 번호도 찍혀 있었다. 석현은 다시 방으로 들어갔다.

"회사는 이제부터 안 나간다고 했어."

"……."

다은의 표정이 아주 묘했다. 생각이 많은 것 같았다.

"일하고 싶어?"

"네, 엄마도 그 집에서 모시고 나오고 싶기도 해서……."

"그러면 내가 우리 회사에 자리를 마련해 볼게. 네가 내 눈앞에서 사라지면 내가 불안할 것 같아."

"그래도 당분간은 쉬고 싶어요. 당신 옆에만 있을게요."

그녀가 그를 향해 두 팔을 활짝 벌렸다. 석현은 이제 복잡하게 생각하지 않을 생각이었다. 그냥 다은의 곁에 있고 싶은 마음뿐이었다.

"어머니 일도 내가 생각해 볼게."

"고마워요."

다은의 입술이 그의 입술에 살짝 와 닿았다. 그의 몸은 다시 용

광로처럼 타오르기 시작했다.

오늘도 제시카의 소울 가득한 재즈가 바 안을 울리고 있었다. 역시 재즈는 흑인 재즈 가수가 불러야 제맛인 것 같았다. 주하는 뭐든 제대로 하고 싶었다. 돈 한 푼 없는 집에서 태어나 자신의 손으로 일군 사업이었다.

재주는 잘생긴 얼굴과 춤을 잘 추는 것뿐이었던 그였다. 노래까지 잘했다면 아마도 가수가 됐겠지만 신은 그에게 반만 허락했다.

"다 주면 얼마나 좋아."

그가 중얼거리자 옆에 있던 바텐더가 고개를 갸웃거렸다.

"네?"

"아니 내가 노래까지 잘했다면 유명한 가수가 됐을 것 같아서."

"참으세요, 여기서 만족하실 줄 알아야죠."

"그렇지?"

"저기, 친구분 오세요."

석현이 그의 가게에 들어서자 여자들의 시선이 석현에게 꽂혔다.

"저분이 노래를 잘하셨으면 정말 유명한 가수가 되셨을 겁니다. 바텐더로 최고셨잖아요."

"그건 인정."

"어?"

바텐더가 놀란 얼굴을 하고 석현의 뒤로 들어오는 여자를 보았다.

"이태린⋯⋯."

한동안 사라졌던 바의 전설이 들어오고 있었다. 예전의 화려했던 모습이 아닌 조금 수수해졌지만 분명하게 이태린이었다. 분명 어제 그가 봤던 여자는 태린이었다. 석현이 아니라고 해서 아닌가 했지만, 오늘 보니 태린이 맞았다.

어제 괜한 일을 당한 것 같아서 기분이 상하긴 했지만, 친구와 태린을 웃는 얼굴로 맞이했다.

"왔어?"

"어, 그런데 질문은 금지. 그리고 이태린 아니야."

석현이 미리 경고했다. 아닌 모양이었다.

"알았어, 숙녀분도 앉으세요."

"형수 될 사람이야."

"뭐?"

어제부터 석현은 이상한 소리만 골라서 하고 있었다.

"오늘은 부탁이 있어서."

"부탁은 잠시 후에. 내가 숙녀분께 칵테일 한잔 선물하지."

주하가 다은에게 윙크를 날렸다. 무슨 상황인지 모르겠지만 석현의 결혼 상대자에게 잘해 주고 싶은 마음이 들었기 때문이었다.

"전 황주하고 '더 블랙' 의 사장입니다."

"네, 안녕하세요. 저는 이다은이에요."

"이다은?"

"네."

"동생의 절친 이름도 다은이거든요."

"아, 그래요?"

다은이 순진한 얼굴로 석현을 바라보았다. 생긴 건 태린과 같아도 하는 걸 보니 태린은 아니었다. 주하가 봐도 다은은 너무나 순수한 사람처럼 보였다.

"내가 만들어 줄까?"

석현이 그윽한 눈으로 다은을 바라보았다. 차가운 석현이 이번엔 여자에게 제대로 빠진 모양이었다.

"만들 줄 알아요?"

다은이 다정한 미소를 보내며 말했다. 주하가 보기에 둘은 참잘 어울렸다.

"석현이는 바텐더의 전설이죠. 석현이가 만들어 준 칵테일을 먹는다는 건 영광입니다."

"그래요?"

"네, 제가 보장하죠."

석현이 재킷을 벗고 안으로 들어가서 긴 팔을 걷어 올렸다. 그리고는 '피치 크러시'를 만들기 시작했다. 예전의 모습 그대로였다. 녀석이 칵테일을 만들기 시작하자 바로 여자들이 몰려들기 시작했다.

하여튼 시선을 끄는 데는 최고인 녀석이었다. 석현의 구릿빛 피부의 팔에 힘줄까지 솟아 있으니 여자들이 침을 흘리며 볼 수밖에 없었다. 주하는 자신의 팔을 보며 힘줄을 만들었지만, 석현의 것과는 확실하게 다름을 인정하지 않을 수 없었다.

"신은 불공평해."

"맞아요."

바텐더가 옆에서 넋을 잃고 석현을 바라보며 말했다.

"저거 보세요. 쉐이커를 돌리는 손놀림이 아주……."

감탄사를 연발하는 동안 '피치 크러시'가 완성되었다. 예쁜 핑크색 칵테일이 잔에 담기고 레몬과 허브잎이 가니시로 얹혔다.

스윽.

잔을 다은에게 밀어 주는 모습도 멋졌다.

"쓸데없이 섹시해."

그는 이렇게 구시렁거리며 석현에게 향했다. 그리고 석현의 어깨에 팔을 둘렀다.

"오늘은 왜 왔어?"

"부탁이 있어서."

석현이 뭔가를 부탁한 적은 거의 없었다.

"뭔데?"

"선수가 필요해."

"선수?"

"네 주변에 있는 흥신소 사람이라든지, 아니면 다른 사람들 뒷조사를 잘하는 사람이라든지. 돈은 얼마든지 들어도 좋아."

"경호원들이나 그런 쪽은 석현이 네가 더 잘 알지 않아?"

"합법 말고."

"알았다."

석현이 이런 부탁을 한 적은 단 한 번도 없었다. 어릴 때 나쁜 짓을 많이 하며 자란 그와는 다른 석현이었다. 석현이 재벌 집 아들이란 걸 다른 사람들은 몰라도 주하는 알았다. 어릴 때부터 친구였기 때문이었다. 석현은 강한 성격에 주먹도 셌지만 매너가 있는 놈이었다. 나쁜 짓을 하는 친구들과는 어울리지조차 않았다. 물론 그를 빼고.

"왜?"

"현성그룹 본가를 좀 조사해야 해서."

"너희 집?"

"그래."

주하는 알았다고 했다. 석현은 쓸데없는 일에 나서는 성격은 아니었다. 뭔가 중요한 일이 있으니 그러는 것이란 걸 그는 알았다. 주하는 석현을 도와줄 생각이었다. 그게 힘든 일이라고 해도.

퇴근 후에 수빈은 회사 앞의 작은 카페에 지혜와 함께 있었다. 요즘 바쁘긴 했지만 될 수 있으면 시간을 내서 지혜를 만나려고 노력 중인 그였다. 그런 그의 마음을 아는지 모르는지 수빈과 마주 앉은 지혜는 벌써 몇 분째 핸드폰만 바라보고 있었다. 거기에 한숨은 덤이었다.

"왜 그래?"

"아니에요."

지혜는 거울처럼 맑은 사람이라서 자신의 감정을 숨김없이 얼굴로 드러냈다. 지금은 걱정이 가득한 얼굴이었다.

"나한테 말하기 불편한 일이야?"

"그런 건 아니지만······."

Rrrrrrr—

"여보세요? 다은아······."

기다리던 주인공인 다은인 모양이었다.

"왜 그만······."

지혜가 전화기를 들고 일어나 밖으로 나갔다. 통화 내용을 그가 들으면 안 되는 모양이었다. 하지만 다은이 회사를 그만둔 건 수빈도 알았다. 석현이 그에게 마무리를 부탁했기 때문이었다.

솔직하게 수빈도 다은의 상사이자 지혜의 상사인 최 부장이 마음에 들지 않았다.

"미안해요."

"괜찮아."

지혜가 그의 옆에 앉자 수빈이 지혜의 어깨에 팔을 둘렀다.

"다은 씨 때문이야?"

"네, 갑자기 그만둔다고 전화만 오고 연락이 안 돼서요."

그가 지혜의 정수리에 입을 맞추었다.

"최 부장은 어때?"

"그냥 나쁜 놈이에요. 다은이 최 부장 때문에 그만두는 거예요. 아니라고는 하는데, 그게 맞아요."

"나머지는 신경 쓰지 마. 내가 처리할 거니까."

"오빠가 왜요?"

"그게 내 일이 돼 버렸거든."

지혜는 그의 품 안에 꼭 맞았다. 이렇게 작고 귀여운 지혜를 괴롭히다니 최 부장을 용서할 수 없었다.

"주하에겐 내가 말할까?"

"아뇨, 제가 말할게요. 그래야, 오빠가 배신감이 든다는 말은 안 할거예요."

"알았어."

수빈은 지혜의 손에 자신의 손을 깍지꼈다. 그들의 커플 시계가
마주했다.

"다음엔 반지할까?"

"하고 싶어요?"

"응, 난 여자랑 사귀면 커플티 같은 것도 하고 싶고 그랬어."

"해요."

지혜는 그가 하자는 대로 다 해 주었다. 단 한 가지만 빼고.

"오늘은 우리 집에 가서 술 한잔할까?"

"아뇨, 피곤해요."

그가 무슨 뜻으로 말하는지 알면서 항상 이런 식으로 거절하는
지혜였다.

"왜?"

"그냥, 아직은 아니에요."

언제까지 참아야 하는지 모르지만, 수빈은 지금 아주 힘든 싸움
을 하고 있었다.

태강산업의 사장이자 수많은 경호원을 거느린 세호는 일생일대
의 수치심을 맛보았다. 여자에게 맞은 것이었다. 그것도 딸에게

말이다. 기가 막힌 세호는 머리끝까지 화가 나 있었다. 어떻게 다은이 미친년이 되어 그를 때리고 도망을 쳤는지 이해할 수가 없었다.

"아아아악!"

서재가 떠나갈 정도로 소리를 질렀지만, 분이 풀리지 않았다.

"아직도 못 찾은 거야?"

"죄송합니다."

경호원이 고개도 들지 못하고 있었다.

"죄송하면 다야!"

세호는 경호원에게 소리쳤다. 분을 이기지 못한 그는 곧바로 인터폰을 눌러서 한 집사를 불렀다. 그리고 다은의 엄마인 연수를 불러 그의 앞에 세웠다. 연수는 죄인처럼 고개를 떨구고 있었다.

"뭐 하는 거야? 아직도 다은이를 못 찾은 거야?"

"네."

"그걸 대답이라고 해!"

그의 목에 핏대가 섰다.

"그년은 내 손에 걸리면 죽었어."

정말로 죽여 버릴 생각이었다. 세호는 서재를 이리저리 돌아다니며 손에 잡히는 물건을 닥치는 대로 던졌다.

"윽!"

그가 던진 책에 경호원이 맞았다.

"한심한 자식, 거기 서 있지 말고 나가서 찾아."

"네."

"다은이, 지금 차 사장이랑 있어요. 아버지."

서재에 있는 소파에 앉아 있던 다훈이 툭 하고 말을 던졌다.

"뭐?"

"확실한 곳으로 도망간 거죠. 아버지가 못 건드릴 곳을 찾은 거예요."

다훈이 손톱의 때를 빼내며 약 올리듯이 말하고 있었다.

"잡아 와."

"안 올 거예요. 어차피 시집갈 아이인데 그만 신경 쓰세요."

"날 이 꼴로 만들어 놨는데?"

"차석현이 가만히 안 있을걸요?"

다훈은 약 올리듯이 말하면서 소파에서 일어나 방을 나섰다. 신경 쓰고 싶어 하지 않는 눈치였다. 자식은 키워 봐야 소용이 없었다.

"네가 가서 데려와."

그의 시선이 연수에게로 향했다.

"여보……."

"빨리!"

"아뇨, 난 안 가요. 당신이 그동안 무슨 일을 했는지 다 말해 버릴 거예요. 그동안은 참았지만 이젠 나도 안 참아요."

"뭐가 어째? 네가 아직 덜 맞았구나?"

그가 자리에서 일어나 연수의 머리채를 잡았다.

"내가 어제는 너무 황당해서 다은이 년한테 당했지만 넌 아니지. 널 죽여 버릴 거야. 어디서 세 치 혀를 놀려?"

그는 연수의 머리를 좌우로 흔들었다. 연수는 이리저리 끌려다녔다.

"퍽!"

연수의 배를 주먹으로 친 그는 화가 풀리지 않았다. 그가 때릴수록 연수는 연체동물처럼 바닥에 주저앉았다.

"내가 왜 너를 택한 거지? 너보다 다솜이 엄마가 훨씬……."

"다솜이 엄마는 당신을 못 견뎌 자살한 거 아닌가요? 다른 사람들은 사고로 알지만 난 알아요. 내가 다솜이 엄마의 비서였으니까."

"뭐? 이게 정말 죽으려고 환장했군."

"당신의 추악한 행동을 만천하에 다 공개할 거예요. 그러니 다은이는 그냥 놔둬요."

"아니, 너희 둘 다 피를 말려 죽일 거야."

세호는 연수가 쓰러질 때까지 때린 후 소파에 그대로 주저앉았다. 때리는 것도 힘이 들었다. 그는 창밖에 비치는 자신의 얼굴을 보고는 열이 올랐다. 얼굴 중간에 빨간 줄이 두 개나 그어져 있었다. 이건 정말 웃을 일이 아니었다. 이 꼴로밖에 나갈 수도 없었다.

"한 집사!"

한 집사가 안으로 들어와 연수를 보고는 얼른 부축했다.

"그년은 놔두고 약 상자 가지고 와."

한 집사는 얼른 약 상자를 가져와 그의 앞에 두고는 연수를 다시 일으켰다.

"약 좀 발라."

"네."

한 집사가 그의 얼굴에 약을 발라 주었다.

"음료수 좀 가져와 얼음 가득 채워서."

그런데 이번엔 연수를 부축해서 데리고 나가려고 했다.

"한 집사!"

"이 사장님, 사모님이 숨도 제대로 못 쉬십니다."

"죽어 버리라고 해."

"……."

한 집사는 대꾸도 하지 않고는 연수를 안아 들고 방을 나갔다.

"야!"

소리를 질러도 소용이 없었다. 다은이 엇나가니 다들 그를 무시하는 것이었다. 도저히 용서되지 않았다. 그대로 다은이 현성그룹과 결혼을 하게 두지 않을 것이다. 재벌가에서 행복하게 사는 꼴을 볼 수 없었다.

"여보세요?"

[네, 사돈.]

차 부회장의 목소리가 기분 나쁘게 밝았다.

"이번 결혼은 하지 않았으면 합니다."

[이 사장.]

"우리 회사를 현성그룹에 넘기지 않겠습니다."

[왜요?]

"제 딸이 문제가 많아서 아무래도 교육을 더 해야 할 것 같아서요."

[이 사장…….]

세호는 전화를 끊고는 이를 갈았다. 도저히 용서할 수가 없었다. 자신의 비밀을 알고 있는 다은이 미웠다. 그래서 괴롭힌 것도 사실이었다. 그는 자신이 마음을 준 사람들을 잃었다.

다솜이 엄마도 다솜이도 모두 그의 곁을 떠났다. 연수는 그가 사랑하는 여자가 아니었다. 그냥 다솜이 엄마의 곁에 있던 사람이라서 허전함을 채우기 위해 결혼한 여자였다. 연수가 채워 주지 못한 부분을 엄마를 닮은 다솜이가 채워 주었다.

그런데 다은이 때문에 모든 게 틀어졌다. 그리고 다솜이는 그의 곁을 떠났다. 세호는 다 용서할 수가 없었다.

늦은 저녁 석현은 다은과 함께 아무도 오지 않는 그의 작은 별장으로 향했다. 하루 정도는 이렇게 둘이서 아무런 방해도 받지 않은 채로 있고 싶었기 때문이었다.

눈이 가득 덮인 별장은 한 폭의 그림 같았다.

"마셔."

모닥불 앞에 앉은 연인은 타오르는 불을 보며 모포 한 장을 같이 덮었다. 다은은 그의 어깨에 기대 타오르는 불길을 보았다.

"뜨거울 줄 알았는데 따뜻하네요."

일렁이는 모닥불에 다은의 아름다운 얼굴이 신비롭게 보였다. 사람이라기보다는 천사 같은 얼굴이었다.

"나무를 더 넣을까?"

"아뇨, 너무 활활 타면 금방 사라지니까 싫어요."

그가 다은의 머리를 쓰다듬었다.

"이렇게 있으니까 좋아요."

다은이 그의 품 안으로 파고들었다. 모포 한 장에 그들은 하나가 되었다. 그의 손이 다은의 옷으로 들어가 그녀의 가는 허리를 매만졌다.

"나도 좋아."

그의 목소리가 욕망으로 인해 잠겨 들었다.

"저 때문에 회사도 못 가고……."

다은은 그가 출근하지 못하고 그녀의 곁에만 있는 게 미안한 모양이었다.

"그동안 쉬지 않았기 때문에 이렇게 한 번 정도는 쉬어도 괜찮아. 그리고 사장 마음이지."

석현을 바라보던 다은이 그의 턱에 입을 맞추었다. 오늘 하루 제대로 힘이 들었는지 그의 수염이 거뭇거뭇하게 올라와 있었다.

"따갑지?"

"아뇨, 이런 감촉 너무 좋아요."

그가 다은의 턱을 손끝으로 들어 입을 맞추었다.

"당신이 만들어 준 칵테일 맛있었어요."

"또 해 줄게."

"고마워요."

그는 다은의 정수리에 입을 맞추었다. 그리고 이마에 코끝에 입술에. 그는 다은의 얼굴에 마치 도장을 찍듯이 입을 맞췄다. 타는 냄새가 가득했다. 나무가 타는 냄새인지 그의 마음이 뜨겁게 타는 냄새인지 구분할 수가 없었다. 커피를 마시며 그들은 한동안 그렇게 타오르는 불길을 바라보았다.

"그렇게 보지 마. 갖고 싶어지니까."

"그럼 가져요."

"다은아……."

다은이 갑자기 그의 페니스를 움켜쥐었다.

"벌써 원하고 있으면서……."

다은의 도발에 석현은 기꺼이 응해 주었다. 그는 모포를 바닥에 깔고 모닥불 앞에 다은을 눕게 했다. 들어온 지 그렇게 오래되지 않아서 아직 훈훈한 기운이 없었다. 석현은 다은을 너무 원하는 나머지 온몸이 뜨거웠지만, 다은은 어떨지 몰라 따뜻한 곳에 모포를 깔았다.

"추워?"

"아니, 뜨거워요."

다은도 그와 같은 마음이었다. 그는 다음의 입술을 손가락으로 쓸었다. 그러자 다은이 혀로 그의 손끝을 핥았다. 갑작스러운 다은의 자극적인 행동에 석현은 한 가닥 잡고 있던 이성의 끈을 놓아 버렸다.

그리고 다은의 상의를 위로 벗기고는 그녀의 가슴을 빨기 시작했다. 풍만한 가슴이 불길에 타오르는 것 같았다. 그는 다은의 바지까지 벗기고 온몸을 혀로 핥기 시작했다. 다은은 언제나 그를 이렇게 뜨겁게 타오르게 했다.

다은이 그의 등을 손으로 쓸어내리며 엉덩이까지 만졌다. 그녀의 부드러운 손길이 너무 좋았다.

"다은아……."

그는 다은의 이름을 부르며 그녀의 여성을 손으로 거칠게 잡았다.

"젖었어."

"……."

그는 이렇게 말하며 손가락을 그녀의 여성에 집어넣었다.

"아흐……."

젖은 질 안은 뜨겁게 그의 손가락을 삼켰다. 그는 질벽을 긁으며 한 손으로는 다은의 가슴을 주물렀다. 모든 게 좋았다.

"넣어 줘요……."

다은이 그에게 애원했다. 그는 다은의 다리를 벌리고는 자신의 페니스를 단번에 넣었다.

"윽!"

다은의 질은 너무나 빡빡해서 그의 페니스가 한 번에 들어가는 건 너무 힘이 든 일이었다. 하지만 허리 힘이 강한 그는 단번에 자신의 페니스를 다은의 질 안에 넣었다. 다은은 고통스러운지 자신의 입을 손으로 막았다.

그는 다은의 출렁이는 가슴을 만지며 빠르게 허리를 움직였다. 그들의 질척이는 소리가 별장 안을 가득 채웠다. 그는 마지막 힘을 다하고는 다은의 위로 부서져 내렸다. 그리고 둘은 서로를 안은 채로 깊은 잠에 빠져들었다.

다음 날, 아침에 눈을 떠 보니 다은이 옆에서 죽은 듯이 잠을 자고 있었다. 모닥불은 거의 꺼져 갔지만 별장 안은 훈훈했다.

"으으, 일어났어요?"

"응."

다은이 눈을 떴다. 그녀의 예쁜 눈동자 안에 그가 가득했다.

"배고프지?"

"네."

"여긴 비상식량밖에 없어. 라면은 어때?"

"좋아요. 내가 끓일게요."

"아니야. 내가 할게."

"고마워요."

"뭐가?"

"전부 다요."

"별거 아냐. 다은이가 먼저 씻고 나와. 욕실은 저쪽이야."

"네."

다은은 모포를 돌돌 감고는 욕실로 향했고 그는 옷을 대충 입었다.

"먹을 게 있긴 있어야 하는데……."

라면과 캔 종류들을 사 놓긴 했는데 혹시나 없을까 봐 갑자기 걱정되었다.

그는 주방으로 가서 라면을 끓이기 시작했다. 라면을 끓이는 동안 그는 콧노래를 불렀다. 이렇게 기분 좋게 라면을 끓인 적이 있었나 하는 생각이 들었다. 그는 다은이 욕실에서 나오는 걸 보고는 상을 차렸다.

"다 됐어."

"가요."

그들은 나란히 앉아 라면을 먹었다. 이렇게 먹으니 나름 기분이 좋았다.

"이렇게 조용히 살아도 좋을 것 같아."

"저도 좋아요."

둘은 라면을 다 먹고 설거지도 같이했다. 너무나 행복한 시간이었다. 하지만 그것도 그리 오래 가진 않았다. 커피를 마시기 위해 물을 끓이는데 무슨 소리가 들렸다.

"뭐지?"

그가 등을 돌리자마자 그곳엔 김 집사가 서 있었다.

"김 집사님."

"네, 도련님."

"여긴 어떻게 알고……."

"제가 모르는 것은 없습니다. 특히 현성그룹의 집안일이라면
더더욱."

김 집사의 옆에 서 있는 남자가 다은을 붙들고 목에 칼을 대고
있었다.

"석현 씨……."

다은이 두려움에 떨고 있었다.

"여긴 너무 춥습니다. 왜 저를 여기까지 오게 만드시는 겁니
까?"

김 집사가 아무렇지 않은 듯 말했다. 석현이 보기에 김 집사는
지독한 사람이었다.

"김 집사님과는 좋은 추억이 없네요."

"그러게 말입니다."

"오늘 이세호 사장님께서 파혼하자고 전화를 하셨습니다. 회장
님의 계획에 차질이 빚어졌습니다."

"우린 결혼할 겁니다."

"두 분이 결혼하시든 안 하시든 인수 합병은 날아갔습니다."

이 사장이 단단히 화가 난 모양이었다. 짐승 같은 새끼가 악마

같은 짓을 하고 있었다.

"그러면 다른 방법을 찾으셔야지. 왜 여기서 저희에게 이러십니까?"

"일단 회장님께서 모셔오라고 하셨습니다."

차 회장의 정보망은 대단한 것 같았다. 그가 어디 있는지 이렇게 단번에 찾고 있으니 말이다. 그는 어쩔 수 없이 김 집사와 같이 현성그룹 본가로 향했다.

"어디로 가는 겁니까?"

본가에 도착하자 그들은 차 회장의 방이 아닌 다른 공간으로 향했다. 그곳은 생각보다 춥고 어두웠다. 빛이라고는 하나도 들어오지 않는 깜깜한 곳이었다. 김 집사가 든 작은 랜턴이 불빛의 전부였다.

차 회장이 왜 이런 곳에서 그들을 보자고 했는지 이해가 가지 않았다.

"여기가 어디예요?"

다은이 그에게 물었다. 그녀는 불안한 듯이 여기저기 살피는 모습이었다.

"나도 처음 와 보는 곳이야."

생각보다 현성 그룹 본가는 비밀스러운 곳이 많았다.

"무서워요."

"괜찮아, 내가 있으니까."

그때였다. 휠체어에 몸에 실은 차 회장이 들어왔다. 평소보다 더 파리한 모습이었다. 곧 죽는다고 해도 이상할 게 없는 얼굴이었다.

"회장님, 도대체 저희에게 왜 이러시는 겁니까?"

석현이 경호원들에게 양팔이 잡힌 상태로 물었다.

"이제 필요 없어진 너희들을 어떻게 해야 하나 생각 중이다."

"회장님!"

"그러게 말을 들었어야지."

차 회장이 고갯짓하자 그중의 한 남자가 갑자기 다은을 때리기 시작했다. 다은은 힘없이 남자의 손에 맞으며 바닥에 쓰러졌다.

"다은아!"

놀란 그가 다은에게 가려고 했지만 그를 잡은 녀석들의 힘은 무척이나 강했다.

"회장님, 제가 뭐든 할 테니까 다은이는……."

"뭐든 하겠다?"

"네, 뭐든 하겠습니다. 그러니 제발……."

"넌 네 어미의 안전도 뿌리치고 나간 놈이다. 그런데 이깟 여자애의 안전 때문에 평생을 지켜야 할 약속을 지킬까?"

이래서 늙은 여우는 당할 수 없는 모양이었다.

"아니, 지킵니다. 그리고 어머니 때문에 결혼을 결심했습니다. 전 어머니를 버리지 않았습니다. 그리고 다은이도 버리지 않을 겁니다."

"그래?"

"저에게 원하시는 게 뭡니까?"

"현성그룹."

"네?"

뜻밖의 대답에 놀란 석현이었다.

"난 네가 우리 성주를 도와서 현성그룹을 지켜 주길 바란다."

멍청한 성주가 못 미더운 모양이었다. 하지만 그에게 현성그룹을 빼앗길까 그도 완전하게 못 믿는 눈치였다. 머리를 써야 했다. 단숨에 차 회장의 마음을 잡을 방법이 뭔지를 생각해 내야 했다. 다은이 위험했고 어머니도 위험했다. 그가 가진 전부를 걸고 모험을 하는 수밖에 없었다.

"제가 SH 코스메틱을 현성그룹에 합병시키겠습니다. 저도 제 사업을 하면서 돕겠습니다. 그러니까 다은이와 절 놓아주세요. 약속은 반드시 지킵니다."

"과연⋯⋯."

아직 차 회장이 그를 믿기엔 부족한 모양이었다.

"또 뭘 원하십니까?"

"글쎄, 난 저 여자가 마음에 들지 않아. 석현이 엄마 데리고 와."

"회장님."

석현은 정신을 차리려고 노력 중이었다. 어머니도 다은이도 살려야 하는 상황이었다. 둘 중에 하나라도 놓친다면 그는 평생 죄책감 속에 살아야 했다. 안 될 말이었다. 초췌한 모습의 어머니가 방 안으로 들어왔다. 하지만 어머니는 이 방이 익숙한지 별 반응이 없었다.

이곳에 온 적이 있는 게 분명했다.

"석현아……"

"어머니……"

"여기서 나가, 여긴 아주 무서운 괴물이 있어."

어머니는 땅바닥을 바라보며 만사 다 포기한 사람처럼 굴었다. 마치 약을 한 사람 같았다.

"우울증 치료제를 드셨습니다."

그의 마음을 읽기라도 한 것처럼 김 집사가 말했다.

"무슨 말을 하는지 잘 모르십니다."

"왜 우울증 약을……"

"우울증이 왔으니까요."

김 집사가 아주 간단한 일이라는 듯이 말했다. 기가 막힌 상황이었다. 어이가 없었다. 사람을 아주 이상하게 만드는 곳이었다. 현성그룹이나 태강산업은 추악한 모습을 높은 담장으로 숨기고 있었다.

"어머니를 놓아주세요. 그러면 정말 다 하겠습니다."

"정말이야?"

"네."

석현은 속으로 칼을 갈았다. 바닥에서 구르고 있는 다은도 멍하게 앉아 있는 어머니도 그의 마음을 아프게 했다. 어머니는 석현과 더 좋은 삶을 살기 위해 재혼을 한 건데 그 모든 게 물거품이 된 상황이었다.

"좋아, 내가 널 믿을 만한 각서를 써 와. 아니, 계약서라고 해야 맞나?"

"뭐든 쓰겠습니다."

그의 말에 회장은 김 집사에게 뭔가를 지시하더니 휠체어를 타고 사라졌다. 그리고 김 집사는 남자들을 시켜서 어머니와 다은을 끌고 나가게 했다.

"지금 뭐 하는 거야?"

석현은 강하게 저항했다. 어머니와 다은을 위험한 상황에 놓을 수 없기 때문이었다.

"신경 쓰지 말고 계약서나 쓰세요."

김 집사는 천연덕스럽게 그에게 종이를 내밀었다. 일단은 여기서 나가는 게 급선무였다. 그는 빠르게 계약서의 내용을 쓰기 시작했다. 모두의 안전이 그의 손에 달려 있었다.

"절대로 여자들은 건드리지 마."

그가 이를 악물며 말했다.

"안 그러면 가만히 두지 않을 테니까."

"그럴 능력은 되십니까?"

김 집사가 비웃듯이 그에게 말했다. 물론 그에겐 그럴 능력이 있었다. 지금은 그 능력을 김 집사에게 보이기 전 단계였다.

약간의 시간이 필요했다. 그를 도울 사람들이 움직이고 있었다.

Chapter 7

숨이 쉬어지지 않았다. 남자가 어찌나 세게 발로 찼는지 맞은 곳의 뼈가 모두 부러진 것 같은 통증이 밀려들었다. 다은이 있는 곳은 조금 전에 머물렀던 방보다 더 습하고 추웠다. 그리고 창문이 없어서 밖이 보이지 않았다.

"어디지?"

다은은 주변을 살폈다. 아무래도 이젠 쓰지 않는 방 같았다. 소파와 TV는 있었다. 전체적으로 잘 정돈되어 있었지만 뭔가 꿉꿉한 냄새가 났다. 이 냄새를 가리기 위해 체리 향의 방향제가 방 안곳곳에 놓여 있는 것 같았다. 방향제가 없다면 곰팡내가 가득한 지하 창고 냄새가 날 것만 같았다.

갑자기 언니와 헤어지던 날이 떠올랐다. 오랜 세월이 지났지만, 그날의 냄새는 잊을 수가 없었다. 다은은 공포에 질린 눈으로 사방을 둘러보았다.

40평 정도는 되는 넓은 공간은 마치 사람이 사는 것처럼 잘 정돈이 되어 있었다. 복층 구조라서 2층에도 뭔가가 있는 것 같은데 올라갈 수가 없었다. 그런데 이상한 건 사람이 살면 당연히 있어야 할 온기는 이곳에서 느낄 수가 없었다.

"도대체 뭐지?"

어디선가 그 괴물이 튀어나올 것만 같았다.

누가 있냐고 묻고 싶었지만, 정말 대답이 돌아올까 봐 더 두려웠다. 그냥 차라리 혼자인 게 나았다. 다은은 소파에 앉지도 못하고 벽에 등을 대고 앉아 있었다. 두려운데 이상하게 잠이 쏟아졌다.

다은은 입고 온 코트를 목까지 올려 꼭 여미고는 추위와 공포를 이기는 중이었다.

터벅터벅!

순간, 온몸의 털이 곤두섰다. 확인하고 싶지만 두려워서 고개가 움직여지지 않았다.

터벅터벅!

다은은 무릎에 얼굴을 묻으며 소리를 무시하려고 애를 썼다. 그러다가 저도 모르게 소리가 나는 방향으로 눈을 돌리고 말았다. 다시 재빠르게 시선을 돌렸지만 다은은 보고야 말았다. 그 찰나의 순간 자신이 본 모습은 그대로 각인이 되어 버렸다.

계단 위에 검은 머리를 푼 남자가 그녀를 내려다보고 있었다. 이건 공포 영화에서 나오는 처녀 귀신보다 더 무서웠다. 머리는 길고 풍성한데 몸은 하얗고 말라 있었다. 그날 언니에게 달려든 놈이 맞았다.

터벅터벅!

소리가 가까워질수록 짙은 알코올의 향이 강해졌다.

"크으윽!"

냄새를 맡는 건지 아니면 숨을 쉬는 건지 묘한 소리가 났다. 두려움에 온몸이 덜덜 떨렸다.

"크하!"

술을 마시는 것 같았다. 저러고 있는 걸 보니 귀신은 아닌 모양이었다. 그렇다면 살아 있는 사람인가? 왜 이렇게 사람 같지 않은 몰골로 이곳에 있는 걸까? 제발 그녀가 놈의 눈에 띄지 않았으면 하는 바람이었다.

이렇게 어두운 곳이라면 못 볼 수도 있었다. 숨조차 쉬지 못하는 다은은 머리를 아래로 더 내렸다.

"악!"

하지만 신은 그녀의 편이 아니었다. 놈이 그녀의 머리카락을 야무지게 잡아당겼다. 고개를 갸우뚱하며 그녀를 보는 눈동자는 거의 흰색에 가까운 노란색이었다.

"나를 위한 선물인가?"

유리 가루를 긁는 허스키한 목소리가 그녀의 귓가에 소름 끼치게 들렸다. 키는 석현과 비슷하게 컸고 몸은 정말 뼈밖에 없었지만, 손아귀 힘은 대단했다. 그리고 눈의 초점을 맞추지 못하는 걸보니 앞을 보지 못하는 것 같았다.

그래서인지 그녀의 냄새에 집중하는 것 같았다.

"상쾌한 향이야."

"……."

"마치 바다 향 같아."

"장미 향이에요. 바다 향과는 달라요."

그는 바다를 모르는 것만 같았다. 그녀는 장미 향이 나는 샴푸를 썼다. 아무래도 청량감이 있어서 바다의 느낌이라고 생각한 모양이었다.

"아악!"

그의 손에 힘이 가해졌다.

"그래, 나를 만난 여자들은 다른 말은 안 했어."

"저도 다은이라면 그랬겠죠."

어느 순간 태린이 나와 버렸다. 너무나 두려운 나머지 태린이 툭 튀어나온 게 분명했다.

"11년 전에 우리 언니는 어쨌죠?"

그가 고개를 좌우로 움직였다. 뭐가 기억이 나기는 한 모양이었다. 다은은 잘 보이진 않았지만 빠져나갈 곳을 살피고 있었다. 문이 보이기는 했다. 차라리 태린이 나오든지 했으면 좋았을 텐데, 이제는 또 쏙 들어가 버렸다. 마치 그녀를 약 올리는 것 같았다.

아마 석현 때문일 것이다. 태린도 석현을 좋아하는 게 분명했다. 하지만 육체는 하나니 태린도 다은의 몸을 잃지 않으려면 필요할 때는 나올 것이다.

"11년 전?"

그는 언니를 기억하지 못하고 있었다.

"비슷한 향을 가진 지독하게 시끄러웠던 여자는 있었지. 내가 피를 모조리 빨아 먹었어."

"……."

흐릿했지만 이곳엔 조명이 있었고 그의 송곳니가 그 위용을 드러내고 있었다. 이 사람이 영화에서만 보았던 뱀파이어란 생각이 들자 다은은 힘이 풀리고 말았다. 이건 지독한 꿈이 분명했다.

"뱀파이어 알아?"

"……."

"말해. 인간의 목소리가 듣고 싶어."

"네, 알아요."

다은은 너무 두려워서 이가 딱딱 부딪혔다.

"인간이 아는 뱀파이어는 어떻지?"

그는 시력이 남아 있지 않은 게 분명했다.

"흰 피부에 강한 송곳니, 그리고 인간의 피를 빨아먹죠. 때로는 잘생기게 표현되기도 하고 인간의 친구이기도 해요."

"거짓말. 흡혈을 하는데 그게 말이 돼?"

"인간에게 직접 흡혈을 하는 흡혈귀하고는 달라요. 영화에 나오는 영웅적인 뱀파이어는 수혈받는 혈액을 마셔요."

"인간의 피를 받아?"

"네, 수술 같은 걸 하려면 피가 필요하니까. 그걸 받아서 모아두는 거죠."

그는 또다시 고개를 갸우뚱거렸다.

"당신은 언제부터 여기에 있었죠?"

"몰라, 기억조차 없으니까."

"밖에 나가고 싶지 않나요?"

그녀의 말에 그가 다시 고개를 갸우뚱거렸다.

"아니, 난 내 욕구만 충족된다면 이곳에 있어도 돼. 예전에 한번 날 꼬신 여자가 있었어. 날 밖으로 데리고 나가려고 했지. 그래서 난 햇볕에 녹을 뻔했어. 이제 다신 안 나가."

그의 치명적인 단점은 햇볕이었다. 밤에 누군가 그녀를 구하려고 온다면 아무도 그를 이기지 못할 것이다. 다은은 시간이 얼마나 지났는지는 모르겠지만 지금이 낮이라고 생각했다. 저 문만 열 수 있다면 얼마나 좋을까?

여전히 그의 손이 그녀의 머리를 쥐고 있었지만, 그는 더 이상 강하게 공격하지는 않았다. 그런데 이상한 건 그가 앞을 못 보는데 아주 희미한 조명이 있었다. 마치 누군가를 위한 것 같았다. 아니면 이 정도 불빛만 그가 허락하는 것인지도 몰랐다.

누군가 먹을 것과 필요한 것을 줘야 하니까. 낮이든 밤이든 어두운 이곳에 출입하려면 어쩔 수 없는 일일 것이다. 시간이 지나자 그녀도 어두운 불빛 가운데 적응하고 있었다.

"TV도 보나요?"

"가끔, 멀리서……."

그래서 복층인 것이었다. 시력이 남아 있지 않으니 화면은 볼 수 없고 소리만 듣는 것 같았다.

"라디오를 들으면……."

"난, TV가 좋아."

"네……."

"왜 나에게 말을 거는 거지?"

그가 뭔가를 의심하는 눈치였다.

"김 집사가 그랬어. 그 누구도 믿지 말라고."

"……"

모든 문제의 원인은 김 집사였다. 어쩌면 이 사람도 그냥 이용 당하는 것뿐일지도 모른다는 생각이 들기 시작했다.

"그냥 절 놓아주면 세상 밖으로 나가게 해 줄게요. 병원에 가서 치료를 받으면 반드시 나을 거……. 아악!"

그가 머리를 강하게 잡아당겼다.

"어디서 날 속이려고!"

"아니에요……. 아악!"

픽!

놈은 거짓말처럼 힘이 셌다. 그녀를 거의 날려 버리는 수준으로 집어 던진 것이었다. 바닥에 가슴이 부딪히며 다은은 순간적으로 숨조차 쉴 수 없었다. 이대로 죽는 것일까? 다은의 숨이 턱까지 막혀 오는 순간이었다.

"난 뱀파이어야. 그런데 뭐? 병원?"

그녀가 말을 잘못한 모양이었다.

"윽!"

이번엔 그녀의 멱살을 잡아 들어 올렸다. 발이 땅에 닿지 않아 그대로 매달려 있는 다은은 숨을 쉴 수가 없었다.

"오늘 너의 피를 한 방울도 남김없이 다 마실 거야."

그의 눈동자에서 노란 끼가 사라지고 완벽한 흰색이 되었다. 이제 죽는 순간만 남아 있었다.

"아악!"

어깨에 강한 통증이 밀려왔다. 정말 영화에서처럼 뱀파이어에게 물린 것 같았다. 어깨가 고통과 함께 따뜻한 것으로 뒤덮였다. 그리고 끔찍하게도 그가 피를 빨기 시작했다. 정말 피를 먹는 것이었다.

"아아악, 제발……."

발버둥 쳤지만, 그의 힘을 도저히 당해 낼 수가 없었다.

끼이익!

그때 문이 열리는 소리가 들리더니 머리가 하얗게 센 김 집사가 안으로 들어왔다. 햇빛이 방 안의 반쯤 들어오자 놈이 쫓기듯이 안으로 들어갔다. 빛을 느끼는 모양이었다.

"놔주세요."

"뭐?"

"놔주시라고요."

김 집사가 제법 엄하게 말했다.

"다른 사람을 구해 드리겠습니다. 이분은 막내 도련님의 부인이 되실 분입니다."

"누구 마음대로."

"도련님……."

이 괴물을 도련님이라고 불렀다.

"현성그룹이 유지되려면 막내 도련님이 필요합니다. 그래야 도련님께 사람들을 공급해 드릴 수 있으니까요."

김 집사가 사람들을 이 괴물에게 공급한 모양이었다. 도대체 왜?

"회장님께서 원하시는 일입니다."

"할아버지는 필요 없어."

그는 뱀파이어가 아닌 사람이었다. 그러나 그는 괴물이 되어 버렸다. 남자가 다은을 안아 들었다.

"이번엔 그냥 가."

"도련님."

"이 여자는 내 거야."

그가 고집을 피우기 시작했고 다은은 그대로 기절하고 말았다.

김 집사는 안쓰러운 시선으로 그를 바라보았다. 이름도 없이 도련님이라고 부른 지도 벌써 40년이 가까웠다. 차 전무와 동시에 태어났지만, 희소병을 앓는 그는 어릴 때부터 갇혀 살았다. 어쩌면 선대에서처럼 그냥 죽었다면 그의 삶이 조금은 편했을 수도 있었다.

하지만 그는 살아 있었다. 김 집사는 죽은 하연을 사랑했었다. 주인마님을 사랑한 집사의 마음이 그를 살린 것이었다. 하연이 죽을 만큼 사랑했던 아들이 지금 그의 앞에 있었다. 아들을 살리기 위해 우리나라뿐만 아니라 세계의 모든 병원을 다 찾아다녔지만, 포르피린증을 고칠 수가 없었다.

김 집사도 알아볼 수 있는 만큼은 알아봤지만, 소용이 없었다. 집안 식구 중에 다른 사람들도 비슷한 증상을 앓고는 있었지만 이렇게 심하진 않았다. 어릴 때 한 번 밖에 나가 보았던 그는 햇빛에 전신 화상을 입고 말았다. 그 후로는 감히 그를 낮에 밖으로 내보낼 수가 없었다.

차 회장에게 들킨 후에 차 회장은 그것을 죽이라고 명령했었다. 그날의 악몽을 김 집사는 지금도 잊지 못하고 있었다. 아기가 혼자 있는 이곳에서 그는 아기를 찌르려고 했다. 그런데 어디서 나타났는지 하연이 몸으로 아기를 막았다. 김 집사의 칼에 아기 대신 하연이 찔린 것이다.

단 한 번을 찔렀는데 하연은 치명상을 입고 말았다. 하늘이 무너져 내리는 순간이었다. 그리고 그녀는 죽으면서 아기를 부탁한다고 김 집사에게 말했다. 김 집사는 평생 그 약속을 지키겠다고 눈을 감는 하연에게 약속했다.

"그만 내려놓으십시오."

"안 돼!"

그는 단호했다.

"다른 여자를 들이겠습니다."

"아니, 난 이 여자가 좋아."

"왜 이렇게 고집을 피우십니까?"

"다솜이랑 닮았어."

다솜은 그의 첫사랑이었다. 처음엔 다솜도 그냥 죽일 줄 알았다. 하지만 그는 처음으로 여자를 취했다. 그에게 욕정이 있다는 걸 그때 처음 알았다. 다솜도 그를 견디지 못했지만, 첫날 죽이지는 않았다.

그렇게 김 집사는 다솜을 며칠간 보았다. 하지만 그것도 일주일을 넘기지 못하고 다솜이 목을 매는 거로 끝이 났다.

그때 그렇게 고집 피우더니 11년이 지난 지금 또 한 번 그가 고집을 부리고 있었다.

"도련님……."

"가!"

"자꾸 이러시면……. 윽!"

그가 김 집사의 목을 잡고는 공중으로 들어 올렸다.

"날 화나게 하지 마. 너라도 용서 안 해."

그들은 몇 십 년 동안 나름의 우정을 쌓은 관계였지만 지금 여자 하나로 인해 끝이 날 상황이었다.

"컥, 커억……."

그가 김 집사를 바닥에 내려 주었다. 김 집사는 목을 잡고는 거친 숨을 내쉬었다. 김 집사는 그가 안타까웠다. 하지만 회장은 다른 생각을 하는 모양이었다. 김 집사는 자신이 가진 비상벨을 눌렀다. 그가 벨을 누르면 마취 총을 가진 경호원이 안으로 들어와 놈에게 마취 총을 쏘게 되어 있었다.

벨소리를 들고는 총을 들고 온 경호원이 그를 향해 총구를 겨누었다.

탕!

가끔 통제되지 않을 때 동물에게 쓰는 마취 총을 쏠 때가 있었다. 그가 바닥에 그대로 꼬꾸라졌다. 그때 김 집사가 땅에 널브러져 있는 여자를 업어 들고는 밖으로 향했다.

"저, 저게 뭡니까?"

얼떨결에 총을 쏘긴 했지만, 경호원은 넋이 나간 것 같은 표정이었다.

"몰라도 돼. 그리고 한 번만 더 저것에 대해서 언급한다면 마취 총이 아닌 진짜 총을 맞게 될 거야."

"네, 집사님."

죽인다는 협박은 알아들은 모양이었다.

그에 의해 사람들이 죽고 집 밖으로 내보낼 때, 그 또한 일하는 사람 여럿을 처리했다. 조금이라도 그에 대해 알게 된다면 죽일 수밖에 없었다. 오늘 총을 쏜 박씨도 어쩔 수 없이 처리할 것이다.

그는 피를 흘리는 다은을 석현이 있는 곳에 데려다주었다.

"이제 약속을 지켰으니 사인하세요."

김 집사가 숨을 헐떡이며 말했다. 축 처진 여자는 너무 무거웠다.

"다은아……."

다은을 데려가려는 석현을 김 집사가 막았다.

"사인부터 하고 가세요."

석현이 빠르게 사인을 하고는 다은의 옆으로 갔다.

"일단 균이 들어갔을 수도 있으니 소독부터 하죠."

부욱!

김 집사는 다은의 어깨 부분 옷을 찢고는 구급상자의 소독 솜으로 상처를 닦았다.

"아악!"

아팠는지 다은이 깨어났다.

"이게 뭡니까? 설마 다은이를 동물 우리에 넣은 겁니까?"

"아닙니다."

"아악! 괴, 괴물······."

다은의 눈이 뒤집혀 있었다. 두려움에 몸을 사시나무 떨듯이 떨었다.

"아직도 놈이 있는 겁니까?"

"아닙니다."

김 집사는 이렇게만 말하고는 방에서 나왔다. 일단 수습할 시간이 필요했다. 그리고 다은까지 본 이상 더는 별채 도련님을 살려 둘 수는 없었다. 솔직하게 김 집사는 어릴 때부터 도련님을 키운 관계로 깊은 정이 있었다.

어머니를 죽인 죄책감도 있지만, 하연과의 약속 때문에 그는 별채 도련님을 키웠다. 그러다 보니 혼자였던 그에게 가족이 생긴 것 같은 기분이 들었다. 어릴 때는 이렇게 사나운 사람이 아닌 그냥 아픈 사람이었다.

하지만 사춘기가 지나고 본능적으로 여자를 찾아 김 집사는 난 감했었다. 그래도 그가 원하는 건 다 해 준 김 집사였다. 여자들까지도 데려다가 넣어 줄 정도였으니 김 집사는 노력을 다한 것이었다.

그런 김 집사의 마음도 모르고 멱살까지 쥐다니. 솔직하게 김 집사도 서운한 마음이 들었다. 그는 다시 별채로 향했다. 그리고 별채 앞에서 서성이는 놈을 보았다.

"누구야!"

문이 열려 있었고 놈은 빠르게 달아났다. 빠르게 별채 안으로 들어간 김 집사는 도련님이 안에 있음을 확인하고는 안도의 한숨을 내쉬었다. 왜 안도하는 마음이 들었을까? 문이 열려 있었고 해가 들어오자 그는 방 안 깊숙이 몸을 숨기고 있었다.

햇빛에 대한 두려움이 강한 그였다.

끼이익!

김 집사가 문을 닫고 안으로 들어가자 별채 도련님이 일어섰다. 보통 사람보다 큰 키였지만 괴물 같아 보이진 않았다. 창백한 피부에 머리카락이 길어서 그렇지 김 집사의 눈에는 괴물로 보이지 않았다.

그의 입가와 몸에 피가 묻어 있었다. 옷을 입지 않은 그였다. 피부가 약해서 옷에도 피부가 쓸려 상처가 났기 때문이었다.

"왜 그렇게 급하십니까?"

"뭐가?"

"조금만 참고 있으시지 왜 그렇게 빨리 여자를……."

"여자는?"

"지금 다른 곳에 있습니다."

이렇게 말하지 않으면 어떤 소동이 벌어질지 몰랐다.

"데리고 와."

"도련님……."

"이번엔 참지 않을 거야."

그가 눈을 부릅뜨고 경고했다. 김 집사는 뭔가 사단이 일어날 것 같아서 걱정이었다. 이렇게 계속해서 문제를 일으킨다면 더는 그를 지켜 줄 수가 없었다.

얼마 전부터 태강산업의 전반적인 업무를 맡은 다훈은 아버지 이 사장을 사업에서 점차 멀어지게 했다. 다훈은 그동안 임원들을 하나씩 그의 편으로 만들면서 아버지란 사람에 대한 복수를 준비하고 있었다.

다훈은 아버지가 벌인 그간의 일들을 잘 알고 있었다. 어머니를 죽게 하고 다솜을 유린한 인간 같지도 않은 아버지를 다훈은 용서할 수가 없었다. 아버지의 사업 수완은 존경했지만, 아버지란 존재는 경멸했다.

어려운 사람을 밟는다는 말이 있었다. 곁에서 본 아버지는 돈에 관한 한 냉정했다. 감정에 휘둘리는 법이 없었다. 그는 아버지의 사업 방식엔 동의했다. 쓸데없이 감정이 휘말리는 것보다는 백배 나았다.

죽이는 건 너무 간단한 일이었지만 아버지의 전 재산을 빼돌린 후 죽이는 건 어려운 일이었다. 다훈은 복수만 하는 건 손해 보는 일이라고 생각했다. 자신에게도 이득이 있고 일을 저질렀을 때 뒤탈이 없어야 했다. 그래서 그는 어릴 때부터 지금까지 기회를 노리고 또 노렸다.

업무를 마친 그는 빠르게 집으로 향했다. 급하게 누굴 만나기 위해서였다. 친구가 할 말이 있어서 그의 집으로 온다고 했다.

"벌써 와 있었네."

현관에 놓인 친구의 신발을 보며 다훈이 말했다. 그런데 오늘은 다른 사람도 온 모양이었다.

"어서 와."

친구에게 인사를 하던 다훈의 표정이 일순간에 굳어졌다.

"차석현? 당신이 왜 여길?"

다훈은 놀란 표정을 지으며 석현을 보았다. 뜻밖에 반갑지 않은 인물이 찾아왔다.

"인사시키려고 데려왔어."

차성주가 자신의 의붓동생이자 다은의 결혼 상대인 석현을 데려와서 다훈은 깜짝 놀랐다. 성주는 제멋대로인 적인 한두 번이 아니었다. 다훈도 성주가 필요하지 않았다면 참지 않았을 것이다. 하지만 다훈에게 성주는 꼭 필요한 사람이었다. 그래서 다훈은 끓어오르는 화를 눌렀다.

"결혼 안 하기로 한 거 아니야?"

"맞아."

"그런데?"

성주는 다훈과 오랜 친구 사이였지만 그들이 아주 친한 친구라는 건 집안사람들은 몰랐다.

"좀 부담스러운데?"

"그럴 것 없어. 석현이가 이제부턴 우리 일을 도와줄 거니까. 네가 다은이를 소개해 줬고 태강을 우리에게 인수 합병시킬 계획이란 걸 다 말해 줬어."

"뭘 믿고?"

이건 그들만의 비밀이었다. 그래서 옆에서 아닌 척하면서 일을 여기까지 만든 것이었다. 다훈은 아버지의 전부인 태강산업을 이을 마음이 죽어도 없었다. 아버지가 살아 있을 때 산산이 부숴 버릴 생각이었다.

물론 다훈은 평생을 먹고살 돈을 챙길 생각이었다. 그런데 이런 중대한 일에 잘 모르는 사람이 끼어드는 건 싫었다.

"괜찮아, 석현이는 믿을 만해."

"그동안은 그렇게 말 안 했잖아?"

"지금은 달라."

성주가 이렇게 우기는 친구가 아닌데 석현이 성주를 단단히 설득한 모양이었다.

"왜 이 일에 끼고 싶어 하는 거지?"

다훈이 석현을 매섭게 쳐다보며 물었다.

"다은이를 살려야 하니까."

"뭐?"

"난 두 분의 일이나 현성의 일에 관심이 없습니다. 내가 관심이 있는 건 우리 어머니와 다은뿐입니다."

"……."

뭔가 단단히 책을 잡힌 모양이었다. 석현은 믿을 수 없지만, 그의 약점을 단단히 쥐고 있다면 나쁜 사업 파트너는 아니었다.

"뭘 어떻게 돕겠다는 거야?"

"우선은 태강산업의 최고 경영자가 될 수 있게 해 드리겠습니다."

"하하하, 아버지가 정정하게 살아 계시는데……."

순간 석현의 눈이 번뜩였다.

"설마, 지금 우리 아버지를?"

"못 할 것도 없지 않나요? 너무 사악하신 분이던데요?"

"뭐?"

뭔가를 아는 눈치였다. 다은이 다 말한 것일까? 하긴 요즘 다은이 미쳐서 아버지에게 회초리까지 휘둘렀는데 석현에게 말을 했을 가능성도 있었다.

"그래서?"

"계획을 말씀해 주시면 제가 실행에 옮기겠습니다."

"계획?"

"네, 다솜이와 다은이를 제거하려고 했던 그때의 계획처럼 말입니다."

석현은 그의 계획에 대해 다 알고 있었다. 성주가 가벼운 주둥이를 나불거린 것이었다.

"다은이는 어차피 의붓동생이니까 그럴 수도 있죠. 하지만 왜 다솜이까지 죽이려고 했는지 이해가 안 가네요."

"내가 얘기해야 하나?"

"아뇨."

성주는 지루하다는 듯이 자리에서 일어나 냉장고로 향했다.

"이해가 안 간다는 거지 이야기해 달라는 건 아닙니다. 지난 일 아닙니까?"

석현이 아무렇지 않다는 듯 말했지만 다훈은 그런 석현의 말을 믿지 않았다.

"그런데 궁금한 게 있습니다. 그 별채에 있는 존재에 대해 어떻게 아셨습니까?"

"성주."

"……아무리 그래도 형님은 그런 말을 아무에게나 하는 사람은 아닙니다. 특히 별채에 대해선 그 집에서 20년을 산 나도 몰랐으니까요."

"그건 네가 멍청한 거고."

"봤습니까?"

"……."

다훈은 말하지 않았다. 성주를 꼬드겨 그 괴물을 본 날을 그는 죽어도 잊지 못할 것이다. 성주는 멍청한 구석이 있었다. 그래서 그가 꼬드기면 뭐든 말했다. 하지만 그 괴물을 만나기까지 그는 성주에게 갖은 아양을 다 떨어야 했다.

집에 놀러 갈 때마다 그 붉은 건물이 궁금했다. 다훈은 성주의 집에 갈 때마다 안에 뭐가 있는지 궁금하다고 말했다.

그러던 어느 날 성주가 그렇게 보고 싶으면 가자고 했다. 오늘은 김 집사가 차 회장과 멀리 갔다며 김 집사의 방으로 들어가 그 붉은 벽돌집의 열쇠를 훔쳐 왔다.

그리고 다훈은 그 흉하게 생긴 괴물이 성주와 가까운 사이라는 걸 알게 되었다.

"냉장고에 물밖에 없어?"

"거기 옆에 와인바 있잖아."

성주는 와인을 좋아했다. 그래서 그는 성주를 위해 집에 항상 와인을 비치해 두었다.

"왜 성주를 돕는다는 거야? 진짜 이유를 말해."

다훈이 목소리를 낮춰 물었다.

"말했잖습니까. 엄마와 다은이를 지키는 일이라고."

"좋아, 너의 말을 믿는다고 치자. 우리 아버지를 괴물이 있는 곳까지 데려갈 수 있을까?"

"아마, 다솜이 그곳에 있었다고 한다면 가지 않겠습니까?"

다훈은 석현을 멍하게 바라보았다. 악마는 그가 아니라 석현 같았다.

"왜 아버지를 죽이지 못해 안달이지?"

"내 여자를 망가트렸으니까."

석현의 말을 다훈은 이해하지 못했다.

"다은이는 어디 있어?"

"안전한 곳에 있습니다."

"너의 집이겠지."

다은은 싫었지만, 일단은 그의 앞날을 위해선 석현의 도움이 필요할 것 같았다. 거기에 아버지까지 빠르게 제거한다면 더 바랄 것도 없었다.

"당신은 당신 아버지의 일들을 알고 있었지?"

"……."

"이 사장이 어떤 인간이라는 걸 알면서, 왜 그동안은 참았지?

다솜은 당신의 동생인데 왜 그런 거고?"

그는 석현의 물음에 답하지 않았다. 일단 성주의 도움이 필요한 상황이니 석현을 받아들이는 수밖에 없었다.

집으로 돌아오는 길은 석현이 운전을 했다. 기사는 석현의 차를 몰게 했고 석현은 성주의 차를 운전했다.

"왜 그렇게 이다훈이란 사람을 믿어?"

"어릴 때부터 친구니까."

"형은 다 좋은데 친구 보는 눈은 없는 것 같아. 그 사람은 눈빛이 맑은 사람은 아니야."

"알아."

형의 뜻밖의 말에 석현은 놀랐다. 항상 멍하게 있기만 하고 말이 없는 형이었다. 어머니는 성주 형이 어릴 때 아파서 약간 지능이 떨어진다고 말했었다. 그래서 석현도 이제까지 그런 줄 알았는데 오늘은 왠지 다르게 느껴졌다.

"너도 그 안에 누가 들어 있는지 궁금해?"

"……."

"사람들은 왜 형에 대해 알지도 못하면서 그럴까?"

"형?"

"아니야."

분명하게 형이라고 말했다. 더는 말하지 않았지만, 성주의 입에서 형이란 말이 나왔다. 예전엔 그렇지 않았는데 요즘 들어 성주는 이상한 소리를 자주 했다. 그리고 피 한 방울 섞이지 않은 그에게 의지하는 것 같았다.

"성주 형, 무슨 고민 있어?"

"무슨 고민?"

"형수가 임신한 것 때문에 그래?"

"……."

그가 알지 못하는 뭔가 비밀이 있는 것 같았다.

"혹시 내가 도울 수 있는 일이라면……."

"아니야."

성주가 단칼에 거절해서 석현도 더는 묻지 않았다. 뭔가 물어서는 안 되는 일인 것 같았다.

Chapter 8

다은은 온몸이 으슬으슬 추웠다. 뭔가 기분이 좋지 않았다. 눈을 떠야 하는데 뜨고 싶은 마음이 없었다. 눈을 떴을 때 아직도 그곳에 있는 거라면 정말 죽고 싶을 것 같았기 때문이다. 그놈에게 물린 곳은 욱신욱신하면서 아팠다.

"⋯⋯."

사방이 조용했다. 눈을 뜨면 과연 그곳일까?

따뜻한 걸로 보아 다른 곳임이 분명했다. 하지만 지금 그녀는 혼자였다.

「눈을 떠, 바보야.」

또다시 태린의 목소리가 귓가에 들렸다.

"싫어."

「그럼 뜨지 말든지. 멍청하긴…….」

"왜 이렇게 괴롭히는 거야? 내가 무서울 땐 나타나지도 않고."

「내가 나오길 바란 거야? 아예 넌 들어가고 내가 나갈까? 응?」

태린은 지금 그녀의 몸을 원하는 것 같았다. 그러니 도와주지 않고 그녀가 지쳐서 모든 걸 포기하길 기다린 것 같았다. 그렇게 할 수는 없었다. 예전의 다은이라면 그랬겠지만, 지금은 아니었다.

지금 그녀에겐 석현이 있었다.

"아니, 꺼져 버려."

그녀는 이렇게 말을 하고는 눈을 떴다. 그러자 어둡긴 했지만, 그녀가 있던 이상한 곳은 아니었다. 괴물도 없을 것 같았다. 온통 하얀색이긴 했지만 병원은 아닌 것 같았다. 다은의 발에는 링거가 꽂혀 있었다.

"병원인가?"

그런데 그때 석현이 방으로 들어왔다. 어찌나 반가운지 링거만 아니었다면 그에게 달려갔을 것이다.

"다은아……."

"석현 씨……."

석현은 다은의 얼굴을 양손으로 감싸고 그녀의 눈을 한참이나 바라보았다. 석현의 깊은 눈에는 다은을 향한 안타까움이 가득했다.

"무서웠어요."

"알아."

그의 따뜻한 말에 그녀의 눈에서 뜨거운 눈물이 쏟아져 내렸다. 석현은 다은의 볼에 흐르는 눈물을 손으로 닦아 주었다.

"여긴 어디예요?"

"주하네 집."

그때 주하와 함께 뜻밖의 인물이 방 안으로 들어왔다.

"지혜야⋯⋯."

"어떻게 된 거야? 개한테 물렸다며? 내가 얼마나 놀란 줄 알아?"

지혜가 이곳에 어떻게 온 것일까? 지난번에 동생의 친한 친구의 이름과 그녀의 이름이 같다고 하더니, 주하의 동생이 지혜였나 보다. 정말 대단한 우연이었다.

"넌 여기 왜⋯⋯?"

"여기 우리 오빠 집이야."

"사장님이 너희 오빠?"

"몰랐구나? 그래서 수빈 오빠랑 다 알고 지내는 사이야."

지혜는 석현을 알지 못했는데 이상했다.

"넌 석현 씨는 모르지 않았어?"

"응, 나도 이렇게 잘생긴 친구가 있다는 걸 얼마 전에 알았어."

"너도 여기 살아?"

"아니, 난 따로 살아. 하지만 여기서 가까우니까 자주 올게. 아 참, 너 그만두고 회사 난리 났어. 그 얘기는 나중에 해 줄 테니까, 지금은 쉬어."

아마 최 부장 이야기일 것이다. 주하와 지혜가 나가자 석현과 둘이 남은 다은은 그의 품에 안겼다.

"너무 무서웠는데, 이렇게 있으니 악몽을 꾸고 깨어난 것 같아요."

"그래?"

"내가 어떻게 나온 건가요?"

"내가 계약서에 사인했고 김 집사가 다은이를 데리러 갔어."

"김 집사는 날 죽이기 위해 그곳에 넣은 거예요."

"그냥 날 협박하려고 한 거래. 내가 사인을 안 할까 봐……. 그래서 내가 사인하자마자 다은이를 데리러 간 거야. 그리고 그곳에서 마취 총을 쏴서 다은이의 어깨를 문 괴물을 제압했다고 말해 줬어."

"왜 안 죽이는 거죠?"

"아직 그 이유는 모르겠어. 알아봐야지."

"아뇨, 그냥 잊어요. 그리고 그 사람들과 엮이지 말아요. 그 괴물은……."

다은은 그때의 장면이 떠오르자 심장이 터질 것 같았다.

"여기는 안전한가요?"

"아마도. 며칠 있다가 괜찮아지면 우리 집으로 갈 거야. 거긴 경호원들을 배치할 거니까, 걱정하지 말고."

그의 품에서 벗어나고 싶지 않은 다은은 링거 때문에 불편하긴 했지만, 그의 품 안으로 더욱 파고들었다.

쿵 쿵 쿵.

그의 심장 소리가 그녀의 귀에 울렸다. 이렇게 안정감을 주는 소리는 처음이었다.

"다은아……."

"왜요?"

"불편해."

다은이 얼른 몸을 떼어 냈다.

"왜요?"

"네가 곁에 있으니 녀석이……."

그의 시선이 자신의 바지 쪽으로 향했다. 다은은 웃으며 그의 입술에 입을 맞추었다. 다시는 그와 떨어지고 싶지 않았다.

다은을 보고 나온 지혜는 집으로 가려다 수빈을 만나고는 걸음을 멈추었다.

"오빠, 여기는 무슨 일이에요?"

"어, 석현이가 이리로 오라고 해서."

"무슨 일 있어요?"

"아니……."

주하의 집엔 처음 보는 얼굴의 남자들도 있었다.

"그런데 왜 요즘 전화 안 해요?"

"조금 바빴어."

요즘 이상하게 수빈의 연락이 뜸했다. 무슨 일이 있는 게 분명했다.

"얘기 좀 할까요?"

"……나중에. 오늘은 바빠."

"오빠……."

수빈이 빠르게 안으로 들어갔다. 지혜는 수빈의 마음이 변한 것 같아 고민이었다.

Rrrrrrr—

[여보세요?]

"오빠, 통화 가능해?"

[응, 말해.]

"수빈이 오빠한테는 안 들리게 다른 방에서 받으면 안 될까?"

주하가 다른 방으로 들어가는 소리가 들렸다.

[말해.]

"수빈이 오빠한테 요즘 무슨 일 있어?"

[아니, 둘이 싸웠어?]

"……아니."

주하는 수빈과 그녀가 사귀는 줄 알고 있었다. 그래서 처음엔 친구랑 사귀는 게 싫다고 하다가 지금은 응원해 주고 있었다. 이게 다 수빈 오빠가 잘 설득해 줬기 때문이었다.

[그럼 왜 그러는데? 그래서 내가 아는 놈하고 사귀지 말라고 했지? 너 속 썩이는 일이 있어도 내가 가서 혼낼 수가 없잖아.]

"아니야, 그런 거. 끊어."

그녀는 다급하게 전화를 끊었다. 괜히 전화했나 하는 생각도 들었지만, 어차피 엎질러진 물이었다. 지혜는 한숨을 쉬고는 바로 옆에 있는 자신의 집으로 향했다.

다은이 잠이 들고, 석현은 주하와 그가 소개해 준 사람들과 함께 거실에 모였다. 수빈도 어느새 와 있었다.

"회사는 별일 없지?"

"회사보다 이곳에 별일이 더 많은 것 같은데?"

수빈이 모인 사람들을 둘러보며 말했다. 평소 석현이 어울리는 사람들과는 사뭇 다른 분위기의 사람들이었다.

"내가 모르는 조직을 만들었나 봐?"

"그럴 수도······."

수빈은 이 분위기가 마음에 안 드는 모양이었다. 주하가 소개한 사람들은 세 명인데 비주얼은 완벽한 조직원이었다. 체격은 작은 편이었지만 인상들이 그랬다.

"그동안 수집하신 정보와 상황을 이야기해 주셨으면 합니다. 안의 상황은 김 집사가 철저하게 통제하고 있기 때문에 저로서도 알기는 어렵습니다."

동호는 정원사로, 이번에 괴물에게 마취 총을 쏜 사람이었다. 그는 신변의 위험을 느끼고 있다고 했다.

"사람이 아닌 것 같아요. 키는 큰 편이고 굉장히 말랐는데, 김 집사를 한 손으로 들어 올렸어요. 난 오금이 저려서······."

"마취 총에는 잠이 들던가요?"

"네, 그거 멧돼지에게 쏘는 양이니 당연히 기절해 버리죠. 안 그랬으면 김 집사는 죽었을 거예요."

"어떻게 생겼나요?"

"머리는 한 번도 안 자른 것처럼 허리까지 길었고 옷은 안 입고 있었어요. 굉장히 하얗고······."

그가 다시는 생각하기 싫다는 듯이 말했다.

"어떻게 들어가셨어요?"

"김 집사가 거기 들어갈 때는 우리를 문 앞에 세워 뒀어요. 그리고 안의 분위기가 이상해 보이면 들어와서 쏘라고 해요. 매번 그러는 건 아닌데, 본인도 불안한가 봐요."

알았다면 절대로 그 집에서 일하지 않았을 거라고 했다.

정만은 그 집에서 일하는 도우미들의 이야기를 들었다고 했다. 직업 소개소를 운영하는 그는 현성그룹에 사람을 넣어 주는 사람이었다.

"거기에 사람들을 넣어 주면 오래 못 가요. 몇 년 전에 도우미 몇 명이 사라지고 난 다음부터는 더 그래요."

"왜 사라졌죠?"

"모르지, 그 집에서 일하는 사람뿐만 아니라 가끔 외부인들도 별채에 들어간다고 했어요. 그런데 거기 들어가면 못 나온다고……."

소문이 너무 안 좋아서 가뜩이나 사람 구하는 게 힘든데, 입주 도우미는 더 구하기 힘들다고 했다. 거기다가 김 집사가 너무 까다로운 사람이라서 직원들이 더 일찍 그만둔다고도 했다.

그리고 그곳의 비밀번호는 김 집사만 안다고 했다. 예전에는 커다란 자물쇠였는데 누가 열고 들어간 이후로는 비밀번호가 있는 버튼 식으로 바뀌었다고 했다. 그 문을 열고 들어간 사람은 석현이었다. 그렇다면 아직도 그 괴물은 그 집에 사는 것이었다.

다은의 어깨를 문 것도 그때의 그 괴물일 수도 있었다. 똑같은 괴물을 애견 숍에서 사 오듯이 사 오는 건 아닐 테니까.

그리고 다른 사람은 이상하게 약재상이었다. 김 집사가 그에게 구해 가는 약은 피부에 좋은 약재뿐이라고 했다. 주로 목욕에 쓰이는 것들을 사 간다고 했다. 햇볕에 피부가 노출되었을 때 진정시키는 것이나, 몸의 열기를 식히고 보습에 좋은 것들이라고도 말했다.

일단 세 사람을 다 돌려보낸 석현은 한참 동안 가만히 생각에 집중했다. 그리고 그는 성주의 형이란 단어를 머리에서 지워 버릴 수가 없었다.

"찜찜해."

"어떻게 할 거야? 네 어머니가 저 안에 계시는데……."

"그래서 걱정이야. 지금 온전한 상태도 아니셔."

"뭐?"

"김 집사가 어머니에게 약을 먹이고 있어. 우울증 약이라고는 하는데, 멍하게 계시는 게 좀 이상해."

석현은 어머니가 가장 걱정이었다. 일단 다은은 그가 보호하고 있었지만, 그의 어머니는 그들의 손에 있었다.

"현성그룹과 인수 합병을 하겠다고?"

"응, 이렇게 된 이상 현성그룹 전체를 차지해야겠어."

석현의 눈빛이 반짝였다. 그동안 현성그룹은 다른 사람들의 것으로 생각했다. 하지만 지금은 아니었다. 어머니의 상태가 저렇게 된 이상 그냥 두고 볼 수만은 없었다. 밟히기 전에 밟아야 했다.

그리고 다른 사람들의 목숨을 저렇게 파리만도 못 하게 생각하는 사람들이 부와 권력을 누리며 살게 할 수 없었다.

"뭐?"

"이렇게 당할 수는 없어. 그리고 성주 형은 회사를 이끌 만한 사람이 아니야."

수빈은 그의 말에 눈빛이 달라졌다. 석현이 이렇게 나오는데 이유가 있다고 생각하기 때문이었다. 그는 비서 이전에 친구였다. 석현이 어떻게 사업을 하는지 누구보다 잘 알았다. 그가 이런 선택을 하는 데 이유가 있다고 생각했다.

"난 네가 형성그룹을 차지하는 데 동의해. 그놈들이 너한테 한 일을 생각하면 그렇게 해도 돼."

수빈은 석현의 일이라면 발 벗고 나서는 스타일이었다.

"나도 도울게."

주하도 그의 편이 되어 주기로 했다.

"일단 회사를 차지하는 건 시간을 두고 처리하고, 어머니부터 빼내야 할 것 같아. 그렇게 하기 위해선 그들의 환심을 사야 해. 아니면 빠르게 집 안부터 정리하는 게 맞아."

"난 빠르게 정리하는 게 맞다고 봐."

"나도 그래."

친구들이 이렇게 적극적으로 나올 줄은 몰랐다.

"다은이가 위험해."

"일단은 다른 곳으로 피신시키는 게 낫지 않을까?"

"아뇨!"

그때 다은이 방에서 나왔다.

"다은아, 링거는?"

다은이 링거를 직접 뽑아 낸 모양이었다.

"나도 돕겠어요. 당신 어머니도 문제지만 우리 엄마도 문제예요. 그러니 빠르게 먼저 치고 나가요. 난 미끼가 될 수 있어요. 제발 저도 도울 수 있게 해 주세요."

"다은아, 넌 안 돼."

"왜요? 내 일이기도 해요. 그리고 태린을 도와주는 사람들이 있어요. 힘이 되어 줄 거예요."

석현은 다은을 빤히 보았다. 이렇게 강하게 나온 다은은 처음이었다.

"태린 아니니까 걱정하지 마요. 이 문제는 어떻게 해서든지 내가 극복해야 할 문제예요."

그건 다은의 말이 맞았다. 평생을 한 몸에 두 사람이 공존할 수
는 없었다.

밖에 눈은 내리는데 햇볕이 환하게 비추는 날이었다. 여우가 시
집을 가는 건지 호랑이가 장가를 가는 건지, 뭐든 세호는 멍하게
창밖을 보았다. 사장실 안의 창은 통유리라서 밖이 훤하게 보였
다.

세호는 요즘은 집에 있는 것보다 이렇게 회사에 나와서 일을 하
는 게 더 마음이 편했다. 다은은 집에 들어오지도 않고 어디 가서
처박혀 있는지 알 수도 없었다.

"사장님."

그때 비서가 들어왔다.

"방해하지 말라고 했잖아."

"이 이사에 대해 드릴 말이……."

갑작스럽게 다훈의 이야기를 하다니. 무슨 일이 있는 게 분명했
다.

"말해."

"요즘 회사의 임원들과 만남이 잦습니다. 소문에는 승계 때문
이라는……."

"아니야, 난 아직 생각이 없어."

다훈이 요즘 그를 찾아오는 빈도수가 적어졌다. 그런데 이런 일로 바쁘다면 가만히 있을 수는 없었다.

"다훈이 불러."

"네."

그는 다훈을 불러들였다. 다훈은 평소와 같이 빼질거리는 표정으로 그의 방으로 들어왔다. 세호는 다훈이 회사의 일에는 전혀 관심이 없는 줄 알았다. 지금 저런 모습만 봐도 알 수 있었다. 그저 시간만 보내고 가자는 표정이었다.

"요즘 바빠?"

세호가 다훈을 떠보듯이 물었다.

"저야 늘 바쁘죠. 골프도 쳐야 하고 사람들도 만나야 하고."

"왜?"

"그럼 시간을 어떻게 때울까요?"

그다운 말이었다. 녀석은 언제나 빼질거렸다. 일을 하고 싶은 마음이 전혀 없어 보였다.

"이제 일을 좀 해야 하지 않아?"

세호의 찢어진 눈이 날카롭게 빛나고 있다는 걸 본인은 몰랐다.

"아직 아버지가 이렇게 정정하신데 제가 왜 일을 해요. 나중에 힘드시면 말씀하세요. 저 일 잘 배웁니다."

세호의 미간이 구겨졌다. 일한다고 해도 열이 받고 안 하고 저렇게 놀아도 열이 받았다.

"나가!"

"네, 갑니다."

저 뺀질거리는 녀석의 뒤통수를 한 대 치고 싶은 마음이었다. 자신이 너무 예민하게 군 것 같았다. 녀석은 지금 아무런 생각이 없어 보였다.

욕실 안의 전신 거울을 보면서 다은은 이를 악물었다. 어깨에 선명하게 생긴 이빨 자국이 그녀를 아프게 했다. 그리고 하얀 살 위로 옅게 새겨진 회초리 자국은 그녀의 순탄하지 못한 삶을 말해 주고 있었다.

그렇게 위험에서 빠져나온 지 일주일이 되었다. 그녀는 아직 주하의 집에 있었고 매일 밤 석현이 찾아와서 그녀의 옆에서 같이 잤다. 그냥 안고만 자는데도 너무나 안심이 되었다. 석현의 따듯한 체온이 그녀의 얼어붙은 마음을 조금씩 녹이고 있었다.

다은은 사랑하는 것에 두려움을 느꼈다. 그 누구에게도 사랑을 받아 본 적이 없는 그녀였다. 폭력적인 아버지와 그걸 보고도 말리지 못하는 어머니, 그리고 늘 그녀를 비웃는 오빠까지. 다은은 가족에게조차 사랑받지 못했다.

남자에게는 더욱더 그랬다. 석현과는 육체적으로는 좋았지만 이렇게 복잡한 여자를 석현이 사랑하진 않을 것 같았다. 지금 석현도 어머니의 일로 머리가 아픈 상황이었다. 하지만 다은은 이런 거지 같은 상황에서도 사랑을 시작했다.

1년 동안 사귀는 기간은 석현을 좋아하는 것이었다면 지금은 석현을 너무 사랑하고 있었다. 석현이 그녀에게 어떤 마음을 가지고 있든지, 그녀는 그를 위해 뭐든 할 수 있었다.

그녀는 석현을 너무나 사랑했다.

다은은 어깨의 상처를 소독했다. 사람의 입이라고 하기엔 너무나 컸다. 거기에 선명하게 새겨진 송곳니 상처는 정말 뱀파이어에게 물린 상처 같았다.

하지만 그 안의 괴물은 뱀파이어가 아니었다. 힘이 셌지만, 신적인 존재는 아니었다. 돌연변이에 더 가까운 것 같았다. 이중인격인 그녀처럼 그도 평범하지 않은 사람인 것이다. 그렇다고 사람을 해치는 그를 동정하는 것은 아니다.

"아아……."

상처 부위가 깊은지 아직도 따가웠다. 뒤쪽 부분을 해야 하는데 손이 닿지 않았다.

"후……."

소독 솜을 내려놓으려는데 거울을 통해 석현이 욕실 안으로 들어오는 게 보였다.

"석현 씨……."

"방에 없어서 놀랐어."

그의 눈길은 그녀의 상처 부위에 가 있었다. 안쓰러워하는 게 보였다. 그에게 이렇게 불쌍해 보이는 건 싫었다.

"소독하려고요."

"내가 와서 해 준다고 했잖아."

그가 솜을 손에서 빼앗아 그녀의 상처를 소독해 주었다. 그의 손길이 조심스러웠다. 그는 하나에서 열까지 그녀를 배려했다.

"아……."

"아파?"

"괜찮아요."

그가 소독약이 들어가 따가운 부분에 바람을 불어 주었다. 거울을 통해 그 모습을 보니 웃음이 나왔다.

"왜?"

"너무 아기 다루듯이 하는 것 같아서요."

"다은이는 나한테 아기가 아니라, 여자야."

"……."

그들의 시선이 거울을 통해 뜨겁게 부딪쳤다. 그는 눈길을 얼른 돌리고는 약을 바르고 그 위에 넓은 방수 밴드를 붙여 주었다. 그

리고는 뒤에서 그녀를 끌어안았다. 그들의 모습이 거울 안에 야릇
하게 비쳤다.

"내가 얼마나 원하는지 알아? 날이면 날마다 이렇게 안고만 있
는 게 너무나 고통스러워."

"안아 줘요."

그녀의 말에 석현의 얼굴이 굳었다.

"다은아, 지금 넌⋯⋯."

"그 어느 때보다 당신이 필요해요."

다은은 솔직하게 자신의 감정을 말했다. 그러자 그의 손이 다은
의 가슴을 어루만지기 시작했다. 거울 속의 석현은 욕망이 가득한
눈빛으로 그녀의 가슴을 만지고 있었다. 그녀만을 바라보는 석현
의 눈빛이 너무나 마음에 들었다.

그의 입술이 상처가 없는 목을 따라 점점 아래로 내려왔다. 다
은은 온몸이 저릿해지는 걸 느꼈다. 석현의 뜨거운 입술이 움직일
때마다 그녀의 몸도 같이 움직였다. 그의 한 손은 가슴을 만지고,
다른 한 손은 위험스럽게 점점 아래로 이동하는 중이었다.

석현의 손이 평평한 배를 지나 검은 숲에 도착하자 그녀는 발끝
에 힘을 주고 섰다. 마치 발레리나가 된 것 같았다. 그의 손이 여
성을 어루만지자 그녀는 다리에 힘을 더 줄 수밖에 없었다. 다은
은 한쪽 팔을 올려 그의 목을 휘감았다. 쓰러지지 않기 위해 지탱

한 것이었다.

거울 속에 그들은 너무나 야릇한 모습이었다. 그가 그녀의 다리 사이로 손을 넣어 은밀한 곳을 자극했다.

"으으음......."

석현의 손가락이 다리 사이를 비집고 들어가 질구를 찾았다. 그리고 손가락을 그 안으로 밀어 넣었다.

"하아......."

그의 손가락이 안으로 들어오는 느낌이 너무나 좋았다. 집요하게 그 안을 헤치는 느낌도 너무 좋았다. 그녀가 신음하는 모습이 거울을 통해 적나라하게 보였다. 하지만 그를 멈추게 하고 싶진 않았다.

"벌려......."

그가 명령하는 대로 다은은 다리를 벌렸다. 그의 손가락의 움직임이 거울을 통해 보였다. 들어갔다가 나왔다 했다. 다은은 허리를 뒤로 젖히며 그의 손가락을 더 깊이 받아들였다. 석현은 손가락을 빼고는 그녀를 엎드리게 했다. 그녀의 엉덩이에 그의 페니스가 닿았다.

석현이 그녀의 머리카락을 살며시 움켜쥐고는 살짝 당기자 그녀의 고개가 들렸다. 그러자 그와 그녀의 모습을 거울을 통해 보게 되었다.

그가 침을 삼키더니 그녀의 엉덩이 사이로 자신의 페니스를 밀어 넣었다.

"아악!"

"윽!"

그의 페니스가 뒤에서 들어오고 있었다. 앞으로 할 때보다 더 깊이 들어간 것 같았다. 느낌이 더 짜릿했다. 석현이 그녀의 머리카락을 살짝 더 당겨 거울을 통해 그의 모습을 보게 했다. 그리고 허리를 움직이기 시작했다.

그녀의 풍만한 가슴이 그의 움직임에 따라 흔들리기 시작했고 그녀의 질은 그의 페니스를 더 강하게 조였다.

"으으윽!"

그의 얼굴이 욕망으로 인해 붉어졌다. 그녀의 허리를 잡은 손에 힘이 들어갔다. 다은은 그와 함께 뜨거운 리듬에 몸을 맡겼다.

"헉헉헉, 미칠 것 같아."

석현이 갑자기 다은을 돌려세우더니 안아 들었다.

"여기서 이럴 순 없지."

그는 다은을 안고는 침실로 향했다.

"주하 씨가 우리 이러는 거 들으면 어쩌죠?"

"아직 바에 있을 시간이야."

그는 이렇게 말하고는 그녀를 침대에 눕혔다.

"있더라도 상관없어. 다은과 나의 시간을 방해하지는 못할 거야."

그는 다은의 다리를 벌리고는 중앙에 서서 자신의 페니스를 다은의 젖은 질에 대고 문지르기 시작했다. 그리고 빠르게 그녀의 질 안에 자신의 페니스를 밀어 넣었다.

"으윽, 너무 좁아."

"아악!"

매번 느끼는 것이지만 그의 페니스는 그녀에겐 감당하기 힘든 사이즈였다. 석현이 속도를 높이고 있었다. 그도 참기 힘든 모양이었다. 그녀의 손에 잡힌 그의 엉덩이가 차돌처럼 단단했다.

그는 거친 숨을 몰아쉬며 끝을 향해 달리고 있었다. 다은은 땀에 젖은 그의 가슴을 쓸어내렸다.

"으으윽!"

그가 신음을 내뱉으며 그녀 안에 분신을 쏟아 냈다. 다은은 그런 그의 허리를 꼭 끌어안으며 눈을 감았다. 그리고 자신이 그를 얼마나 사랑하는지 깨달았다.

"헉헉, 괜찮아?"

"네."

"어깨는 어때?"

"어깨로 하는 건 아니잖아요?"

"그런가?"

그가 가슴을 들썩이며 웃었다.

"그렇게 날 위해 웃어요."

"······다은아."

"난 당신이 웃을 때가 좋아요. 날 만나고 웃을 일이 없어지는 것 같아서 미안해요."

그가 다은의 땀에 젖은 머리를 다정하게 넘겨 주며 말했다.

"난 너와 있을 때가 제일 행복해."

다은은 그가 사랑한다고 말해 주길 바랐다. 하지만 그는 사랑한 다고 하지 않았고 다은도 부담 주기 싫어서 일부러 말하지 않았다. 다은은 그렇게 석현의 품에 안겨 깊은 잠에 빠져들었다.

다은과 석현은 아침부터 서로를 마주하고 앉아 커피를 마시고 있었다. 석현은 다은의 다리를 자신의 허벅지에 올려놓고는 주물러 주었다. 요즘 밤에만 다은을 만나니 이렇게 아침이라도 다은과 시간을 보내고 싶은 석현이었다.

"아주 드라마를 찍어라."

머리에 까치집을 짓고 나온 주하가 그들을 보고는 한마디 했다.

"부러우면 지는 거다."

석현이 주하는 보지도 않고 다은에게 미소 지으며 말했다.

"난 두 사람이 이 집에 들어오면서부터 졌다."

주하가 항복하듯 양손을 위로 올리며 말했다.

"너도 여자 만나."

"닥쳐."

주하가 쿨하게 한마디를 하고는 냉장고의 생수병을 들고 방 안으로 유유히 사라졌다.

"하루 종일 집에만 있으니까 심심하지 않아?"

"괜찮아요. 당분간은 이러고 있는 게 저도 마음 편해요."

"미안해, 빨리 처리하지 못해서."

"천천히 하더라도 확실한 게 좋죠."

그가 다은의 의자를 자신의 앞까지 끌어당겼다.

쪽!

"어쩌면 이렇게 말하는 것도 예쁠까?"

다은이 예쁘게 미소 지었다. 온종일 다은의 얼굴만 보고 있으라고 해도 할 수 있을 것 같았다. 다은은 그에게 따뜻함과 뜨거운 열정을 동시에 주는 사람이었다.

"출근하기 싫다."

"저도 보내기 싫지만, 얼른 처리해야죠."

"네, 알겠습니다. 마나님."

석현은 빠르게 일을 처리하고 다은과 작은 결혼식을 올릴 생각이었다. 요즘 스몰 웨딩이 유행이라지만 그는 정말 단둘이 올리는 웨딩을 하고 싶었다.

"으음……."

다은이 갑자기 그의 얼굴을 양손으로 감싸고는 입술을 꾹 하고 가볍게 맞췄다.

"오늘 하루도 열심히."

"그럼 다르게 해 줘야지."

"읍!"

그가 다은의 얼굴을 잡고는 깊은 키스를 했다. 그들의 혀가 뜨겁게 서로를 찾았다.

"아직도 그러고 있냐?"

주하가 나오려다가 다시 안으로 들어갔다.

"이제 나와. 다 끝났다."

석현이 그렇게 말하고는 자리에서 일어나 다은을 안아 들었다.

"다은 씨가 다리를 다친 줄은 몰랐다."

주하가 무심하게 말하고는 냉장고 문을 열었다.

"평생 이러고 살 거다."

"부러운 놈, 출근이나 해."

석현은 웃으며 다은을 안고 방으로 들어갔다. 빠르게 출근 준비를 하고 석현은 회사로 출근했다. 이제부터 본격적인 합병에 들어간 상황이었다.

SH 코스메틱이 현성그룹과 합병을 한다는 소식에 주식이 하루 아침에 두 배 가까이 뛰었다. 아직은 언론에 흘리지도 않았는데 말이다. 본격적으로 주식 시장에 합병 소식에 들리기 시작하면 지금보다 더 많이 오를 게 분명했다.

"오늘은 어때?"

출근하자마자 그는 수빈에게 시장의 상황부터 물었다.

"장난이 아닙니다. 아침부터 기자들이 계속해서 전화하고 난리입니다."

"당분간은 입단속하고."

"네."

"태강건설 쪽은?"

"이다훈이 몸을 사리는 건지, 아니면 보안을 철저히 하고 차성주와만 연락하기 때문인지 정확하게 알 수는 없습니다. 다만 지금 이세호 사장의 움직임이 심상치가 않습니다."

"왜?"

"현성이 아닌 다른 회사와 합병을 추진 중인 거로 알고 있습니다."

"어디?"

"지금 물망에 오른 곳은 세 곳 정도입니다."

수빈이 그에 관한 자료를 그에게 보여 주었다.

"차성주 전무에게 연락해."

"네."

그는 차성주와 점심 약속을 잡았다. 어쩌면 일이 빠르게 끝날 수도 있었다. 석현은 어떻게 해서든지 차성주의 마음을 사로잡아야 한다는 걸 알았다.

"머리가 나쁜 걸까? 아니면 숨겨진 천재인 걸까?"

석현은 성주의 평소의 모습을 완전히 믿지 않았다.

Chapter 9

다훈은 성주를 1시간째 보고만 있었다. 나이 마흔에 아이들이나 가지고 노는 장난감을 정성스럽게 닦고 있는 성주를 다훈은 이해할 수가 없었다.

"언제 끝나?"

1시간을 기다린 후에 다훈이 처음으로 입을 열었다.

"어? 미안."

성주의 취미는 영화 히어로의 피규어를 수집하는 것이었다. 세상을 구한 영웅들이 한자리에 다 모여 있는 것 같았다. 하지만 다훈의 눈에는 그저 플라스틱 장난감일 뿐이었다.

"어떻게 할까?"

"뭘?"

"우리 인수 합병 말이야."

속이 터진 다훈이었다. 다훈은 이렇게 속이 타들어 가는데 성주는 여유가 있었다.

"조명 좀 꺼 줄래?"

다훈은 이를 갈며 조명을 껐다. 성주는 피부가 약해서 가끔 몸 상태가 저조할 때는 조명도 힘들어했다. 성주가 그의 앞에 앉았다.

"우리 와이프가 임신을 했어."

"그래, 축하해. 전에도 말하지 않았나?"

"맞아, 그런데 쌍둥이야. 나처럼 말이지."

"……."

"차라리 딸이면 좋을 텐데, 아들이래. 우리 집안은 대대로 딸이 없었어. 다 아들이었지. 그래서 이상하게 꼬이는 거야."

성주가 하는 말이 뭔지 알 것 같았다. 자신과 쌍둥이 형의 이야기였다. 그래서 그의 아이 중의 하나는 형처럼 불행한 삶을 살아야 하고 다른 한 명은 죄책감으로 평생을 살아야 한다는 말이었다.

"아닐 수도 있지 않을까?"

"아니, 이제껏 그 누구도 예외인 적은 없었어."

"넌 너희 할아버지처럼 안 그러면 되는 거 아니야?"

"내가 아니라 우리 할아버지가 내 아이들에게 못된 짓을 할 것 같아서 그래. 우리 형에게 했던 것처럼 말이야."

성주나 그나 아버지, 할아버지의 복이 없었다. 자식들에게 어쩜 그리 모진 짓을 하는지. 용서할 수가 없었다.

"난 우리 아버지에게 세상의 따끔한 맛을 보여 주고 싶어. 너도 그런 거 아니야?"

"맞아."

"네 쌍둥이 형이 이 문제는 바로 해결해 줄 것 같아. 난 우리 아버지가 다솜이가 당한 것처럼 당했으면 좋겠어."

성주는 아무런 말을 하지 않았다.

11년 전의 사건의 자초지종은 이랬다. 어릴 때 아버지의 폭력적인 성격과 변태적인 성욕 때문에 어머니는 그들을 두고 자살을 선택했다. 그리고 정말 몇 달만에 아버진 어머니의 대타로 어머니의 비서였던 여자를 부인으로 맞았다.

그 정도라면 다훈도 이해했을 텐데 아버진 다솜에게 인간이면 하지 말아야 할 짓을 했고 그걸 다은과 그에게 들키고 말았다. 다훈은 아버지와는 조금 다른 이유로 다은을 미워했다. 자신의 아버지의 가장 수치스러운 장면을 다은이 목격했기 때문이었다.

다은을 없애면 아버지가 벌인 악마 같은 짓은 그만 알게 되는 것이다. 그리고 다솜은 죽고 그에게 수도 없이 싫다는 말을 했었다. 그래서 다솜도 같이 죽이려고 했다. 그러면 모든 게 제자리로 돌아갈 거란 생각이었다.

다훈은 복잡한 게 싫었다. 처음엔 사람을 사서 죽이려고 했지만 그러면 나중 일이 복잡해질 것 같아서 그때 아버지에게 깊은 원한을 가진 김 기사를 이용했다. 그렇게 다은과 다솜을 다 처리할 줄 알았는데 다은은 끝까지 살아남아 그의 속을 긁어 대고 있었다.

"그때 죽었어야 했어."

"누가?"

"아니야, 넌 어떻게 할 거야. 그냥 할아버지에게 쌍둥이 가졌다고 말하면 안 되는 거야?"

"그러면 우리 아기는 빛도 보지 못하고 죽을걸?"

다훈은 생각이 많아졌다.

"석현이에게 이 사장을 처리하라고 해. 그러면 네 손에 피 묻힐 일은 없잖아?"

성주는 가끔 아주 바른 소리를 해서 그를 놀라게 했다.

"그래도 되겠어?"

"응, 난 상관없어."

"고마워."

다훈의 입가에 미소가 번졌다. 이제 다훈은 진정한 복수를 하고, 아버지의 돈을 가지고 편안한 여생을 보내기만 하면 되었다.

이 사장은 어두운 밤길을 싫어했다. 그래서 언제나 퇴근길엔 경호원들을 대동하고 다녔다. 사람이 죄를 많이 지으면 그런 것일까? 이 사장은 태강산업을 만든 그때부터 지금까지 남을 짓밟으며 성장했다. 처음엔 동업하던 친구를 억울하게 누명을 씌워 내쫓고 사업을 통째로 꿀꺽했다.

거래처 사장들도 알게 모르게 이 사장에게 피해를 안 본 사람들이 없었다. 남이 잘되는 꼴을 못 보는 사람이었다. 다은은 이런 아버지를 곁에서 지키는 다훈을 이해할 수가 없다고 그에게 말했다.

자신의 동생이 어떻게 죽었는지 알고, 다은과 다은의 엄마가 학대당하는 걸 알면서도 다훈은 아버지의 곁에서 그들을 비웃으며 지켜보았다고도 했다.

석현은 그 이유를 오늘에서야 알았다. 태린의 아는 사람인 종식이 전해 준 서류 안에는 김 기사에 관한 내용이 들어 있었다. 김 기사는 지금 중국에 있지만 다훈 때문에 한국에 못 들어온다고 이를 갈고 있는 모양이었다.

약속한 돈도 다 주지 않았다고도 했다. 다훈은 아버지의 회사를 빼앗을 작정이라고도 했다. 돈에 눈이 먼 인간이라서 제 아버지보다 더하면 더했지, 덜하지 않다는 내용이었다. 그리고 김 기사는 그가 중국으로 떠나기 전에 다훈과 단둘이 나눴던 말들이 녹음된 파일도 보내 주었다.

다훈은 사람이 아니었다. 그 아비에 그 자식이라고 해야 하나? 석현은 종식이 보낸 증거들을 씁쓸한 눈으로 보고 있었다.

현성그룹 본가에 그런 괴물이 있다는 걸 어떻게 알았는지는 모르지만 다훈도 인간의 모습을 한 괴물임에는 틀림이 없었다.

석현은 지금 자신의 차 안에서 이 사장을 보고 있었다.

"어떻게 할까?"

옆자리에 앉은 주하가 그에게 물었다.

"기다려."

석현이 시선이 다훈이 보낸 사람들의 차량을 향했다. 그들은 지금 석현이 자신들을 보고 있는지 모르고 있었다. 그들의 시선은 오직 이 사장에게 향해 있었다.

"친아들이긴 해?"

"응."

"그런데 왜 저래?"

"돈에 눈이 멀어서."

"아무리 그렇다고 해도 자기 동생을 죽이고 아버지까지 그렇게 만들까?"

"아니, 그렇게 할 거야. 저기 봐."

이 사장의 집 앞에서 한바탕 소란이 벌어지고 있었다. 소란이라기보다는 이 사장이 몸부림을 치고 있는 모습이 보였다.

"비참한데? 자기 경호원들 아니야?"

"맞아, 이다훈에게 매수당한 자신의 경호원들이지."

아버지의 경호원들을 매수해서 아버지를 납치하는 아들이었다. 석현은 속으로 이다훈이 가장 악마라는 생각을 했다. 아버질 어디로 데리고 갈까?

"현성그룹 본가로 가."

"왜?"

영문을 모르는 주하가 그에게 물었다.

"아마 그리로 갈 거야. 어쩌면 빨리 끝나겠어."

석현의 눈빛이 반짝였다. 검은 양복을 입고 있는 석현은 상갓집에 가는 것처럼 검은색 넥타이를 맸다. 본의 아니게 이렇게 입고 나왔지만, 오늘 그는 초상을 치를 거라는 확신이 들었다.

"다은이는?"

"다은 씨는 네가 시키는 대로 다른 곳으로 이동시켰어."

"잘했어, 다훈에게 노출된 것 같아서. 너도 당분간 일이 해결될 때까지는 들어가지 마."

"알았어."

석현과 주하는 현성그룹 본가로 향했다.

현성그룹 본가 내에는 사람들의 움직임이 전혀 없었다. 경호원들도 도우미들도 오늘따라 보이지 않았다. 이건 다 김 집사가 사람들에게 이틀 동안 휴가를 주었기 때문이었다. 집 안에는 회장과 김 집사, 그리고 차 사장 부부뿐이었다.

김 집사는 오늘 성주의 도움을 받아 별채 도련님을 다른 곳으로 이동시킬 계획이었다. 회장이 죽기 전에 별장 도련님부터 처리할 게 뻔했기 때문에 하루가 급했다. 그는 성주의 부탁을 하나 들어주는 대가로 별장을 받기로 했다.

김 집사는 집안의 일을 그만두고 도련님과 여생을 함께할 생각이었다. 그게 이 집을 위해 자신이 할 수 있는 마지막 일이라는 생각이 들었다. 그리고 하연과의 약속을 지킬 수 있는 일이기 때문이기도 했다.

"마지막이야."

그는 현성그룹 본가의 어두움을 간직하고 있는 쪽문으로 향했다. 그리고 거기서 그의 마지막 임무를 기다리고 있었다. 성주가 말하길 그놈은 도련님이 죽여도 괜찮을 인간쓰레기라고 했다. 하지만 죽여도 괜찮은 인간은 없다.

어차피 살인은 살인일 뿐이다. 그와 별채의 도련님은 스스로 이 모든 걸 결정한 거다. 그들은 악마였고 절대로 죗값을 치를 수 없었다. 하긴 누가 이런 일을 믿을까? 자신을 흡혈귀라고 믿는 사람이 세상에 존재한다고 말이다.

밖에 차 소리가 들렸다. 쪽문은 산과 마주하고 있어서 사람과 차량의 출입이 거의 없었다. 가끔 길을 잃은 등산객들이 찾아오지만, 그들 중에 무사히 산에서 내려간 사람은 없었다.

철컥!

그가 쪽문을 열자 차에서 사람들이 내렸다. 입마개를 한 사람은 낯이 익었다. 태강산업 이세호 사장이었다. 조금 놀라긴 했지만, 성주가 별장의 키를 쥐고 있는 한 그는 성주의 뜻을 따를 수밖에 없었다.

"어서 오십시오."

"안녕하십니까?"

다훈이 차에서 내렸다. 건장한 남자 둘이 이 사장을 양쪽에서 잡고 있었다.

"으으읍!"

이 사장이 발버둥 쳤다. 누구나 이곳에 오면 발버둥을 치게 되어 있었다. 새삼 놀라운 일은 아니었다. 김 집사는 그들을 데리고 안으로 들어갔다.

"조용합니다."

"오늘은 아무도 없습니다."

"그렇군요."

디리릭!

김 집사가 비밀번호를 누르자 별장의 비밀 문이 열렸다.

"약속은 지키셔야 합니다."

"그럼요."

이 사장을 별장 안으로 밀어 넣기 전에 다훈이 이 사장에게 말했다.

"아버지, 여기서 다솜이가 죽었어요. 아세요? 아버지가 다솜이에게 더러운 짓을 한 걸 다은이만 본 게 아니에요. 어떻게 딸한테 그런 짓을 할 수 있죠? 아버지가 죽어도 울 사람은 아무도 없어요."

그렇게 말을 한 다훈은 아버지를 안으로 밀어 넣었다.

"죽어 버려."

이렇게 한마디를 한 다훈은 철문이 닫히고 이 사장이 몸부림치는 걸 보고 있었다.

"약속은 지키세요."

"당연하죠, 다음 주 월요일에 별장 앞으로 차와 사람을 보낼 겁니다. 그러니 김 집사님도 뒤처리 잘하세요."

"소각장이 모든 걸 다 없앨 겁니다."

김 집사는 다훈이 웃으며 집을 나서는 걸 보았다.

성주는 다훈의 집 안에서 그를 기다리고 있었다. 모든 일에는 때가 있는데 오늘이 딱 그 때였다. 다훈은 아버지 이 사장을 그의 집에서 처리하려 들었다. 그것도 그의 형님에게 말이다. 말은 안 했지만, 성주는 형님을 이용하는 다훈이 싫었다.

그런 병을 앓고 태어나는 사람들의 마음을 다훈은 모를 것이다. 성주는 다훈과 어울리면서 자신의 정체를 숨겼다. 비상한 머리를 가지고 있었지만, 그는 일부러 멍청한 척하며 살았다. 그래야 모든 사람의 타깃이 되지 않기 때문이었다.

성주는 사업을 물려받고 싶지 않았다. 그는 이렇게 인정머리 없는 곳에선 살고 싶지 않았다. 아내가 아이를 낳으면 그는 캐나다로 가서 아이들과 조용하게 살 생각이었다. 아이들이 어떻게 태어날지가 고민이었지만, 그는 형과 같은 아이가 태어나도 잘 기를 생각이었다.

다훈이 나쁜 짓을 할 때 그가 가만히 두었던 건 세상을 살고 싶지 않았기 때문이었다. 하지만 아내를 만난 후부터 그는 새로운 사람이 되었다. 이제는 정말 조용하게 살고 싶었다.

"왔어?"

다훈이 집 안으로 들어오면서 말했다.

"일은?"

"잘 처리됐어. 이제 너의 일만 처리하면 되는데……."

"네 일 먼저 처리해. 난 아직 시간이 있으니까."

성주는 소파에 앉아 핏빛 와인을 마셨다.

"붉은 벽돌 별채에 들어가지 않겠다고 얼마나 버둥거리는지……."

다훈은 자신의 아버지를 비웃었다. 아버지를 죽게 한 것에 대한 미안함이라고는 없어 보였다. 그러니 자신의 동생들까지 그렇게 만든 것이 아닐까? 성주는 솔직하게 다훈이 자신도 죽이는 게 아닐까 하는 생각도 했었다.

"그래서?"

"내가 처넣었지."

"왜 그렇게 아버지가 미운 거야?"

성주는 솔직히 그가 왜 이러는지 궁금했다.

"꼭 그렇진 않아. 난 돈이 필요하고 아버지가 없어져야 하니까."

"다솜이에 대한 복수 아니었어?"

"아니야, 다솜이도 내가 처넣었는데?"

다훈은 완전 소름 끼치는 얼굴을 하고 그에게 말했다.

"그렇구나."

와인을 잡은 손이 떨렸지만, 성주는 최대한 아무렇지 않은 척하며 말했다.

"건배나 하자."

아버지를 죽이고 건배라니. 다훈이 이 정도로 사이코패스인 줄
은 상상도 하지 못한 성주였다.

이제 모든 준비는 끝이 났다. 늦은 저녁 모두가 잠이 든 시간에
석현은 현성그룹 본가 앞에 서 있었다.

"준비가 다 됐습니다."

석현이 고개를 끄덕이자 사람들이 일사불란하게 안으로 움직였
다.

"무슨 일이십니까?"

김 집사가 경찰과 석현을 보고는 놀란 얼굴로 물었다.

"조사할 게 있어서 왔습니다."

"조사라니요?"

"이 집에 사람이 납치되어 있다고 신고가 들어와서요."

"여기가 어딘지 알고 이러십니까?"

"네, 여기 수색 영장이 있으니 협조해 주시기 바랍니다."

경찰이 안으로 들어가려 하자 김 집사가 끝까지 저항했다. 하지
만 경찰들에게 밀려 그도 더는 저항할 수가 없었다. 모든 사람을
쉬게 한 그의 잘못이었다.

"열어요."

"……."

"비밀번호 모릅니까?"

"모릅니다."

"그럼 회장님께 물어봐야 합니까?"

"회장님도 모르십니다."

"어허, 이 사람이 왜 이렇게 답답하게 구는 거야?"

벌써 몇 분째 실랑이를 벌이고 있었다.

디리릭!

모두의 시선이 석현을 향해 있었다. 그는 미리 알고 있던 비밀번호를 누르고 문을 열었다.

"뭐, 뭐 하는 거야!"

김 집사가 미친 사람처럼 달려들었지만, 경찰이 그를 붙잡았다.

"문을 열면 안 돼! 그럼 다 죽어."

철컥!

문이 열렸다. 그리고 경찰들이 안으로 들어갔다.

"왜 이렇게 깜깜해?"

경찰들이 랜턴을 들고 안을 살피기 시작했다. 그리고 그 안에 누워 있는 이 사장을 발견했다.

"주, 죽었는데요?"

"죽어?"

"심장이 뛰지 않습니다."

이건 석현도 예상하지 못한 일이었다. 놈은 석현이 김 집사 몰래 빼돌렸다. 김 집사를 성주가 불러낸 사이에 벌인 일이었다. 비밀번호는 성주가 알려 주었다. 비밀번호는 성주와 놈이 태어난 날이었다.

"다른 사람은?"

"없습니다."

"이 사람이 왜 여기에 있는지 모릅니다."

"그건 경찰서에 가서서 확인하면 될 일입니다."

경찰은 이렇게 말하고는 김 집사를 끌고 갔다. 밖이 소란스러웠는지 집안의 어른들이 다 나왔다.

"뭐야?"

차 회장이 노기 어린 시선으로 경찰들을 보았다.

"내 집에서 뭐 하는 짓이야?"

"집에서 납치 살인 사건이 있었습니다."

"뭐?"

"태강산업 이세호 사장이 죽었습니다."

구급차 소리가 요란하게 들리고 이 사장의 시신이 수습되자 차 회장도 가만히 상황을 지켜보고 있었다.

"조사를 해 봐야 알겠지만 김 집사의 단독 범행인지, 아니면 다른 공범이 있는지는 확인해야 할 것 같으니 협조 부탁드립니다."

"우리가 범인이라는 말이야?"

차 회장이 휠체어에서 뒷덜미를 잡았다.

"아버지!"

차 사장은 자신의 아버지 곁에서 전전긍긍했고 그는 어머니의 손을 잡고는 경찰들과 함께 그 집에서 나왔다.

"어머니, 괜찮으세요?"

"……."

어머니는 약 기운에 멍한 상황이었다. 그는 어머니를 모시고 곧바로 병원으로 향했다. 병원에선 약물중독이라는 진단을 내렸다. 석현은 이제라도 어머니를 모시고 나온 건 정말 잘한 일이라고 생각했다.

"경찰에서 놈의 조사를 해야 할 것 같다고……."

주하가 옆에서 그에게 말했다.

"병원에서 난리야. 놈이 자신이 흡혈귀라고 하면서 난리를 치나 봐."

"치료하면서 죗값도 받아야겠지."

석현은 사람을 죽인 건 어떤 상황에서도 용서가 되지 않는다고 생각했다.

"그런데 이다훈이 사라졌어."

"곧 나타날 거야."

이 모든 사단의 원인인 이다훈이 미꾸라지처럼 사라졌다. 하지만 그는 자기 손으로 다훈을 잡을 생각이었다.

다은은 석현의 차에서 그를 불안하게 끌어안았다. 그의 품에 파고들면 마음이 편했는데 오늘은 아니었다.

"다은아……."

머릿속에선 태린이 꺼내 달라고 아우성이었다. 다은은 태린의 존재가 세상에 나오는 게 싫어서 마음을 진정시키기 위해 노력 중이었다.

"괜찮은 거야?"

"네, 괜찮아요."

다은은 심호흡하고는 차에서 내렸다. 그리고는 아버지의 시체가 있는 영안실로 향했다. 다은은 얼굴이 일그러져 죽어 있는 아버지의 모습을 멍하게 보았다. 시체라고 하면 무섭고 징그러울 줄 알았는데 아무런 감정도 들지 않았다.

죽을 때 공포에 질려 죽었다는 생각이 들었다.

"심장 마비입니다."

의사는 계속해서 사인에 대해 이야기를 하는데 다은의 귀에는 들리지 않았다. 그냥 아버지의 얼굴을 바라보기만 했다. 언니를 그렇게 죽음으로 몰고 가더니 본인도 곱게 죽지는 못했구나, 라는 생각이 들었다.

"보호자님, 장례식은 병원에서 치르실 건가요?"

"……아뇨."

"다른 장소에서 하실 건가요?"

"아니요, 바로 화장할 겁니다."

다은이 단호하게 말했다. 다은은 아버지의 뼛가루를 바다에 뿌릴 생각이었다. 그의 뼛가루조차 이 땅에 함께하고 싶지 않았기 때문이었다.

"다은아……."

그녀가 영안실에서 나오자 석현이 꼭 안아 주었다.

"괜찮아, 이제 끝났어."

"아뇨, 오빠가 있잖아요."

"곧 잡힐 거야."

그의 말에 안심이 되어야 하는데 다훈이 잡힐 때까지는 안심이 안 될 것 같았다. 석현은 다은이 그녀의 집보다는 다른 곳에 있기를 원했다. 하지만 엄마를 집에 혼자 두고 싶진 않아서 그녀는 집으로 돌아가기로 했다.

집에 들어가자 엄마가 멍하게 소파에 앉아 있었다.

"괜찮아?"

"응, 기분은 좋은데 왜 이렇게 눈물이 나는지 모르겠다."

"엄마……."

"미안했어. 엄마가 널 지켜 줬어야 했는데, 엄마가 너무 무능력했다."

"아니야."

그녀는 한참 동안 엄마를 안아 주었다.

"엄마가 날 보호해 줬어. 엄마가 없었다면 난 진작에 다솜 언니처럼 됐을 거야. 엄마의 마음 다 아니까. 너무 신경 쓰지 마."

"다은아……."

"이제 엄마는 내가 지켜 줄게."

엄마가 그녀의 품에서 울기 시작했고 그런 둘의 모습을 한 집사가 안쓰러운 눈길로 바라보고 있었다. 석현이 한 집사에게 절대로 다훈을 집 안에 들여보내서는 안 된다고 말했고 경호원들도 비치해 두었다.

전에 근무하던 경호원들과 도우미들은 한 집사님을 제외하고는 모두 해고되었다. 다훈에게 매수된 사람들이었기 때문이었다.

"다훈 오빠가 왜 그랬을까?"

"원래 다훈이는 욕심이 많았어."

"관심이 없어 보이던데?"

"아니야, 아버지의 사업 장부를 서재에서 매번 확인하곤 했어. 다솜을 예뻐하는 아버지가 불안했던 거지. 다솜에게 재산을 다 넘길까 해서."

처음 듣는 말이었다.

"오빠가 다솜 언니를 경쟁 상대로 생각한 거야?"

"그런 것 같아."

다은은 오늘 너무 충격적인 일을 많이 겪어서 오히려 이 소식이 충격적이지 않았다.

"엄마는 좀 쉬어."

다은은 어머니를 쉬게 하고 한 집사를 불렀다.

"네, 아가씨."

"엄마를 잘 지켜 주세요."

"어디 가시게요?"

"아니요, 다훈이 오빠 때문에 불안해서요."

"너무 걱정하지 마세요."

그녀는 한 집사님이 엄마를 많이 생각한다는 걸 알았다. 엄마가 힘들 때마다 집사님이 많은 도움을 주셨다는 것도 알았다. 그래서 엄마를 부탁했다. 지금 엄마는 따뜻한 위로가 필요한 상황이란 걸 다은은 알았다.

Chapter 10

다훈은 차 안에서 이를 갈며 태강산업 본가를 바라보았다. 이렇게 뒤통수를 맞을 거라고는 상상도 못 한 상황이었다. 태강그룹은 지금 경영 부재인 상황이었다. 조금 더 서둘러서 아버지를 처리하고 회사를 팔아넘겼어야 했다.

그리고 평생을 놀고먹으며 그렇게 편하게 살아야 하는 건데, 일이 너무 꼬여 버렸다. 이제 나머지 돈이라도 챙겨서 이 나라를 뜨는 수밖에 없었다. 하지만 당장 가진 돈이 얼마 되지 않았다. 현금을 뽑거나 카드를 쓴다면 붙잡힐 게 분명했다.

"어쩌지?"

그런데 그때였다. 갑자기 차 문이 열리더니 남자 둘이 차에 올랐다.

"너희는 누구야?"

경찰인 줄 알았는데 아닌 것 같았다.

"설마, 차석현이 보낸 거야?"

"……."

"개자식!"

그는 남자들에 의해 어딘가로 끌려갔다. 산속의 병원이었다. 여기서 사람이 죽어도 모를 것 같았다. 다훈은 남자들의 손에 거칠게 차 밖으로 끄집어져 나왔다.

"여기가 어디야?"

"가 보면 알지 않을까?"

다른 차에서 내린 남자가 그에게 말했다. 그의 차를 쫓아온 모양이었다.

"차석현 어딨어? 그놈 불러와."

"말은 가려서 하는 게 좋을 거야."

그들은 다훈을 데리고 병원 안으로 들어갔다. 끝이 없는 복도에는 이상한 사람들이 많이 있었다. 마치 정신 병원 같은 느낌이었다. 이런 곳에 갇힌다면 아무도 모를 것 같았다.

"설마……."

그럴 리가 없었다. 그가 이렇게 허망하게 갇힐 리가 없었다. 이제 아버지의 재산을 정리만 하면 모든 게 끝인데…….

그러나 다훈은 한 방에 갇히게 되었다. 방 안에는 침대도 없고 아무것도 없었다.

"뭐지?"

어두운 방 안에 이렇게 있으려니까 좀 불안했다. 거기다가 옆방에서 들리는 비명과 노랫소리, 웃음소리가 사람을 미치게 만들고 있었다.

"미쳐 버리겠군. 아무도 없어? 야!"

그가 소리쳤지만, 소용이 없었다. 그런데 그때 갑자기 문이 열리더니 누군가가 안으로 들어왔다. 환자복을 입은 마른 남자였다. 머리는 완전히 삭발이 되어 있었고 깡마른 몸은 툭 치면 부러질 것 같았다.

"누구야?"

"나?"

남자의 목소리는 완전히 허스키했다. 고개를 옆으로 갸우뚱하며 그를 신기하게 보는 남자의 눈동자는 하얀색이었다. 앞을 못 보는 장님인 것 같았다.

"꺼져!"

"……."

남자가 그의 말에 또다시 고개를 갸우뚱했다. 그때는 몰랐지만,

눈이 어두운 남자는 소리로 그가 어디 있는지를 찾는 것이었다. 왠지 느낌이 불안했다.

"너, 너 혹시……."

"맞아."

"아악!"

그가 빠르게 달려와 그에게 달려들었다. 어찌나 빠른지 그를 당해낼 수가 없었다.

"아아아악!"

그에게 매달려 어깨를 물어 버린 남자는 사람이 아니었다.

우드득!

"아악, 사람 살려!"

뼈가 바스러지도록 강하게 무는 남자를 다훈은 몸에서 떼어 낼수가 없었다. 이대로 죽을 순 없었다. 다훈은 온 힘을 다해 남자를 밀어냈지만, 소용이 없었다.

그때 문이 열리고 사람들이 들어와 남자를 떼어 냈다. 그리고 다훈을 수술실로 데리고 갔다.

"……."

정신이 아득해지려는데 의사들의 말이 들렸다.

"치료하고 또 둘을 붙여 놓는 거야?"

"네, 그렇다고 하더라고요. 8번 방 환자보다 이놈이 더 나쁜 놈이래요."

"계속해서 지옥의 맛을 보겠군."

"……."

다훈은 소리를 지르고 싶었지만, 마취제 때문에 눈이 저절로 감겼다. 여기서 이렇게 죽고 싶지 않았다.

한 달 후,

모든 것이 해결되고 잠잠해졌다. 다은은 지금 태강산업 본사에 출근해서 사장 대행을 맡고 있었다. 상황이 이렇게 될 줄은 몰랐지만 결국 그녀는 아버지의 사업을 물려받게 되었다.

다훈은 아버지를 납치하고 살인 교사한 혐의로 재판 진행 중이었고, 정신 이상 소견이 있어서 지금 정신 병원에 수감 중이었다.

매일 놈과 한 방에 있다면 그녀도 미칠 것 같았다. 놈도 그동안의 살인 사건과 연관되어 있다고 했고 김 집사 또한 구속된 상황이었다. 모든 게 안정되어 가는 중인데 다은은 석현의 얼굴은 한 달째 못 보고 있었다.

가끔 전화로 통화는 했지만, 그도 바쁜 상황이라서 다은은 참는 수밖에 없었다.

"사장님, 회의 들어가실 시간입니다."

"네."

그녀는 3층 회의실로 향했다. 오늘은 현성그룹과 태강그룹 간의 합병에 대한 실질적인 조율이 있는 첫날이었다. 그녀가 회의실에 들어가 앉아 있었다. 지루한 시간이 될 게 분명했다.

"안녕하십니까?"

잠시 후 현성 철강의 임원들이 안으로 들어왔고 그 가운데 석현이 있었다.

"……."

놀란 다은의 옆에 석현이 앉았다. 그리고 그들의 관계를 모르는 임원들도 자리에 앉았다.

"어떻게 된 일이에요?"

"현성그룹의 일을 봐 주고 있어. 다음 달에 내가 현성그룹 사장이 될 것 같아."

놀라운 일이었다. 회장이 상태가 위독하다는 소리는 들었지만 이렇게 그가 주도권을 잡게 될 줄은 몰랐었다.

"태강산업과 현성그룹의 합병에 대한 구체적인 사안들이 적힌 자료입니다. 인수 규모나 태강산업 노조의 요구 조건이 기록되어 있습니다."

태강그룹의 이사가 진행을 시작했다. 하지만 다은은 집중할 수가 없었다. 석현의 손이 다은의 허벅지를 쓰다듬고 있기 때문이었다. 다은이 눈빛으로 경고를 보냈지만, 석현을 막을 수 없었다.

회의가 진행되는 내내 그는 다은의 몸을 만지느라 정신이 없었다.

"점심 식사 후 1시에 다시 이 자리에 모이겠습니다."

회의가 끝나기가 무섭게 석현은 다은의 손을 잡고는 그녀의 사무실로 향했다.

"오늘 도대체 왜 이러는 거예요?"

석현이 그녀의 사무실 문을 잠그고 빠르게 다가왔다.

"석현 씨! 읍!"

그가 다은의 뒤통수를 한 손으로 감싸고 다른 한 손은 허리를 감싼 채 강하게 키스해 왔다.

"으으읍!"

"참느라 죽는 줄 알았어."

그들의 혀가 뜨겁게 얽히며 서로의 몸을 빠르게 만졌다.

우르르.

다은의 책상 위의 물건들을 바닥에 밀어 버린 석현은 그녀를 책상 위에 앉혔다. 그리고 책상의 양쪽에 손을 짚고는 그녀를 책상과 그 사이에 가두었다.

"사람들이 들어오면……."

다은은 불안한 눈으로 문을 바라보았다.

"절대로 안 들어와. 문밖에서 수빈이 지키고 있으니까."

"설마……."

"수빈이 정도 되는 노련한 비서라면 사장이 뭘 원하고 있는지 알지."

그의 손이 허벅지를 타고 치마 안으로 미끄러지듯이 들어왔다.

"얼마나 그리웠는지 알아?"

그의 목소리가 욕망으로 인해 잠겨 들었다.

"그런데 왜……?"

그리웠다면서 그는 거의 연락조차 하지 않았다.

"잠을 잘 시간도 없이 바빴어."

"그랬군요……. 읍!"

그가 다시 그녀의 입술을 뜨겁게 삼켰다. 그리고는 치마를 허리까지 올렸다.

"여기서는……."

"여기서는 뭐?"

"그게……."

차마 말을 할 수가 없었다. 사무실에서 섹스라니……. 어느새 그녀의 블라우스는 단추가 다 풀어져 있었고 브래지어는 가슴 위로 올라간 상태였다. 옷을 벗고 있는 것보다 더 퇴폐적인 모습이 되어 있었다.

"섹시해."

봉긋하게 솟아오른 가슴에 분홍색 유두는 석현의 입안으로 사라졌다. 어찌나 거칠게 짜는지 유두가 아파졌지만, 다은도 지금 흥분한 상황이라서 고통보다는 쾌감을 더 느꼈다. 순간 다은의 몸이 굳었다.

밖에서 사람들의 소리가 들렸기 때문이었다.

"그 누구도 방해 못 해."

석현은 이렇게 말하며 그녀의 다리를 벌렸다. 그녀의 여성이 그대로 드러났다.

"석현 씨!"

"괜찮아."

그는 이렇게 말하며 자신의 버클을 풀었다. 그의 다리 사이에 페니스가 그 위용을 드러냈다. 다은은 저도 모르게 책상 위로 누웠다. 석현은 그녀의 다리를 더 넓게 벌리고는 페니스 대신 손가락을 그녀의 질 안으로 집어넣었다.

"그리웠어."

"하아……."

그녀는 저도 모르게 허리를 활처럼 휘었다. 석현은 더는 참을 수 없는지 자신의 페니스를 그녀의 질 안으로 밀어 넣었다.

"윽!"

오랜만의 섹스라서 다은은 그의 흥분한 페니스를 받아들이는 게 쉽지 않았다.

"너무 보고 싶었어."

석현은 허리를 강하게 움직일 때마다 그녀에게 그동안의 그리움을 말했다. 그는 정말 그녀가 보고 싶었던 것일까? 아니면 섹스가 하고 싶었던 것일까? 다은은 헷갈리기 시작했지만 지금 이 순간만은 그와 하나가 되고 싶었다.

"헉헉……."

"아흐……."

그가 마지막 분신을 다 쏟아 내고 그들은 그녀의 책상 위에 그대로 있었다.

"오늘 밤에 집으로 올래?"

"오늘은 괜찮아요?"

"응, 8시쯤이면 좋을 것 같아."

"알았어요."

그녀는 이렇게 말하고는 서둘러 자리를 정리했다. 센스 있는 오 실장이 샌드위치를 주문해 줘서 다행히 점심은 거르지 않고 먹을 수 있었다.

퇴근 후에 다은은 집이 아닌 백화점으로 향했다. 오랜만에 석현과의 시간을 좀 더 짜릿하게 보낼 방법을 찾았기 때문이었다. 그녀는 레이스로 된 얇은 슬립과 가운을 샀다. 그리고 화장품 코너에서 야릇한 향수와 버블 입욕제를 사 들고 석현의 집으로 향했다.

디리릭!

비밀번호를 누르고 들어간 다은은 여전히 썰렁한 그의 집 때문에 걱정이었다.

"인테리어를 바꿔야 해."

그녀는 이렇게 말을 하며 욕실로 향했다. 샤워를 하기 위해 다은은 옷을 벗고 거울을 보았다. 화장을 지우는 다은의 손길은 행복했다. 하지만 거울 속의 다은은 행복한 표정이 아니었다.

「그렇게 좋아?」

태린이 그녀를 비꼬는 얼굴을 하고 있었다.

"상관하지 마."

「일이 다 해결된 것 같아?」

태린은 항상 그녀 안에 있는 것 같았다.

「석현 씨는 섹시한 날 좋아하지 멍청한 널 좋아하지 않아.」

"아니야."

「사랑한다는 말 들었어?」

"……."

「난 들었는데.」

태린의 한마디에 무너져 내리는 마음은 어쩔 수가 없었다.

"아니, 오늘도 나와 섹스했어."

「어차피 우린 같은 몸이야. 석현이 사랑하는 건 나라고.」

다은은 머리가 아프기 시작했다. 왜 이렇게 힘든 건지 모를 일이었다. 석현은 그녀를 좋아했다. 하지만 사랑이라는 감정엔 자신이 없었다.

"어쩌지?"

「어쩌긴. 넌 꺼지면 되는 거야.」

태린 때문에 속이 너무 상했다. 하지만 그녀의 말에 반박할 수가 없었다. 다은은 차가운 물에 샤워했다. 정신을 차리려야 했다. 그녀를 위해 어려운 일을 처리해 준 석현이 그녀를 사랑하지 않을 리가 없었다.

그건 태린의 일이 아닌 다은의 일이었다.

"아니야, 분명히 석현 씨는 날 사랑해."

다은은 샤워기의 물줄기를 맞으며 울었다.

「울지 마, 바보야. 그냥 넌 이제 쉬면 되는 거야. 뭘 그렇게 힘들게 살아?」

태린의 말에 다은은 자신이 자꾸만 가라앉는 느낌이 들었다. 아니 가라앉고 있었다.

"이러면 안 되는데……."

태린에게 정말 몸을 빼앗기는 것 같았다.

석현은 다은을 위해 장미 꽃다발을 사 들고 집으로 가는 중이었다. 이제 어느 정도 정리가 되니 다은을 편하게 볼 수 있을 것 같았다. 그에게 다은은 너무나 특별한 사람이었다. 오늘 그는 다은에게 정식으로 프러포즈를 할 생각이었다.

주머니에 들어 있는 반지의 무게가 기분 좋게 느껴지고 있었다. 집 안에 들어서자 기분 좋은 향이 느껴졌다. 다은이 먼저 와서 그를 기다리는 게 분명했다. 소파로 다가간 석현의 표정이 굳었다.

다은이 아닌 태린이 요염한 자세로 그를 보고 있었다. 검은 레이스 슬립 안은 아무것도 입지 않았고 머리도 길게 풀어 한쪽 어깨에 늘어뜨려 놓고 있었다. 그녀의 하얀 피부가 달빛에 아름답게 빛나고 있었지만, 석현은 그녀를 안고 싶은 마음이 없었다.

"꽃이네요?"

"응."

"날 위한 건가요?"

"응, 다은이를 위한 거야."

석현은 태린의 표정이 순간적으로 굳었다가 다시 돌아온 걸 놓치지 않았다.

"예뻐요."

태린이 그에게 손을 뻗었다. 석현은 내키지 않았지만 태린에게 장미를 건넸다.

"내가 빨간 장미를 좋아하는지 어떻게 알았어요?"

"다행이야, 다은이가 장미하고 닮아서 산 거야."

그는 끝까지 태린이란 말을 하지 않았다.

"오늘은 왜 부른 거예요?"

"그동안 못 맛났으니까. 밥이나 같이 먹으려고."

그는 재킷을 벗고는 곧바로 주방으로 향했다. 원래 그가 원했던 순서는 이런 게 아니었지만, 지금은 어쩔 수가 없었다.

"뭐 만들어 줄 거예요?"

태린이 그의 뒤로 와서 그의 허리를 끌어안았다.

"스테이크."

"맛있겠다."

"응."

그는 자신의 몸이 굳는 걸 느낄 수 있었다. 왜 이렇게 거부감이 드는 걸까? 그는 다은이 그를 안았을 때와 지금은 많은 차이가 있음을 알았다. 석현이 사랑하는 사람은 다은이지, 태린이 아니었다.

한 몸이지만 둘은 달라도 너무나 달랐다.

"나중에 먹으면 안 돼요?"

"배고파."

태린의 손이 그의 바지 앞섶을 만지고 있었지만, 그는 신기할 정도로 반응이 없었다. 회사에서 미친 듯이 다은을 안았을 때와는 확실하게 다른 느낌이었다.

"밥부터 먹자."

"알았어요."

그는 스테이크를 구워 빠르게 저녁을 차렸다. 석현은 전부터 태린을 다은의 몸에서 분리할 방법을 찾고 있는 중이었다. 왜 그렇게 다은과 태린은 분리가 안 되는 건지 알 수가 없었다. 영화에서 보면 다중 인격이라고 해서 몇 개의 인격이 튀어나오는데, 다은의 경우엔 태린이 전부인 이중인격이었다.

석현은 바쁜 게 끝이 나면 다은과 함께 상담을 받을 생각이었다. 하지만 이렇게 불쑥 튀어나오는 태린은 정말 감당하기 힘이 들었다.

오늘을 무사히 넘기면 내일부터라도 병원에 가야 할 것 같았다.

"왜 그렇게 말이 없어요?"

"어?"

갑자기 스테이크를 먹다 말고 태린이 옷을 벗었다. 나체의 여자와 식사를 하는 건 그리 반가운 일이 아니란 걸 석현은 지금 뼈저리게 느끼고 있었다.

"나 어때요?"

"예뻐."

"안고 싶지 않아요?"

"……피곤해."

그는 솔직하게 피곤한 상황이었다. 이렇게 여자 하나가 그를 정신적으로 피곤하게 만든 적은 없었다.

"다은이는 회사에서도 안았으면서……."

"태린아."

"그래, 나 태린이에요."

"읍!"

그가 뭐라고 할 틈도 없이 태린이 그에게 달려들었다. 입을 맞추는 태린을 그가 재빨리 떼어 냈다.

"난 다은이를 사랑해."

"뭐?"

"다은이를 사랑해. 그러니까 다은이를 불러 줘."

"싫어, 다은이는 이제 없어. 오로지 이태린뿐이야."

"다은아……."

석현은 정말 다은을 사랑하는 눈빛으로 태린에게 손을 뻗었다. 그는 태린을 바라지 않았다. 석현은 분명히 다은을 원했다.

태린은 다은을 사랑하는 그가 용서되지 않았다.

"다은아……."

그가 다은의 이름을 다시 한 번 부르자 태린의 눈이 뒤집혔다.

스테이크를 썰던 그 무딘 칼을 손에 든 태린은 석현을 원망의 눈길로 노려보았다.

"태린아, 칼 내려."

"그래 난 태린이야. 그러니까 제발 날 사랑한다고 해 줘."

"아니, 난 다은이를 사랑해. 너희 둘이 한 몸일지 몰라도, 나에겐 다은이뿐이야."

순간적인 일이었다. 태린은 석현에게 그대로 달려들어 칼로 그의 배를 찔렀다. 순간적으로 배가 타는 느낌이 들었다. 그리고 숨조차 쉴 수 없는 고통이 밀려들었다.

"윽!"

눈을 내려 아래를 보니 칼이 배에 꽂혔다.

"난 태린이야⋯⋯."

태린이 무릎을 꿇고는 그를 바라보며 울부짖었다.

"다은아, 제발⋯⋯."

그는 고통 속에서도 다은을 찾았다. 칼을 빼고 싶지만, 손에 힘이 들어가지 않았다. 칼을 손에 쥐자 피가 그의 옷으로 점점 배어 나오고 있었다.

"다은아, 사랑해⋯⋯."

마지막이란 생각이 들었다. 그래서 그의 마음을 말해 주고 싶었다.

"아악!"

태린이 미친 듯이 머리를 쥐어뜯기 시작했다. 석현은 겨우겨우 핸드폰을 꺼내 직접 구급차를 불렀다. 이렇게 죽기는 싫었다. 피는 멈추지 않고 계속 나왔다. 다은도 속에서 태린과 싸우는 모양이었다.

"석현 씨……."

다은이 돌아온 것 같았다.

"이게…… 어떻게 된 거예요?"

"아니야……."

피를 많이 흘린 탓인지 석현의 의식은 점점 사라지고 있었다.

눈을 떠 보니 병원이었다. 다행히 천국행 열차는 타지 않은 것 같았다. 그의 옆에는 다은이 고개를 숙이고 뭔가 중얼거리고 있었다.

"제발 살려 주세요."

그녀는 기도 중이었다. 석현은 다은을 내려다보았다.

"다시는 저 자신에게 지지 않겠습니다. 제발 살려 주세요. 제가 처음으로 저 자신보다도 더 사랑한 사람입니다."

"……."

"제발…… 이 사람이 살 수만 있다면 절 대신 데려가세요."

정말 눈물 없이는 들을 수 없는 구구절절한 기도였다.

"하나님, 부처님, 알라⋯⋯."

"너무 다국적이야."

웃음이 나오는데 배가 너무 아파서 그는 이를 악물었다.

"석현 씨⋯⋯."

다은의 눈에 눈물이 가득 고였다. 얼굴은 눈물 자국 투성이였다.

"미안해요⋯⋯."

"다은이 그런 게 아니잖아."

"하지만 내 탓이에요. 제가 조금 더 강해서 태린이가 나오지 않게 막았어야 했어요. 미안해요⋯⋯."

다은이 울기 시작했다.

"다은아, 오히려 잘된 일이야. 이제 다은이가 태린이 못 나오게 노력하면 돼."

"⋯⋯."

"나랑 상담받으러 다니자. 좋은 결과가 있을 거야."

"네⋯⋯."

다은이 그를 안으며 울었다.

"윽!"

"앗, 미안해요."

또다시 다은의 울음보가 터졌지만, 그는 다은을 다정하게 안아 주었다.

"이렇게 말하는 게 좀 그렇지만…… 사랑해."

"……."

다은이 그에게서 떨어지며 놀란 표정을 지었다.

"사랑해. 누구에게도 이런 말은 한 적 없어. 이건 맹세해."

"……."

다은이 갑자기 바닥에 쪼그리고 앉더니 울기 시작했다. 오늘 울기로 작정한 모양이었다.

"다은아……."

"당신이 날 사랑하지 않는 줄 알았어요. 물론 좋아하는 건 알았지만…… 사랑과는 다른 거라고 생각했어요."

"사랑해."

"저도…… 사랑해요."

다은이 여전히 쪼그려 앉은 채로 말했다.

"키스 안 해 줄 거야?"

"……다리에 힘이 풀려서 일어날 수가 없어요."

"뭐?"

그가 어이가 없어서 웃었다. 그러자 배가 또 아프기 시작했다.

"오늘은 웃기면 안 돼."

"미안해요."

다은이 그의 곁에 와서 그의 입술에 가볍게 입맞춤을 했다.

"야한 슬립도 사고 같이 욕조에 들어가려고 버블 입욕제도 샀는데……. 다 망쳤어요."

"그랬어?"

"다 봤잖아요? 물론 내가 입은 건 아니지만……."

다은이 뾰로통하게 입술을 내밀었다. 그는 다은의 손을 다정하게 잡아 주었다.

"내가 나으면 다시 해 줘."

"네……."

2주 후.

다은은 매일같이 바쁜 나날을 보내고 있었다. 회사에 다니는 걸 좋아하긴 했지만, 경영하는 게 이렇게 체질에 맞을 줄은 미처 알지 못했었다. 그녀가 사장 대행을 맡고 회사의 분위기도 아주 좋아졌다.

거기에 결혼 상대자가 현성그룹의 후계자니 더더욱 믿음이 가는 모양이었다. 아버지의 소문이 워낙 좋지 않았기 때문에 그녀가 조금만 잘해도 더 잘하는 것처럼 느껴지는 것 같았다. 고맙다고 해야 하는 건지……. 그녀는 씁쓸한 미소를 지었다.

"오늘 저녁에 현성그룹 관계자들과 식사 약속이 있으십니다."

"알았어요."

석현의 몸이 회복되는 동안 그녀는 그를 만나지 않기로 했다. 그래서 퇴원 후에 일주일이나 석현을 보지 못했다. 혹시나 오늘 저녁 식사 자리에 나오면 좋을 텐데……. 은근히 기대해 봤지만 오 실장의 말에 의하면 오늘 석현은 조기 퇴근이라고 했다.

"다른 남자들하고 밥 먹는 건 싫은데……."

다은은 석현이 너무 보고 싶었다.

퇴근 후 다은은 약속 장소로 이동했다. 태강의 임원진들은 따로 약속 장소로 오는 중이었다. 그들이 만나는 장소는 한정식 집이었다. 아주 유명한 곳이라고는 하는데 그녀는 처음이었다.

"이 방입니다."

안에서 아무 소리도 나지 않는 걸 보니 아직 아무도 오지 않은 모양이었다.

드르륵—

문이 열리고 커다란 병풍 아래 석현이 앉아 있었다. 다은은 혹시나 자신이 잘못 본 게 아닌가 해서 눈을 깜빡였다.

"석현 씨……?"

상은 이미 차려져 있었고 석현은 그녀를 기다리고 있는 것 같았다.

"다른 사람들은?"

"안 와. 오늘은 우리 둘뿐이야."

"네? 그런데 술 마셔도 돼요?"

"아니, 이 집은 술도 밥도 잠자리도 다 할 수 있는 곳이라서……."

그의 말에 야릇함이 묻어 나왔다.

"괜찮아요?"

"이리 와서 확인해 봐."

다은은 그의 옆으로 가서 품에 안겼다. 살이 조금 빠진 것 같았지만 석현은 건강한 모습 그대로였다.

"어디 봐요."

다은이 그의 왼쪽 옆구리의 옷을 들어올리자 그가 다은의 손을 잡았다.

"너무 적극적인데?"

"뭐라고 해도 봐야겠어요."

그가 와이셔츠의 단추를 빠르게 풀었다. 그리고는 그녀에게 상처를 보여 주었다. 다은은 민망하게도 상처보다 그의 근육질 몸에 더 시선이 갔다.

"걱정하는 표정이 아닌데?"

"아니에요."

다은은 귀까지 빨갛게 물들었다. 그런 다은을 석현이 가볍게 들어 자신의 무릎 위에 앉혔다.

"내려놔요. 힘들어요."

"아니, 참는 게 더 힘들었어."

석현의 입술이 뜨겁게 그녀의 입술을 삼켰다.

"당신이 곁에 있어서 좋아요."

"나도 그래⋯⋯."

그의 가슴이 들썩이기 시작했다. 다은은 석현의 맨가슴에 손을 가져다 댔다.

"내가 사랑하는 거 알죠?"

"나도 사랑해."

그의 손이 그녀의 상의 안쪽으로 들어와 브래지어에 감싸인 가슴을 잡았다.

"오늘은 거칠지도 몰라."

"상관없어요."

그녀의 상의가 위로 벗겨지고 어느새 바지도 사라졌다. 다은은 속옷만 걸친 채로 이불 위에 누웠다. 그가 뜨거운 눈길로 그녀를 보더니 브래지어와 팬티도 마저 벗겨 버렸다. 그는 옷을 입고 있었고 그녀는 나신이었다.

"왜 그렇게 봐요?"

"너무 예뻐서⋯⋯. 이렇게 예쁜 여자가 내 것이라는 게 기뻐서⋯⋯."

석현의 말에 그녀가 웃었다. 그러자 그가 빠르게 옷을 벗기 시작했다. 저러다가 찢어지는 게 아닌가 싶을 정도로 거친 손놀림이었다.

그때 그의 허리에 난 상처가 다은의 눈에 들어왔다.

"석현 씨……."

"신경 쓰지 마, 이건 다은이 한 게 아니야."

"네, 알았어요."

그는 빠르게 다은의 가슴을 손으로 움켜잡고는 다급하게 유두를 빨기 시작했다. 정말 많이 참고 있었다는 생각이 들 정도로 그는 급했다. 그의 입술이 가슴에서 점점 아래로 내려가더니 그녀의 검은 숲을 삼켜 버렸다.

"아아앙……."

그의 혀가 여성을 가르고 들어오자 다은은 야릇하게 신음했다. 그의 혀가 클리토리스에 닿았을 때, 다은은 더 이상 생각이란 걸 할 수가 없었다. 부드러우면서 촉촉한 그의 혀가 그녀의 작은 돌기를 맹공격했다.

부드러움이란 없었다. 오로지 본능에 충실한 몸짓뿐이었다. 그의 입술은 클리토리스를 핥고 그의 손가락은 질 안으로 밀고 들어왔다. 다은은 석현의 머리카락을 움켜잡으며 신음을 토해 냈다.

옆방에서 들릴 수도 있었지만, 그녀는 이미 상관하지 않았다.

질척거리는 소리가 방 안을 가득 채웠다. 그는 혀를 이용해서 그녀의 여성을 핥기 시작했다. 석현이 주는 짜릿한 쾌감에 다은은 정신을 차릴 수가 없었다.

석현이 몸을 일으켜 다은의 여성에 자신의 페니스를 단번에 넣었다.

"아악!"

"윽!"

그도 오랜만의 섹스에 정신을 놓은 듯이 빠르게 움직이기 시작했다.

"깊이……."

다은이 그에게 더 깊이 넣어 달라고 말하며 그의 엉덩이를 손으로 잡았다. 그는 다은이 원하는 대로 더 깊게 움직이기 시작했다.

"다은아……."

"아아아앙……."

그가 그녀 안에 자신의 분신을 쏟아 냈다. 다은의 몸 위로 포개진 그가 그녀의 입술에 가볍게 입을 맞추었다.

"사랑해."

"저도 사랑해요."

병원에 입원한 후 그는 다은에게 사랑한다는 말을 자주 해 주었다. 그게 힘이 됐는지 이제 태린은 그녀의 밖으로 나오지 않고 있었다. 다행이었다.

그가 갑자기 몸을 일으키더니 뭔가를 그녀의 손가락에 끼워 주었다.

"이건……?"

"사랑해, 나랑 결혼해 주겠어?"

다은의 눈에 눈물이 고였다.

"네, 그럼요. 백번이든 천 번이든 좋아요."

다은이 그의 목에 팔을 감았다.

"사랑해……. 읍!"

이번엔 다은이 먼저 그의 입술에 입을 맞추었다. 그들의 야릇한 프러포즈는 이렇게 뜨겁게 끝이 났지만 야릇한 밤은 이제부터 시작이었다. 석현의 손이 다은의 허벅지를 타고 올라가기 시작했다.

"배고파요."

"밥은 다음에……."

석현은 다은의 몸에서 손을 떼지 못했다. 다은은 그런 석현을 야릇한 눈으로 보며 그들은 나이가 들어도 평생 이렇게 뜨겁게 살 거란 생각을 했다. 다은은 밤새도록 석현의 뜨거운 사랑을 받았다.

아주 아주 진한 사랑을…….

Epilogue

뭐든 최고였다. 웨딩드레스, 메이크업, 그리고 예물까지. 다은이 받은 건 지혜는 상상도 할 수 없는 것들이었다. 너무 엄청나면 부러움도 느끼지 못한다는 걸 깨달았다. 거의 입을 벌리는 수준의 것들이었다.

지혜는 오늘은 다은의 부탁으로 옷을 보러 온 상황이었다. 결혼식은 둘만의 웨딩으로 한다고 했기 때문에 결혼식 준비는 이미 끝이 났고, 신혼여행에서 입을 옷을 사러 온 것이었다. 오늘 들른 매장은 샤넬, 셀린느, 크리스챤 디올 등의 이름만 들어도 벅찬 곳이었다.

"다 산 거야?"

"대충 다 된 것 같아. 석현 씨가 브랜드별로 한 벌씩은 꼭 사야 한다고 해서."

"부러운 년."

"부러워할 것 없어. 너도 수빈 씨가 있잖아."

"……."

"응? 왜 그러는 건데?"

커피숍에 앉자마자 다은이 걱정스럽게 물었다.

"그냥……."

"그냥이 아닌데?"

다은은 그녀의 얼굴을 바라보았다. 그녀의 말을 전혀 믿지 않는 얼굴이었다.

"말해."

"그게……."

차마 입을 뗄 수가 없었다. 아닌 것 같기도 해서 말을 할 수가 없었다. 다은과 무척 친한 사이긴 하지만 그래도 이건 너무 사적인 영역이었다.

"너희 잤어?"

"……어?"

"혹시 아직도야? 만난 지가 언젠데? 설마 아직 키스가 끝인 건 아니지?"

"……맞아."

다은이 고개를 갸웃거렸다.

"그런 말도 하지 않았어?"

"수빈 오빠는 집에 가자고 하는데……. 내가 싫다고 했어."

"수빈 오빠하고 깊은 관계를 맺기 싫은 거야? 아니면 혼전 순결 주의자인 거야?"

"아니……."

"그럼 왜 그렇게 수빈 씨를 거부하는 건데? 수빈 씨가 이유도 모른 채 계속 거부당한 거면 스트레스 많이 받았겠다."

다은의 말을 듣고 보니 그럴 것도 같았다. 벌써 몇 번이나 그런 뉘앙스의 말을 했지만, 그녀가 거절했었다. 수빈은 그녀를 강압적으로 안을 사람은 아니었다.

"진짜 답답하게 연애하네."

다은이 한숨을 쉬며 말했다.

"어쩌지?"

"어쩌긴. 싫으면 헤어져야지. 붙잡고 있으면 뭐 해? 그리고 좋으면 잡아야지."

"……좋아해."

"그럼 잡아야지. 끝까지 갈 남자라면 과감하게 하는 거야."

과감하다는 말이 그녀의 머릿속에 콕 박혔다.

"너도 그랬어?"

"뭐? 섹스했냐고? 당연한 거 아니야? 우린 사랑하는 사이니까."

"그렇구나……."

"나가자."

다은이 갑자기 그녀의 손을 잡고 백화점으로 향했다. 그리고 속옷 매장으로 들어갔다.

"골라. 내가 쏜다. 아니, 그냥 내가 골라 줄게."

"……."

놀란 지혜가 다은을 멍하게 보았다.

"뭐 해? 안 고르고."

다은의 말에 지혜는 평생 처음으로 야릇한 검은 레이스 속옷을 골랐다. 보기만 해도 부끄러운 디자인이었다.

"이거면 됐다. 오늘은 불타는 밤을 보내는 거야."

"야!"

"싫어?"

"아니, 그런 건 아니고……."

다은이 누군가에게 전화를 걸었다. 석현인 것 같았다. 그리고 그와 뭔가 비밀스러운 대화를 나눴다.

"동네방네 소문 다 낼 거야?"

"이럴 땐 도움의 손길이 필요한 거야. 그리고 너 오늘 잘해. 알 았지?"

다은은 그 후로도 지혜를 교육했다. 지혜는 얼굴이 붉어졌지만 다은의 말을 집중해서 들었다. 이건 그녀가 수빈의 마음을 잡기 위한 마지막 기회였다.

수빈은 오랜만에 퇴근 시간에 딱 맞춰 업무가 끝이 났다. 물론 집으로 가기 전에 심부름을 해야 했지만 말이다.

"여긴 어디야?"

주하의 집 근처에 상자 하나를 배달하라는 말이었다. 상자에는 중요한 물건이 있으니 조심해서 들고 가라는 말도 했다. 주소를 들고 한참이나 헤매던 수빈은 한 빌라 앞에 멈춰 섰다. 주하의 집 바로 옆이었다.

그는 2층으로 올라가 벨을 눌렀다.

딩동!

직접 전달하라는 석현의 말 때문이었다.

"잠깐만요. 문 열렸어요."

안에서 여자의 목소리가 들렸다. 수빈은 문을 열고 안으로 들어 갔다. 외관은 오래된 빌라였는데 안은 깔끔하게 리모델링되어 있 었다. 블랙과 화이트의 조화가 현대적인 느낌을 주는 곳이었다.

"안으로 들어오세요."

"네."

여자의 목소리가 지혜의 목소리와 똑같았다. 하지만 여자는 보이지 않고 자꾸만 들어오라고 하니 수빈은 좀 기분이 이상했다.

"여기 두고 갈까요?"

"아뇨, 가긴 어딜 가요."

그가 소리 나는 곳으로 고개를 돌리자 지혜가 침실 안에서 나왔다. 역시 목소리의 주인공은 지혜였다.

"7시에 온다더니 왜 이렇게 빨리 왔어요?"

지혜의 인상이 굳어 있었다.

"석현이가 좀 일찍 보내 줬어."

"망했어……."

"뭐가?"

"저녁 준비해야 하는데……. 30분이나 빨리 왔잖아요."

하늘이 무너진 듯한 지혜의 표정에 수빈은 웃음이 나왔다.

"같이해. 다른 사람도 와?"

"아뇨, 오늘은 오붓하게 단둘이서 먹으려고 했는데……. 망했어."

수빈은 지혜의 이런 귀여운 모습이 좋았다. 지혜를 처음 봤을 때부터 좋았다. 어릴 때부터 수빈은 지혜만 생각했다. 왜 그랬는지 모르지만 지혜는 그의 부인이 될 거란 막연한 생각도 있었다.

물론 정말 그렇게 될 것이겠지만 말이다. 수빈은 이번에 바쁜 일들만 끝나면 지혜에게 청혼할 생각이었다.

"뭐 하던 중이었는데?"

그는 재킷을 벗고 와이셔츠의 소매를 걷어붙였다.

"아니, 내가 하고 싶어요."

"나 배고파."

그는 지혜의 옆에 섰다. 항상 앞치마를 입은 지혜의 모습을 상상만 했는데, 이렇게 보니 기분이 아주 묘했다.

"예쁘다."

"……."

지혜가 그를 올려다보며 웃었다. 키스하고 싶은데 오늘은 정말 멈출 수가 없을 것 같아 수빈은 이를 악물고 참았다.

"된장찌개야?"

"해물 된장찌개에요."

그가 좋아하는 메뉴였다.

"어? 소주도 부탁했는데……."

"저거 소주야?"

"맞아요."

어이가 없어서 웃음이 났다.

"내가 얼마나 조심조심 들고온 줄 알아?"

"그래요?"

지혜가 또다시 그를 보며 웃었다. 그리고는 그의 허리에 양팔을 두르며 안겼다.

"고마워요."

그리고 고개를 들어 빤히 바라봤다. 수빈은 페니스가 커지는 걸 느끼고는 얼른 엉덩이를 뒤로 뺐다.

"왜 키스 안 해 줘요?"

"어?"

"내가 싫은 거예요?"

"아니야."

"그런데 왜요?"

순진한 얼굴로 그를 올려다보는 지혜가 오늘은 미웠다. 어쩜 그렇게 그의 마음을 모를 수가 있는지…….

"키스해 줘요."

"지혜야. 오늘은 시작하면 못 멈춰."

"알아요."

"……."

그녀의 말에 수빈은 온몸에 소름이 돋았다. 지혜가 허락한 것이었다.

"내 말이 무슨 뜻인지 알아?"

"난 어른이에요. 아이가 아니라고요……. 읍!"

수빈이 지혜의 입술을 단번에 삼켜 버렸다. 빠르게 혀를 넣고는 그녀의 입안을 휘저었다. 이렇게 급하게 한 적은 한 번도 없었지만, 오늘 수빈에게 자제심이라고는 없었다. 수빈은 지혜를 안아 들었다. 그리고는 그녀를 식탁 위에 올려놓았다. 어딘가로 갈 시간이 없었다.

그는 지혜의 앞치마를 벗기고는 원피스도 벗겨 버렸다. 그러자 평소 단정한 옷만 입는 지혜의 야릇한 속옷이 눈에 보였다. 이건 벗는 것보다 더 야했다.

"지혜야……."

"어때요? 오늘을 위해서 준비했는데?"

지혜가 야릇하게 그를 보며 말했다.

"넌 마녀야."

그는 이렇게 말하며 그녀의 속옷 위로 입술을 맞췄다. 벗기기 아까울 정도로 속옷은 야했다. 그는 그대로 그녀의 유두를 핥았다. 그녀의 브래지어가 그의 타액에 젖어 들었다.

"아아앙……."

지혜가 신음하자 그는 거의 이성을 놓아 버렸다. 얼마나 참고 기다렸는지 모른다.

"진작 이랬어야 했어."

"맞아요……."

"지혜야……."

그는 지혜의 팬티 위에도 입을 맞췄다. 미칠 것 같은 욕망이 그를 덮쳤다. 그는 자신의 옷을 빠르게 벗어 던지고는 지혜의 야릇한 브래지어와 팬티도 벗겨 냈다. 완벽하게 나신이 된 지혜는 마녀 그 자체였다.

수빈은 지혜의 가슴을 입으로 빨면서 천상의 맛을 느꼈다. 지혜는 작고 말랐지만, 가슴은 그가 원하는 대로 컸다. 그의 손에 딱 맞는 사이즈였다.

그는 지혜의 다리를 벌리고 들어가 자신의 페니스를 지혜의 젖은 질구에 댔다. 그리고 아래위로 문지르기 시작했다. 지혜의 몸이 활처럼 휘었다.

"오빠, 나 처음이에요……."

"……."

지혜의 말에 놀라긴 했지만, 수빈은 너무나 기뻤다. 그리고 그는 테이블에서 처음 관계를 갖고 싶지 않았다. 수빈은 지혜를 안아 들고는 침실로 이동했다.

그녀의 침실은 깔끔했다. 침대 위에 지혜를 내려놓은 그는 지혜를 내려다보며 말했다.

"지혜야, 사랑해. 결혼해 줘."

"……좋아요."

지혜의 눈에서 눈물이 흘러내렸다. 수빈은 지혜의 질에 자신의 페니스를 밀어 넣으며 온몸을 관통하는 쾌감을 느꼈다.

"지혜야……."

그들은 밤새도록 서로의 사랑을 확인했다.

다은은 시어머니와 친정어머니와 함께 저녁을 준비하고 있었다. 당분간은 어른들과 한집에 살기로 한 그녀였다. 마음 같아서는 이렇게 평생을 살아도 좋을 것 같았지만, 어머니들도 따로 사는 게 편하실 것 같아 석현이 집을 알아보는 중이었다.

시어머니는 당분간 약물 치료 때문에 요양원에 입원하실 예정이었고, 엄마는 평소에 귀농을 하고 싶다고 하셔서 한 집사님과 시골에 내려갈 준비를 하고 계셨다.

"오늘은 콩나물 비빔밥인가요?"

"네, 사돈."

"제가 도와드려야 하는데……."

"괜찮아요. 이렇게 편안하게 밥을 먹게 된 것만 해도 기분이 좋은걸요."

엄마는 이제 아버지에게 억압되지 않고 생활할 수 있다는 게 기쁜 모양이었다.

그때였다. 석현이 집에 들어오는 소리가 들렸다.

"다녀왔습니다."

"우리 사위 왔나?"

엄마는 석현을 너무 좋아했다. 그녀보다 석현을 더 반기는 것 같았다.

그들은 한자리에 모여 식사를 하고 각자의 방으로 흩어졌다. 그들은 어른들의 허락 하에 같은 방을 썼다.

"오늘 잘했어요?"

"응, 소주 사서 일찍 보냈어. 수빈이가 그렇게 참을성이 강한 놈인지 몰랐어."

"그러게요."

"오늘 쇼핑은 잘했어?"

"네."

"일주일도 안 남았네?"

그들의 결혼식이 이제 얼마 남지 않았다.

"그냥 우리 둘만 하는 결혼식인데도 괜찮아?"

"네."

웨딩 촬영을 하고 그들은 신혼여행에서 언약식만 하기로 했다.

석현이 그녀의 정수리에 입을 맞추었다. 그리고 그녀를 꼭 안아 주었다.

"이렇게 있으니까 좋다."

"저도요."

그가 다은의 턱을 손끝으로 들어 입을 맞추었다.

"어떻게 사랑하는 여자를 앞에 두고 참을 수가 있지?"

수빈을 말하는 것이었다.

"읍!"

석현은 참지 않았다. 혀를 강하게 밀어 넣고는 자신의 것임을 말하고 있었다. 석현이 다은을 안아 들고는 샤워기까지 갔다.

"오늘은 같이……."

그들은 욕실에서 키스하며 서로의 옷을 벗겨 냈다. 그리고 샤워기의 물을 맞으며 서로의 몸을 씻겨 주었다. 몸을 씻긴다기보다 만지는 것이었지만 말이다. 그의 탄탄한 몸을 만질 때마다 그녀는 너무나 좋았다.

"하아……."

그녀의 유두를 물고 있는 그의 머리를 감싼 다은은 온몸에 찌릿함을 느끼고 있었다.

"헉!"

석현이 다은을 안아 들었다. 그리고 다은의 질에 그의 페니스를 단번에 밀어 넣었다. 질척이는 소리가 욕실을 가득 채웠다. 다은은 석현에게 매달려 있었다. 그의 허리 짓이 점점 더 강해졌다.

"아아앙……."

작은 샤워 부스 안 곳곳을 돌아다니며 그들은 서로의 몸을 탐했다.

"사랑해."

"하아, 저도 사랑해요."

그들의 사랑의 울림은 깊은 밤까지 이어졌다. 욕실에서, 화장대에서, 그리고 소파에서. 섹스를 마친 그들은 늦은 밤이 되서야 침대에 누웠다. 석현은 여전히 다은의 가슴을 손으로 만지며 한 손으로는 다은의 여성을 만졌다.

"손을 뗄 수가 없어."

"저도 그래요."

다은 역시 그의 페니스를 만졌다. 그들은 이렇게 서로를 바라보며 야릇한 시선을 교환했다. 다은은 그들이 결혼하고도 오랫동안 이렇게 서로를 원하며 살기를 하늘에 기도했다.

"무슨 생각을 그렇게 해?"

"영원히 서로를 원했으면 좋겠다고 생각했어요."

그가 피식 웃었다.

"다은이 원하는 대로 될 거야."

그가 다시 다은의 몸 위로 올라왔다. 다은은 기대에 찬 눈길로 석현을 바라보았다. 석현은 그녀가 원하는 걸 끝까지 해 줄 사람이었다. 그들의 밤은 그렇게 타올랐다.

『순수한 타락』 완결